À PROPOS DE L'AUTRICE

Michelle Willingham, l'une des autrices phares de la collection, a réussi le pari de réunir ses deux passions d'enfance, l'Histoire et l'écriture. Depuis 2009, elle a publié plus d'une vingtaine de romans dans la collection Les Historiques, et ce pour notre plus grand plaisir !

Le guerrier de fer

Note de l'autrice

Pour ma nouvelle série, *La Passion contre l'épée*, j'ai puisé mon inspiration dans l'univers des super-héros. Je voulais créer des guerriers médiévaux dont les caractéristiques seraient basées sur des figures archétypales connues et aimées de tous. Dans le présent ouvrage, Robert de Penrith, qui allie intelligence et bravoure, rêve de devenir un combattant légendaire. Aux yeux de la belle Morwenna, il est un héros depuis le premier jour. Le personnage de Morwenna est inspiré par celui d'Éponine dans *Les Misérables*. J'ai toujours admiré son caractère fougueux et c'était pour moi le moyen de lui offrir le « happy ending » qu'elle méritait.

Ne manquez pas, ensuite, l'histoire de Piers et de Gwendoline, à paraître prochainement !

Pour être informée de mes futures publications, n'hésitez pas à vous abonner à ma newsletter (www.michellewillingham.com/contact). C'est toujours un plaisir d'être en contact avec mes lectrices.

Pour Louise, pour ton esprit brillant et ta merveilleuse conversation. Tu es la plus fantastique des voisines.

Prologue

Angleterre, 1205

Ils allaient tous mourir.

Robert de Penrith regarda les autres captifs. Les soldats les avaient enchaînés tous les quatre. Le chariot qui faisait route vers le sud était entièrement bâché et les portes qui le fermaient étaient verrouillées de l'extérieur.

Dans cet espace sombre et confiné régnait un silence glaçant, car tous les quatre étaient encore sous le choc. Aucun d'entre eux ne savait si sa famille avait survécu à l'attaque, mais le château, en tout cas, avait été en grande partie détruit. Robert n'oublierait jamais la fumée épaisse ni la chaleur infernale qui s'étaient propagées partout quand les soldats du roi l'avaient incendié. Les murs extérieurs en pierre résisteraient peut-être, mais l'intérieur avait été entièrement ravagé par les flammes.

Les hurlements résonnaient toujours à ses oreilles. Les hommes étaient morts, le corps transpercé par les épées ennemies. Les femmes avaient poussé des cris de suppliciées avant d'être projetées à terre à leurs côtés. L'épouse de son père, Clarine, l'avait supplié de se cacher, de rester en vie coûte que coûte. À ce souvenir, la honte envahit Robert, tordant son ventre, car il avait obéi. Il n'était pas un guerrier, il n'avait jamais appris à se battre, et à présent, il se maudissait d'avoir été aussi lâche. Il se haïssait. Cela ne l'avait pas empêché de s'enfuir, sans savoir ce qui était advenu d'elle. Ni des autres. Mais Clarine avait eu raison : il devait à ses gens de survivre, pour un jour, venir clamer vengeance.

À présent que le roi l'avait attaqué et dépouillé de ses terres, son père, le comte Degal de Penrith, devait être mort. Il ne pouvait en être autrement. La gorge de Robert se noua et il ferma les yeux.

Tu n'as pas le droit de ressentir du chagrin ou de la peur. Tu dois te montrer fort et penser aux habitants de Penrith, que tu dois protéger, envers et contre tous.

Il se força à respirer lentement pour retrouver son calme. Ce n'était pas le moment de se demander ce qu'était devenue sa famille. La crainte ne l'aiderait pas à s'évader. Il fallait qu'il étudie avec attention la carriole où ils étaient retenus prisonniers afin de trouver un moyen de s'en échapper.

Robert avait toujours été doué pour observer, analyser et pour imaginer des solutions à tous les problèmes qui pouvaient se poser. Il n'y avait aucune raison qu'il ne trouve pas un moyen de sortir de là, du moment qu'il pouvait compter sur l'aide des autres captifs. Parmi eux, il ne reconnaissait pas la jeune femme ni son frère cadet car il avait passé le plus clair de son temps reclus dans le donjon. Mais il connaissait relativement bien Piers.

— C'est de ta faute, lâcha son demi-frère. C'est à cause de toi s'ils nous ont emmenés.

Il tira sur ses chaînes et Robert savait avec certitude que Piers l'aurait étranglé s'il avait pu. Son demi-frère – illégitime – avait toujours brandi sa colère tel un bouclier invisible, et il était le premier à se lancer dans la bataille, poings serrés, même s'il perdait souvent.

Cela dit, Robert n'était pas meilleur que lui au combat. Il

avait été un enfant malade, chétif, et Clarine l'avait obligé à rester enfermé. Il avait passé son temps entouré de livres, à emmagasiner des connaissances avec ardeur et acharnement, comme d'autres se seraient entraînés à l'épée. À présent il regrettait amèrement de ne pas avoir écouté Degal et de ne pas avoir appris à manier l'épée ou la dague.

— Ils ne vont pas nous tuer, mentit Robert. S'ils en avaient eu l'intention, nous serions déjà morts.

En vérité, il ne savait pas quel sort leur serait réservé ni pourquoi ils avaient été capturés.

À moins qu'ils ne fussent les seuls survivants...

Il chassa cette pensée. Logiquement, il n'y avait aucune raison de tuer les serviteurs ou les villageois. Le roi s'était accaparé leur château, et il aurait besoin de serfs par dizaines pour cultiver les terres. Mais pourquoi la jeune fille et son frère avaient-ils été emmenés ? Robert ne les avait jamais vus au château, donc il ignorait ce qu'ils pouvaient représenter.

Les cheveux noirs de la jeune femme retombaient autour de son visage et sur ses épaules en formant de douces ondulations, comme si elle avait porté des tresses qui se seraient défaites. Il ne pouvait dire grand-chose d'autre à son sujet, mis à part qu'elle frissonnait, et qu'elle croisait les bras sur sa poitrine. Elle était vêtue très simplement, d'une robe informe de laine écrue, ce qui signifiait qu'elle faisait partie des serfs.

Le visage de son frère était de plus en plus livide, comme s'il s'attendait à mourir à tout moment.

Il avait raison d'avoir peur.

— Ils vont nous torturer, continua Piers, en tirant sur ses chaînes autant qu'il le pouvait. Ensuite ils se serviront de nous pour forcer notre père à se plier aux volontés du roi.

Robert se rendit compte à sa grande stupéfaction que son frère croyait leur père toujours vivant. Après l'attaque brutale que Penrith venait de subir, Robert ne pouvait quant à lui concevoir que Degal ait été fait prisonnier. Néanmoins, Piers avait soulevé un point pertinent. C'était une chose de défier le roi, mais tout à fait autre chose de maintenir cette posture pendant que quelqu'un se faisait torturer. À cette idée, la peur tordit de nouveau le ventre de Robert.

— Cessez, je vous en prie, supplia la jeune femme. Vous faites peur à Brian.

Sa voix tremblait, comme si elle-même était terrorisée. Robert vit la façon dont elle était recroquevillée sur elle-même, comme si elle se protégeait. Elle semblait souffrir, et il se demanda si elle avait été blessée durant l'attaque. Il aurait voulu lui poser la question, mais quelque chose l'en empêchait. Elle lui faisait penser à un animal blessé, un animal prêt à bondir sur qui commettrait l'imprudence de vouloir lui venir en aide.

— Brian devrait peut-être avoir peur, rétorqua Piers. Et toi aussi, Morwenna.

— Il suffit, répliqua Robert à voix basse. Ce n'est pas en nous querellant que nous nous en sortirons.

Sur ce, son frère se tut, et le lourd silence qui s'installa ne fit qu'accroître leur terreur. Il fallait absolument qu'ils s'échappent de ce chariot et qu'ils trouvent refuge quelque part. C'était leur seule chance de survie.

Robert se força à rester calme. Cela faisait presque une heure qu'ils étaient partis, ce qui signifiait qu'ils n'étaient pas loin du monastère de Colford, dirigé par son propre oncle, l'abbé Oswald. Dehors, il faisait un froid glacial et Robert avait l'impression d'entendre des flocons de neige tomber sur la bâche du chariot.

Son esprit se mit à échafauder un plan, même si les détails en étaient encore flous. Il faisait trop sombre pour bien voir, mais il essaya de comprendre comment étaient fabriquées les portes du chariot. Elles étaient sans doute fermées de l'extérieur. Pouvait-il atteindre les charnières ?

La bâche reposait sur une armature faite de planches de bois. En passant le bras entre les planches et en trouvant un moyen de frapper sur le goujon, il pourrait peut-être desserrer la charnière.

— Il faut que nous réussissions à ouvrir les portes avant qu'ils ne s'arrêtent pour la nuit, dit Robert à ses compagnons. Ensuite nous pourrons nous cacher dans les bois puis aller nous réfugier à l'abbaye.

Leur meilleure chance de s'échapper était de le faire pendant que le chariot roulait.

— Et par quel tour de passe-passe vas-tu procéder ? s'enquit Piers avec sarcasme. Il est impossible d'ouvrir les portes.

— Je vais faire sauter les charnières. Ou, au moins, l'une d'entre elles.

Même s'il s'efforçait de paraître confiant, Robert ignorait s'il en serait capable sans outils.

— Je peux fausser la porte, sur son côté droit.

En toute honnêteté, il ne savait pas s'il avait une chance d'y parvenir.

— Et les gardes ? demanda Brian d'une voix qui se brisa. Nous n'avons pas d'armes.

— Si, répondit Morwenna en levant ses chaînes. Si quelqu'un ose nous attaquer, je l'étrangle.

L'amertume contenue dans sa voix témoignait de la haine qui l'animait.

La jeune femme ne paraissait pas assez forte pour battre un soldat, mais elle semblait posséder une volonté de fer. Si nécessaire, elle pourrait faire distraction.

— J'espère que les choses n'iront pas jusque-là, lança Robert, mais de toute façon si nous ne nous enfuyons pas d'ici, nous sommes à leur merci.

Il passa sous silence sa crainte qu'ils ne finissent tués ou torturés comme Piers l'avait prédit.

Ils se déplacèrent pour que Robert puisse commencer à examiner les charnières. Sur ce côté-ci de la porte, il n'y en avait que deux, et retirer le goujon lui semblait possible s'il trouvait quelque chose d'étroit à glisser dessous.

De nouveau, il essaya de se représenter mentalement la charnière, en imaginant la façon dont il pourrait atteindre le goujon. En regardant autour de lui, il vit un morceau de bois cassé sur l'armature du chariot. Robert le tordit sur lui-même et tira dessus pour le détacher. Dans la manœuvre, il se blessa à la main, mais il parvint à l'extirper. Ensuite, il passa le bras à l'extérieur de l'armature et inséra le bois sous la charnière. L'air glacé transit sa main et les flocons de neige mouillèrent sa peau.

— Cela ne fonctionnera jamais, marmonna Piers.

Robert l'ignora et à l'aide de ses fers se mit à frapper sur le goujon. Non, cela ne fonctionnerait sans doute pas, mais il n'avait pas d'autre plan. Il inclina le morceau de bois et essaya encore, sans cesser de taper sur la charnière. Elle ne cédait toujours pas ni ne bougeait d'un pouce. Les mains de Robert étaient gelées, mais il resta concentré sur sa tâche et bientôt, il sentit le goujon commencer à glisser. De façon miraculeuse, il finit par réussir à l'ôter complètement. Il allait s'attaquer à la deuxième charnière quand le chariot s'arrêta et qu'une porte s'ouvrit.

Deux soldats approchèrent, l'un brandissait un couteau. Robert recula, cachant la charnière sans goujon.

— Arrêtez ce vacarme, ordonna le soldat au couteau.

Il grimpa à bord et dit à l'autre :

— Je vais les faire se tenir tranquilles, tu vas voir.

Dans l'obscurité, Robert ne put distinguer le visage de l'homme, mais sa tension monta d'un cran. La porte se referma derrière le deuxième garde, mais Robert n'entendit pas le verrou. Pendant un moment, tous demeurèrent silencieux. Puis les chevaux s'ébranlèrent et le chariot reprit sa route.

— Tu es une jolie fille, toi, ma foi, dit le soldat à Morwenna. Pas vrai ?

Elle ne répondit pas et garda la tête baissée. L'homme l'attrapa par les cheveux et elle laissa échapper un cri de douleur.

Robert pressa sa main sur le morceau de bois avec fermeté. Le soldat était proche, mais il ne savait pas s'il pouvait faire quelque chose pour protéger la jeune femme. C'était très risqué, car l'homme était armé.

Sa raison lui conseilla de ne pas s'en mêler. S'il tentait d'intervenir, il pourrait rendre le soldat fou de rage et exposer la jeune femme à de plus grands périls. Cependant, Robert ne pouvait non plus se résoudre à rester là sans rien faire.

Il avança un peu, en essayant de réfléchir à la meilleure façon de lui venir en aide. Dans sa tête, il passa en revue toutes les possibilités, au fur et à mesure que les idées se présentaient à lui. Ce fut alors qu'il vit que Morwenna serrait ses chaînes entre ses mains. Elle se préparait au pire, et Robert ignorait si elle parviendrait à terrasser son assaillant.

Il allait avancer un peu plus vers elle quand une main l'arrêta. Piers désigna la porte, qui bâillait encore plus avec les brinquebalements du chariot. Elle était presque ouverte, ce qui rendait leur évasion désormais possible.

Mais ils étaient tous enchaînés les uns aux autres, ce qui signifiait qu'ils ne pourraient s'enfuir que tous ensemble. Si l'un d'entre eux flanchait, il ralentirait les autres.

— Donne un baiser, alors, lâcha le soldat en tendant la main vers Morwenna. Tu ne voudrais quand même pas que j'entaille ce beau visage, n'est-ce pas ?

— Ne me touchez pas, murmura-t-elle.

Le soldat la frappa du revers de la main et elle hurla de douleur.

À ce moment précis, Robert se détesta profondément.

S'il était un homme, un vrai, il attaquerait le garde pour sauver la jeune fille. Mais il ne s'était jamais battu contre quiconque et il ne savait absolument pas comment s'y prendre.

Son poing se referma autour du bout de bois. Il pourrait peut-être s'en servir comme d'une arme. Il entendit le léger cliquetis émis par les chaînes de Morwenna. Et tout à coup, il se demanda si elle jouait la comédie, afin d'inciter son assaillant à approcher.

— Je te toucherai autant qu'il me plaira, rétorqua le soldat.

Dès qu'il s'approcha, Morwenna passa ses chaînes autour du cou de son agresseur. Mais elle n'était pas assez forte pour l'étrangler et il repoussa ses mains sans difficulté.

— Sale petite garce, éructa-t-il. Je vais te tuer pour ce que tu as fait.

Robert ne pouvait vraiment plus rester sans rien faire, mais tout cela allait très mal se terminer. Ce soldat était entraîné pour tuer, tandis que Robert n'avait jamais fait que regarder des gens se battre. Son esprit passa en revue les différentes méthodes, même s'il n'avait toujours pas décidé pour laquelle il allait opter. En silence, il s'avança autant qu'il le put avec les chaînes qui les entravaient tous.

— Non, supplia Morwenna quand le soldat attrapa ses jupes et les déchira.

Elle essayait de se cacher, et à ce moment, un calme froid s'empara de Robert. Il n'était plus question de réfléchir, mais seulement d'agir.

En un instant, il leva le morceau de bois et le planta dans la gorge du soldat. Il sentit le sang tiède jaillir, et le garde, pris de stupeur, se tourna.

Piers s'empara du couteau de l'homme et le frappa à son tour, en plein cœur. Le soldat chancela et tomba à genoux, et Robert félicita intérieurement son frère pour sa présence d'esprit. Leur ravisseur était mort, et son sang se répandait sur le sol du chariot.

Pendant un moment, Robert resta à cligner des yeux, abasourdi par ce qui venait de se produire. Puis il se souvint de la jeune fille et se tourna vers elle.

— Est-ce que ça va ?

Morwenna croisa sur elle les pans déchirés de sa robe et acquiesça.

— Il... il faut partir d'ici. V... vite.

Même s'il était encore paralysé par la mort du soldat, Robert devait se concentrer sur ce qui les attendait ensuite. Leur survie dépendait de cette évasion. La porte était toujours entrebâillée depuis l'intrusion du garde. Dehors, il faisait trop sombre pour distinguer quoi que ce soit, mais ils se rassemblèrent sur le bord. Ils avaient à peine le temps de sortir.

— Il faut que nous sautions ensemble, déclara Robert à voix basse, et ensuite il nous faudra courir vers la forêt.

— Et s'ils nous rattrapent ? demanda Brian d'une voix tremblante.

Piers nettoya la lame du couteau sur la tunique du soldat effondré à terre, avant de le rengainer.

— Il est hors de question qu'ils nous rattrapent. Sinon nous sommes morts.

Morwenna agrippa les pans de son corsage déchiré, et ce spectacle attrista Robert. Lorsqu'elle se rapprocha d'eux, elle était très pâle. Il retira son manteau et le lui tendit.

— Merci, murmura-t-elle.

Elle s'en couvrit, puis Robert commanda :

— À trois, nous sautons. Un, deux, trois...

Sur ce, ils bondirent du chariot et atterrirent dans la neige et la boue. Ils coururent ensemble vers les bois en se dépêchant pour échapper à leurs ravisseurs. Tant pis s'ils étaient essoufflés, tant pis si l'air glacé brûlait leurs poumons.

Comme ils disparaissaient dans la nuit, Robert se fit le serment d'apprendre à se battre. Jamais plus il ne serait une victime, à la merci d'autrui. Il n'avait peut-être que dix et huit années, mais ce soir-là, sa vie avait changé. Il s'entraînerait, jour et nuit, pour ne plus jamais être le lâche qu'il avait été.

Et un jour, il viendrait clamer vengeance et reprendre les terres de son père.

1

Deux ans plus tard

— Selon toi, lequel des deux va l'emporter ?

Au son de cette voix masculine qu'elle connaissait si bien, Morwenna se retourna. Elle était occupée à regarder son frère et Piers s'affronter, mais à présent Robert de Penrith venait vers elle et c'était suffisant pour accaparer son attention. Il portait sa cotte de mailles comme une seconde peau, et son épée ne quittait jamais son côté.

Durant les deux années écoulées, il s'était entraîné au combat chaque jour, du matin au soir. Il s'était étoffé, au point d'avoir des bras si larges que les deux mains de Morwenna ne suffisaient pas à en faire le tour. Robert était capable de soulever un lourd glaive d'une seule main, et elle était fascinée par sa transformation. Ses cheveux châtain clair se paraient de reflets dorés et il y avait dans ses yeux marron une chaleur et une gentillesse qui faisaient naître en elle les rêves et les espoirs les plus fous.

Malheureusement, il semblait ne pas avoir conscience des sentiments qu'il lui inspirait. Ou bien s'il en avait conscience, il était suffisamment compatissant pour ne pas lui faire comprendre qu'il n'était pas intéressé.

— C'est Piers qui va gagner, prédit-elle, préférant chasser ses pensées stupides. Mais Brian progresse.

Alors que les deux jeunes hommes poursuivaient leur entraînement, Piers porta un coup violent sur l'écu de Brian. Ce dernier chancela un moment, avant de répliquer en attaquant à son tour.

— Il a gagné en force, c'est certain, confirma Robert. Et en maturité.

Il vint se poster à côté d'elle et l'épaule de Morwenna effleura son bras. Elle rougit et ne sut plus quoi dire, troublée par cette proximité.

Chasse ces pensées tout de suite, se mit-elle en garde. *Il te voit comme une amie, rien de plus.*

Au cours des deux années précédentes, il ne l'avait pas une seule fois traitée comme une femme susceptible de l'attirer. Elle ferait mieux d'ignorer ses sentiments non partagés et de se concentrer sur autre chose, songea-t-elle encore.

Elle regarda les ruines de Stansbury, la forteresse qui, jadis, avait appartenu à Lord Penrith. C'était un endroit oublié de tous où ils s'étaient réfugiés après avoir quitté l'abbaye. L'oncle de Robert avait proposé aux jeunes hommes de rester parmi les moines, mais ces derniers n'avaient évidemment pas voulu d'elle.

Plutôt que de l'envoyer au couvent, Robert avait eu l'idée qu'ils s'installent tous dans l'ancienne forteresse et qu'ils profitent de son isolement pour s'y entraîner. Il avait acheté des armes et de quoi survivre avec l'aide de son oncle. Piers et Brian avaient été heureux de cette liberté retrouvée et Morwenna avait appris à se battre avec eux. Tous les quatre, ils étaient devenus une famille d'un type particulier, obligés de vivre ensemble pour survivre.

Le regard de Morwenna se porta de nouveau vers son frère et Piers, toujours en train de s'affronter. Il y avait une détermination stoïque chez Brian, comme s'il refusait à tout prix de s'attarder sur le passé. En revanche dès que Piers se battait, il y avait chez lui une intensité qui allait bien au-delà du raisonnable. Il mettait toute sa rage et sa frustration dans la bataille où il se jetait à corps perdu.

C'était encore différent pour Robert. Quand ce dernier combattait, il ne laissait paraître aucune émotion. Il ne s'agissait que d'une démonstration de force, parfaitement calme et maîtrisée. Il semblait réfléchir à tous ses mouvements avant de les exécuter.

Morwenna avait appris à se défendre, mais en termes de force, elle ne pouvait rivaliser avec lui. Elle tâta la dague légère qu'elle portait au côté. Elle avait appartenu à Robert, mais il la lui avait donnée afin qu'elle puisse se protéger. Détenir une arme lui procurait une sensation de puissance. Ce n'était pas parce qu'elle voulait se battre, mais parce que cela l'aidait à se sentir en sécurité.

De sombres souvenirs l'assaillirent, causant dans sa poitrine une désagréable oppression. Elle ne laisserait plus jamais un homme l'attaquer. Même si elle avait plus ou moins réussi à se débarrasser des images qui la hantaient, il lui arrivait encore de se réveiller en pleine nuit, terrorisée par ses rêves dans lesquels un soldat brutal déchirait sa robe et posait les mains sur elle.

Elle saisit la poignée de son épée, ce qui l'aida à repousser cette vision cauchemardesque. À la place, elle observa Robert et perçut sa tension. Même s'il ne disait rien, Morwenna sentit que quelque chose n'allait pas.

— Y a-t-il un problème ?

Il pinça les lèvres, et resta un moment immobile et muet, le regard dans le lointain.

— Je viens d'avoir des nouvelles de Penrith par mon oncle.

Au son de sa voix, Morwenna comprit que ces nouvelles n'étaient pas bonnes.

— Que se passe-t-il ?

Elle savait qu'il s'entraînait depuis deux années dans l'espoir de reconquérir un jour ses terres de Penrith. Le roi Jean y avait installé un nouveau comte, qui possédait de nombreux soldats. Il était impossible pour eux d'affronter une armée de cette taille.

— J'ai trouvé un moyen de récupérer mon fief, répondit Robert. Sans faire couler le sang.

Morwenna ignorait ce qu'elle devait en penser, d'autant plus que le jeune homme ne semblait pas spécialement transporté de joie.

— Et comment ? demanda-t-elle.

— Le comte organise des festivités pour la Saint-Jean. Il a invité des guerriers et des lords venus de tout le nord du royaume à un grand tournoi. Le gagnant épousera sa fille. Enfin, à condition qu'elle soit d'accord.

Le cœur de Morwenna faillit cesser de battre.

— Et tu... espères épouser cette femme ?

Je t'en supplie, dis non.

Mais malheureusement, Robert acquiesça.

— Si je remporte sa faveur et sa main, nos fils seront les héritiers de Penrith.

Il croisa son regard, et Morwenna sentit son cœur se briser devant la détermination qu'elle lut dans le sien.

— C'est la meilleure solution, Morwenna. Je vais reprendre ce qui a été perdu.

Elle savait qu'il avait raison, mais elle n'avait jamais imaginé que ressentir une telle souffrance soit possible. Elle essaya de ne rien montrer et de faire comme si elle approuvait sa décision, mais elle comprenait bien qu'elle était sur le point de le perdre.

Elle n'avait jamais commis l'erreur de croire qu'elle pourrait un jour épouser un lord comme Robert. Pas du tout. Mais ces moments passés à ses côtés lui avaient permis de rêver. Et elle avait l'intention de profiter de sa présence et de son attention aussi longtemps que possible.

— Veux-tu bien venir avec moi ? demanda-t-il. J'aimerais t'offrir quelque chose avant mon départ.

— Bien sûr. De quoi s'agit-il ? s'enquit Morwenna, flattée et curieuse.

— Eh bien, ce n'est pas exactement un présent, se reprit Robert. Il s'agit plutôt de quelque chose d'utile.

Il évitait son regard à présent, et une gêne s'était installée entre eux.

Il la conduisit vers les écuries, sans rien dire de plus. Pendant qu'ils s'en approchaient, Morwenna réfléchissait. Il allait peut-être lui offrir un chiot, ou bien un chaton : un petit animal à chérir en son absence. Sa curiosité et son impatience étaient à leur comble quand ils arrivèrent aux stalles.

— J'ai pensé... que ça te plairait peut-être, poursuivit Robert.

— Qu'est-ce que c'est ? insista Morwenna.

— C'est juste là, dit-il en ouvrant la dernière stalle.

Elle entra et fronça les sourcils, interdite. Il n'y avait ni ruban ni chaton. Juste un bouclier en bois bosselé.

— C'est pour te protéger, expliqua Robert avec un sourire timide.

Pendant un long moment, Morwenna demeura incrédule. C'était le type de cadeau qu'un frère aîné pouvait offrir à son cadet. Certainement pas un cadeau que l'on faisait à une femme. Qu'était-elle censée dire ?

— C'est... euh... très gentil de ta part.

— Essaye-le, la pressa-t-il.

Il ramassa le bouclier et le lui tint pendant qu'elle passait son bras dans les sangles en cuir. Le bois était lourd mais la déception qui pesait sur son cœur l'était plus encore.

Elle tenta de sourire et hocha la tête.

— Merci.

Le jeune homme sourit pour de bon.

— Je me suis dit que ça te serait utile. Pour quand tu te bats.

Morwenna baissa le bouclier et se planta face à Robert. Pensait-il qu'elle aimait se battre ?

— Robert, je n'ai pas l'intention de participer à quelque bataille que ce soit.

— Je le sais bien. Mais tu aimes bien t'entraîner au combat, parfois.

Elle ferma les yeux un moment. Elle se sentait tellement stupide. La seule personne avec laquelle elle aimait s'entraîner, c'était lui. Et même là, ce n'était qu'un prétexte pour passer du temps avec l'homme qu'elle aimait tant. Elle n'avait pas l'intention de devenir une guerrière, et ce bouclier ne lui servirait à rien. Cela dit, elle ne voulait pas passer non plus pour une ingrate.

— Merci, répéta-t-elle.

Robert hocha la tête, mais en l'observant mieux, Morwenna remarqua que le haut de son visage était crispé. Son voyage avait l'air de le préoccuper.

— Quand as-tu prévu de partir ? demanda-t-elle.

Il appuya le bras contre la stalle.

— Demain. Je veux voir par moi-même ce qu'il est advenu du domaine. Et peut-être pourrai-je rencontrer la fille du nouveau lord avant les autres participants.

Morwenna sentit la pointe glacée de la jalousie s'enfoncer dans son cœur.

— Déjà ?

Le plus difficile, c'était de savoir qu'elle ne pourrait rien faire pour l'en empêcher. Robert allait l'abandonner là, et il était probable qu'elle ne le reverrait plus jamais.

Elle ne put s'empêcher d'imaginer toutes les choses terribles susceptibles de lui arriver. Si jamais les habitants de Penrith reconnaissaient en Robert l'héritier légitime du domaine, le comte pourrait décider de se débarrasser de lui. Ou bien, même s'il remportait les épreuves, peut-être la fille du comte refuserait-elle de l'épouser.

À dire vrai, Morwenna espérait que la jeune femme ne soit pas intéressée. Ce qui était ridicule. Robert était devenu un magnifique jeune homme. Il était fort et endurant et elle adorait le regarder se battre. N'importe quelle femme ayant des yeux tomberait amoureuse de lui, comme cela avait été le cas pour elle.

Son seul espoir était de pouvoir rester à ses côtés le plus longtemps possible. Et l'idée de son départ imminent mettait un terme abrupt aux rêves fous qui s'étaient nichés dans son cœur.

— Je vais reconquérir mes terres, insista-t-il. Je dois cela aux sujets de mon père.

Sans réfléchir, elle prit les mains de Robert dans les siennes. À son contact, ses propres paumes lui parurent glacées. Le jeune homme lui adressa un regard empli de pitié et Morwenna dut faire appel à toute la force qu'il lui restait pour ne pas s'effondrer.

Il y avait une grande solennité dans son expression, comme s'il pressentait tous les défis et toutes les épreuves qui l'attendaient. Il lui faisait penser à un soldat sur le point de se lancer dans la bataille, un soldat sachant très bien qu'il pourrait ne pas revenir. À cette pensée, le cœur de Morwenna se serra, même si elle essayait de ne rien laisser paraître de ses émotions.

Elle aurait dû anticiper l'inévitable. Au cours des deux années écoulées, Robert n'avait pas fait que cultiver sa force. Il avait échangé régulièrement avec son oncle, dans le but de comprendre le mieux possible ce qu'était devenu le domaine de son père. Et Morwenna avait toujours su qu'il échafaudait des plans afin de reprendre ses terres.

— Je ne veux pas que tu ailles là-bas, murmura-t-elle.

Dès qu'il serait parti, il se retrouverait au milieu d'autres hommes animés du même désir de conquête que lui. Des rivaux. Cela pourrait s'avérer dangereux.

Il serra légèrement ses mains dans les siennes avant de les lâcher.

— J'ai attendu assez longtemps. Je me suis comporté comme un lâche la nuit où les hommes du roi nous ont attaqués. J'ai entendu dire que le nouveau comte avait commis des exactions à l'encontre des habitants de Penrith. Il faut que je sache ce qu'il a fait et comment je peux réparer les choses.

À sa voix, Morwenna comprit que c'était une question d'honneur. Il voulait reconquérir Penrith et elle comprenait ce désir. Mais elle ne voulait pas qu'il se sacrifie pour sauver ses gens.

— Ils nous ont déjà capturés une fois, dit-elle à voix basse. Si tu retournes là-bas, qu'est-ce qui empêchera le lord de te faire de nouveau prisonnier ?

Robert la regarda droit dans les yeux.

— Le nouveau comte n'a rien à voir avec l'attaque d'il y a deux ans. Et je ne peux pas me cacher indéfiniment, Morwenna. Je ne veux pas être ce type d'homme.

Elle s'approcha de lui.

— Nous nous sommes cachés parce que nous n'avions pas le choix.

Même après avoir quitté l'abbaye et avoir trouvé refuge dans la forteresse en ruines, ils avaient vécu dans la peur d'être découverts par les hommes du roi. Ils ignoraient toujours pourquoi ils avaient été faits prisonniers. Cela n'avait peut-être plus aucune importance, mais il y avait tout de même plus d'un an qu'ils dormaient dans une forteresse glaciale dont le toit prenait l'eau. La seule consolation avait été que personne ne soit venu les y chercher et pour Morwenna… que Robert ait été là avec elle.

— J'ai le choix, à présent, répondit-il. Ce pour quoi je m'entraîne depuis deux années est arrivé. Si je bats les autres prétendants, je remporterai la main de la fille du lord, et Penrith sera de nouveau à moi.

Morwenna ne savait vraiment plus quoi dire, tant la détermination de Robert était évidente. Il voyait ce mariage comme un prix à gagner et un moyen de reconquérir Penrith.

Tu étais sûre que cela se produirait un jour, se rappela-t-elle. Le moment qu'elle redoutait tant était arrivé.

— Et nous trois, alors ? demanda-t-elle. Est-ce que nous devons t'accompagner ?

L'idée de le voir faire la cour à une autre femme était un crève-cœur.

— Non. Je pense que c'est mieux que j'y aille seul, Morwenna. Je souhaite passer le plus inaperçu possible.

Que répondre à cela ? Morwenna posa une nouvelle question.

— Est-ce qu'il faut que nous t'attendions ici ?

Il secoua la tête.

— Vous devriez partir d'ici et aller vivre votre vie à présent.

C'était presque impossible à concevoir, même si elle se rendait bien compte qu'ils ne pourraient pas rester en ce lieu indéfiniment. Depuis le début, Robert projetait de retourner à Penrith. Et pendant un temps, Morwenna s'était accrochée au frêle espoir de pouvoir rester avec lui tant qu'il continuerait de s'entraîner. Mais à présent tout était fini. L'idée de son propre avenir la terrifiait.

— Que puis-je espérer de la vie, Robert ?

— Tu vas peut-être trouver un homme à épouser.

Quand le regard de Robert se posa sur elle, Morwenna eut honte des braies et de la tunique qu'elle avait empruntées à son frère. Elle était une pauvre gueuse, sèche comme un bâton, qui avait coupé ses longs cheveux bruns juste au-dessus des épaules d'un coup d'épée. Son visage était sale, sa peau moite.

— Aucun homme ne voudra de moi, dit-elle à voix basse.

À commencer par l'homme qu'elle voulait, elle.

Il eut l'air prêt à protester, mais elle l'en empêcha en ajoutant :

— Et par ailleurs, je ne pense pas que tu doives aller seul à Penrith. Cela pourrait s'avérer dangereux. Que se passera-t-il si tu es toujours recherché ?

Mais la vraie raison, c'était qu'elle ne voulait pas qu'il se marie.

— Il ne m'arrivera rien, Morwenna. Même si tu n'es pas là pour me protéger.

Il lui effleura le menton, avec, dans les yeux, une lueur de pitié qui n'échappa pas à Morwenna. Elle se sentit rougir violemment, piquée dans son orgueil et troublée par un contact dont elle savait qu'il ne revêtait aucune signification pour Robert. Pour une fois, elle regrettait de ne pas porter de robe ni de ruban dans ses cheveux. Quelque chose qui ferait prendre conscience à Robert de la femme qu'elle aspirait réellement à être et qui n'était pas cette étrange sauvageonne qu'elle était devenue.

— Je pourrais venir avec toi si tu le voulais, répondit-elle d'une voix douce. Je pourrais me cacher parmi les suivantes de la jeune lady.

Le sourire de Robert se ternit.

— C'est sans doute mieux si nos routes se séparent maintenant, Morwenna. Tu as ta vie à vivre.

Il se trompait. Si elle s'était sentie en sécurité pendant ces mois où ils s'étaient cachés, c'était seulement grâce à Robert, Brian et Piers. Elle se savait protégée par trois solides guerriers. Mais maintenant ils allaient tous partir et la dernière chose que Morwenna voulait, c'était se retrouver seule et abandonnée de tous.

— Je n'ai nulle part où aller, confessa-t-elle. Je pourrais tout aussi bien t'accompagner et t'aider comme je le pourrais. Je vivais moi aussi à Penrith, après tout.

— Tu as ta liberté, Morwenna. Pourquoi retourner à Penrith alors qu'il y a tant d'endroits où tu pourrais aller ?

Parce que c'est là que tu seras, songea-t-elle sans oser le dire.

Même si c'était un mensonge, elle suggéra :

— Peut-être trouverai-je un époux parmi les prétendants malheureux de la jeune lady.

Robert fronça les sourcils, mais ne sembla pas capable cette fois de répliquer. Alors elle ajouta :

— Il y a un autre facteur à prendre en considération, Robert. Est-ce que tu sais comment t'y prendre pour faire la cour à une femme ?

— Pas vraiment, répondit-il. Mais tout ce que j'ai à faire, c'est remporter les épreuves.

Il posa les mains sur la poignée de son épée.

— C'est ce que tu crois ? demanda Morwenna, en affichant un air perplexe. Tu as bien dit que le lord avait l'intention de laisser sa fille choisir son époux, n'est-ce pas ? Pour remporter ses faveurs, gagner un combat à l'épée ne suffira pas.

Elle se redressa et le regarda droit dans les yeux.

— C'est décidé, je viens avec toi. Tu vas avoir besoin de mon aide. Piers et Brian pourraient aussi se joindre à nous.

Robert secoua la tête.

— Piers ira où le vent le portera. Il n'a aucun intérêt à m'aider à récupérer ce qui me revient de droit. Pas alors qu'il doit aller chercher fortune de son côté.

Les deux demi-frères étaient devenus des alliés réticents, tout en sachant qu'ils ne seraient jamais amis. Ils s'étaient affrontés durant toute une année avant de reconnaître de mauvaise grâce qu'ils étaient de force égale.

Malgré tout, Morwenna gardait espoir, car Robert n'avait pas trouvé une seule raison valable pour lui refuser sa requête.

— Je vais aller dire à Brian de préparer ses affaires.

— Es-tu certaine de vouloir retourner à Penrith ? insista le jeune homme.

La question, ce n'était pas Penrith. Il n'y avait rien pour elle, là-bas. Elle n'avait plus ni famille ni maison. Juste le vide d'une vie dont elle ne voulait pas. Mais l'homme dont elle voulait, lui, s'y rendait, et elle avait l'intention de rester auprès de lui aussi longtemps qu'elle le pourrait.

Morwenna leva le menton et le fixa. Puis elle brandit son bouclier et déclara :

— Demain nous partons ensemble.

Et si elle en trouvait le courage, peut-être mettrait-elle son cœur à nu devant lui avant qu'il ne soit trop tard.

Le voyage pour Penrith ne prit qu'une journée. Ils n'avaient qu'un cheval, et Robert et Brian se relayèrent pour monter en croupe derrière Morwenna. Ils avaient peu d'affaires à emmener avec eux, mis à part une armure et des armes. Brian qui avait énormément grandi ne rentrait plus dans ses habits, aussi Robert et Piers lui avaient-ils donné tout ce qu'ils pouvaient.

Ils étaient tous les trois vêtus très simplement, et Robert avait dissimulé sa cotte de mailles. Pour son arrivée, il avait fait attention à avoir l'apparence d'un serf. Son épée était sanglée dans son dos, cachée sous son manteau. Il voulait observer son fief et découvrir ce qui s'était passé pendant ces deux années avant d'être sûr de mettre son projet à exécution.

Dans le lointain, il vit que les murs du château avaient été reconstruits. Il se tendit, et même si son oncle l'avait averti, il était étrange pour lui de découvrir pierres et mortier en lieu et place des anciens murs en bois qu'il avait vus partir en fumée sous ses yeux horrifiés. Le nouveau lord Penrith avait procédé à des changements, et Robert dut reconnaître à contrecœur qu'il avait bien fait.

Se protégeant les yeux du soleil, il admira le blé en train de mûrir dans les champs. Puis il se rendit compte que leur monture risquait d'attirer l'attention et, malgré son envie d'arriver à destination au plus vite, il conduisit donc l'animal dans la forêt toute proche. Morwenna et Brian le suivirent pendant qu'il attachait le cheval à un tronc d'arbre, au bord d'un ruisseau.

— Il sera en sécurité ici, en attendant notre retour, dit-il.

— Je vais rester avec lui, proposa Brian.

Robert regarda Morwenna, mais elle secoua la tête.

— Je viens avec toi.

Même s'il ne voulait pas la mettre en danger, il était vrai qu'ils sembleraient sans doute moins menaçants à deux. Il haussa les épaules et remercia Brian.

Néanmoins, alors qu'ils quittaient la forêt, il se sentit moins sûr de lui. Après qu'ils eurent marché un moment en silence, il demanda à Morwenna :

— Qu'arrive-t-il à ton frère ? Il semble préoccupé.

Morwenna qui regardait droit devant elle ne tourna pas la tête vers lui. Elle se contenta de ces succinctes explications :

— Il se sent responsable de ce qui est arrivé à notre père la nuit de l'attaque. Il s'en veut.

Robert pressentait qu'elle ne disait pas tout, loin de là, mais il s'abstint de la questionner davantage. Il avait remarqué quelque chose d'étrange chez Brian : ce dernier s'était entraîné aussi dur que lui, mais quand il se battait, il conservait toujours une certaine raideur, presque comme s'il doutait de lui. À moins qu'il ne s'agisse de rage contenue.

Quoi qu'il en soit, Brian n'avait plus rien à craindre

désormais. Personne ne ferait plus jamais de mal ni à Morwenna ni à lui. Tous les deux étaient capables de se défendre.

— Est-ce que tu penses que quelqu'un va nous reconnaître ? demanda Morwenna alors qu'ils sortaient pour de bon de la forêt.

Elle porta la main à ses cheveux et essaya de les discipliner. Peine perdue, car le vent les faisait voleter autour de son visage. Robert savait qu'elle ne se trouvait pas jolie avec les cheveux aussi courts, mais il estimait pour sa part que ses boucles brunes mettaient en valeur le vert de ses yeux. Elle lui faisait penser à une nymphe des bois, un peu sauvage, mais belle et fougueuse.

— J'imagine que les serfs te reconnaîtront, répondit-il. Moi, cela m'étonnerait qu'ils sachent qui je suis. Je ne quittais pas souvent le donjon.

— Pourquoi, d'ailleurs ?

— Enfant, j'ai été malade pendant de longues années. Et même après ma guérison, je n'aimais pas tellement sortir. Les gens me regardaient bizarrement. Je pense que mon père ne voulait pas que je me montre parce qu'il avait honte de moi. Je ne savais pas me battre.

— Les choses ont bien changé à présent.

Robert ne partageait pas les certitudes de Morwenna. C'était une chose de s'entraîner avec Brian et Piers. C'en était une autre d'affronter des soldats aguerris formés pour tuer.

Comme ils approchaient des champs, Robert vit des hommes postés à chaque porte de l'enceinte. Alors qu'ils continuaient d'avancer, il se sentait de moins en moins à l'aise. Qui étaient ces soldats ? Et quel type d'homme était le nouveau lord Penrith ? Son oncle avait laissé entendre que les choses ne se passaient pas très bien, mais il était difficile de savoir de quoi il retournait vraiment.

Robert eut l'impression d'avoir mis le pied dans un autre

monde. Alors qu'il s'attendait à trouver ses terres en proie à la désolation, un nouveau domaine semblait être né des cendres du premier.

Ils longèrent les champs de blé et il aperçut quelques visages familiers parmi d'autres qui lui étaient inconnus. La plupart des serfs ne prêtèrent pas attention à lui. Un homme leva brièvement les yeux, avant de se remettre très vite à la tâche. Tout le monde travaillait dans le plus complet des silences.

Cette absence totale d'échanges, quels qu'ils soient, fut ce qui le dérangea le plus. De toute évidence, il y avait un souci, mais Robert ignorait de quoi il s'agissait.

Personne ne réagit à leur passage. Robert pensait que les gens reconnaîtraient Morwenna, mais si tel fut le cas, ils ne laissèrent rien paraître.

— Nous devrions nous diriger directement vers le château, murmura Morwenna. Nous n'apprendrons rien d'eux.

Il acquiesça et lui prit la main. Ils franchirent les portes derrière une grande carriole et, une fois dans l'enceinte du château, Robert attira Morwenna à l'écart. Il voulait que personne ne les remarque car, les festivités de la Saint-Jean n'ayant lieu qu'une semaine plus tard, leur présence en ces lieux pourrait sembler incongrue. Morwenna recula pour aller se cacher dans un renfoncement sous les remparts pendant que Robert observait leur environnement.

Le nouveau comte de Penrith était riche et puissant. Il régnait en effet une prospérité manifeste tout autour d'eux, ce qui déstabilisa Robert. Il n'était pas sûr que les habitants voient son retour d'un bon œil. Ils avaient déjà un chef. Il se tourna vers Morwenna en se demandant ce qu'elle pensait de tout cela.

Mais elle fixait quelque chose devant elle, et Robert se tourna à nouveau pour voir ce qu'elle regardait.

Une noble dame descendait l'escalier du donjon. Elle était

vêtue d'une robe grise et ses cheveux avaient la couleur des rayons du soleil. Elle portait un diadème en or et souriait à l'amie qui l'accompagnait et lui parlait. Il devait s'agir de la fille du comte.

Robert l'observa un moment, en essayant de déterminer quel type de personne elle pouvait être. Il ne pouvait nier qu'elle était très belle. Il remarqua que Morwenna se faisait de plus en plus petite dans sa cachette. Les deux femmes étaient à l'opposé l'une de l'autre. La fille du comte était d'une beauté et d'une grâce innocentes, tandis que les traits de Morwenna étaient plus affirmés et plus durs. Mais il avait toujours admiré son esprit et son tempérament de survivante.

Tu dois épouser la fille du comte, se rappela-t-il. Il ne pouvait se laisser distraire par Morwenna. Il observa la femme sur les marches et vit qu'elle fixait l'horizon d'un air rêveur. Avait-elle envie de se marier ? Ce tournoi était-il une idée de son père ?

— Tu devrais t'approcher afin de faire connaissance avec elle, murmura Morwenna. Moi, je vais aller retrouver Brian.

Avant qu'il ne puisse lui demander d'attendre, elle était déjà sortie de sa cachette et se dirigeait à pas rapides vers les portes. Il aurait voulu discuter, mais il était impossible de la faire changer d'avis une fois qu'elle avait pris une décision. Morwenna était têtue et déterminée et si elle était partie, elle devait avoir une bonne raison pour cela.

Pour sa part, Robert préférait prendre le temps d'observer avant d'agir. Il avait besoin de découvrir qui étaient ces gens et à qui ils prêtaient allégeance. Il était venu ici dans l'intention de rebâtir son domaine et de prier le roi de lui restituer son titre. Mais il se demandait à présent s'il n'avait pas commis une erreur. Le roi Jean avait donné ses terres à un autre, et Penrith prospérait. Ses habitants n'avaient pas besoin de lui.

Il s'apprêtait à rejoindre Morwenna quand une main se referma sur la sienne. Il se retourna, prêt à dégainer son épée, avant de reconnaître Henri l'archer. Il s'agissait d'un ancien et fidèle compagnon de chasse de son père, et Robert se rappelait avoir vu les deux hommes trinquer ensemble en de nombreuses occasions.

Il était sur le point de le saluer quand Henri secoua la tête pour lui faire comprendre qu'il devait se taire. Puis, sans dire un mot, il s'en alla.

Robert demeura un moment interdit. Henri l'avait reconnu, cela ne faisait aucun doute, mais il avait fait en sorte de ne pas attirer l'attention sur Robert afin que son identité n'éclate pas au grand jour. Cela signifiait qu'un danger rôdait au château, sournois et invisible.

Les choses étaient peut-être un peu trop parfaites, un peu trop maîtrisées. Robert hocha très légèrement la tête, sans savoir si Henri avait vu son geste. Puis il se joignit à un petit groupe de serfs et quitta l'enceinte avant que quiconque ne le remarque.

Jamais je n'aurais dû venir à Penrith, songea Morwenna.

C'était déjà assez pénible de savoir que Robert avait l'intention de faire la cour à la fille du comte. Mais observer sa réaction quand il avait vu la jeune noble pour la première fois lui avait fait comprendre qu'elle n'aurait jamais dû se trouver là.

Une jalousie féroce lui transperça le cœur, même si elle était convaincue qu'elle n'avait aucun droit de réagir de la sorte. Robert était fait pour épouser quelqu'un comme la fille du comte, une belle lady qui n'ignorait pas ce que signifiait régner sur un château. Et, assurément, la jeune femme serait enchantée de découvrir à quel point Robert était beau. Mais quelle souffrance de voir l'admiration dans ses yeux quand il avait aperçu la jeune lady. Jamais il ne l'avait regardée de cette façon.

Dans une main, Morwenna portait un baluchon. Elle était retournée au moulin, où elle avait vécu, dans l'espoir de pouvoir s'y réfugier avec Brian. Mais à la place il n'y avait qu'un tas de ruines consumées. Le moulin avait été abandonné et un autre avait été construit à proximité. Sur les lieux, Morwenna avait tout de suite songé aux affaires de sa mère, que son père avait cachées. À sa grande surprise, elle avait extirpé, intact, le baluchon dissimulé sous une latte du plancher. Elle se demandait comment il avait échappé aux flammes cette nuit-là, mais elle était heureuse d'avoir pu le récupérer.

Morwenna retourna au campement où elle trouva son frère assoupi contre un tronc d'arbre.

— Brian !

Il sursauta en entendant sa voix et se leva d'un bond.

— Que s'est-il passé ? Où est Robert ?

— Il est au château, répondit Morwenna en rougissant. Je l'ai laissé avec l'héritière.

Elle alla caresser le cheval, en essayant de faire comme si tout allait bien. Mais en réalité elle ne parvenait pas à surmonter la cuisante humiliation qu'elle avait subie.

Son frère l'observa d'un air suspicieux. Son regard se fixa sur le baluchon.

— Tu t'es rendue chez nous ?

Elle acquiesça.

— Père m'avait donné ceci peu de temps avant l'attaque. Ces affaires appartenaient à notre mère et je ne voulais pas les laisser.

— Tu voudras retourner au moulin ce soir ? proposa Brian.

Morwenna secoua la tête.

— Il n'en reste plus rien, ou presque. Il n'a pas été reconstruit après l'incendie.

De toute façon, elle n'avait aucune envie de loger dans un endroit qui évoquait tant d'horribles souvenirs.

— Nous resterons ici, plutôt.

Même si elle continuait à câliner le cheval en frottant ses oreilles, son humeur noire n'avait pas échappé à son frère.

— Il s'est passé quelque chose, affirma Brian. Pourquoi es-tu aussi contrariée ?

Elle ne sut que dire, et il prit sa main pour la forcer à lever les yeux sur lui. Le regard bleu et calme de son frère lui fit prendre conscience qu'elle s'était comportée comme une lâche, en perdant son sang-froid. Elle prit une grande inspiration, puis une deuxième.

— Je suis désolée, murmura-t-elle. C'est juste que... je pensais que ça irait, que je le vivrais bien. Mais je me suis rendu compte que Robert n'a plus besoin de nous.

Elle avait voulu croire qu'elle parviendrait à se détacher de Robert et à l'aider à atteindre son but. Mais toutes ses bonnes résolutions s'étaient évanouies à la vue de la jeune lady. La fille du comte était belle et semblait sûre d'elle. Tout le contraire d'elle. Et Robert était tombé sous le charme de cette femme comme si elle lui avait jeté un sort. L'humiliation s'était emparée de Morwenna et elle avait eu très envie de s'enfuir.

Brian lui ôta les rênes des mains.

— Tu t'es fait de faux espoirs, Morwenna, et tu n'aurais pas dû.

Elle ferma les yeux. Comme elle regrettait d'être venue.

— Je sais que tu as raison, dit-elle en secouant la tête. Je le savais quand nous sommes arrivés ici, mais je voulais rester à ses côtés à tout prix.

Le regard de Brian se fit doux et compréhensif. Il prit à nouveau sa main.

— Morwenna...

Il y avait un mélange de compassion et de mise en garde

dans sa voix. Il n'ignorait pas, tout comme elle, que la probabilité pour que Robert tombe amoureux d'elle était nulle, ou presque.

— Je sais, répéta-t-elle à voix basse.

Mais en même temps, elle n'avait jamais avoué ses sentiments ni essayé d'attirer l'attention de Robert. Elle avait rêvé de pouvoir faire partie de sa vie d'une façon ou d'une autre, et elle avait béni chaque jour passé en sa compagnie. Mais dès qu'elle l'avait vu poser les yeux sur une autre femme, elle s'était comportée comme la pire des lâches en s'enfuyant.

Néanmoins, elle comprenait le message tacite de son frère. Ce n'était pas le moment de laisser tomber Robert. Il avait toujours besoin de leur aide.

Brian désigna le baluchon.

— Tu ne m'as jamais montré ce qu'il contenait.

— Oh ! pas grand-chose, répondit-elle. Rien qu'une robe.

Son frère ne voulut pas en savoir davantage, car il s'intéressait peu aux vêtements.

— Que crois-tu que Robert va faire à présent ?

— Il a dit qu'il voulait découvrir ce qui se passait à Penrith. Je pense qu'il a l'intention de rester là-bas pour glaner des informations. Ou peut-être va-t-il essayer de courtiser l'héritière en secret.

Morwenna lutta pour chasser la jalousie qui s'emparait d'elle. Il valait mieux qu'elle y parvienne, car il était probable qu'ils dussent aller rejoindre Robert.

— Dans ce cas, nous devrions y aller nous aussi, déclara Brian. Il faut que nous retracions le déroulement des événements depuis que nous avons quitté Penrith.

— Pas tout de suite, répliqua Morwenna. À trois, nous passerons difficilement inaperçus. Tu devrais aller chasser pour que nous puissions manger ce soir. Je vais t'attendre ici.

Elle avait besoin d'un moment de solitude, afin de se remettre de ses émotions.

— Robert nous rejoindra plus tard et nous racontera ce qu'il a appris.

— Je ne veux pas te laisser seule, protesta Brian.

Cela la fit sourire, et elle posa la main sur la poignée de son épée.

— Il faut me croire quand je te dis que plus personne ne me fera de mal. Le premier qui essayera y abandonnera sa main.

Au moins, grâce à leurs entraînements, elle avait pleinement confiance en ses capacités à se battre.

— Entendu. Mais je vais me dépêcher de revenir.

Son frère se tourna pour partir et Morwenna prit les rênes du cheval. Elle attendit que Brian ait disparu pour se diriger vers un petit étang situé non loin de là. Elle s'aspergea le visage d'eau fraîche afin d'y voir un peu plus clair dans ses pensées.

Elle avait passé les deux dernières années à s'entraîner, dans le but de se transformer. Son corps était élancé et musclé à présent, et elle savait se défendre contre n'importe quel assaillant. Elle ne serait plus jamais faible.

Mais avait-elle bien fait ? À présent Robert semblait croire – à tort – que ce qu'elle voulait dans la vie, c'était se battre. Ce n'était pas du tout la vérité. Ce qu'elle voulait, c'était *lui*. Elle s'était entraînée à ses côtés en cherchant à attirer son attention. Et au lieu de la voir comme une femme, il la voyait comme un compagnon d'armes.

Morwenna appuya le front contre un tronc d'arbre. Elle se sentait complètement perdue. Elle enfila la main sous sa chemise et en sortit la chaîne et le pendentif en or qu'elle avait récupérés au moulin. Même si sa mère était morte il y avait de nombreuses années, son père les lui avait donnés, en même temps que la robe, en disant que tout cela lui revenait.

Elle était surprise que Geoffrey, leur père, ait conservé des objets d'une telle valeur sans les vendre. Néanmoins, c'était tout ce qu'il lui restait d'Eldreth. Morwenna était heureuse d'avoir pu retrouver les affaires de sa mère car elles représentaient une preuve tangible de son existence.

Geoffrey n'avait jamais évoqué le passé d'Eldreth. Morwenna passa le doigt sur les ciselures du bijou, regrettant que sa mère ne lui ait jamais parlé de sa famille. Étant donné la richesse des matériaux – la soie de la robe et l'or du bijou –, Morwenna pensait qu'elle était issue de la noblesse. Elle s'en voulait de ne pas avoir questionné sa mère sur son passé quand elle était encore en vie. Elle avait bien essayé un peu, mais Eldreth n'avait jamais été très bavarde. Elles n'avaient jamais été proches, bien que Morwenna se soit toujours appliquée à être une fille dévouée. Et maintenant, elle n'avait aucune réponse.

Rien que des questions.

Sa gorge se serra douloureusement. La dernière fois qu'elle avait vu son père, leur maison était en flammes. Il s'était retrouvé piégé à l'intérieur et elle avait entendu ses hurlements, et puis le silence. Il n'y avait rien eu de plus atroce que de l'entendre mourir sans rien pouvoir faire contre cela. Encore maintenant, Morwenna se souvenait de la fumée suffocante et des mains énormes et calleuses des soldats qui l'avaient enlevée. Brian avait tenté de la sauver, mais il s'était retrouvé captif à son tour. Elle n'avait jamais compris pourquoi les soldats les avaient faits prisonniers au lieu de les tuer tout de suite. Ils voulaient peut-être faire un exemple de leurs morts ou se servir d'eux pour forcer les autres à se soumettre. Mais grâce à Robert, ils avaient pu s'enfuir.

Morwenna cacha le pendentif sous sa chemise et sentit

la chaleur de l'or contre sa peau. Elle devait tout à Robert. Et jusqu'à ce qu'ils sachent qu'il ne craignait rien, ils devaient rester cachés. Elle avait l'intention de se dissimuler parmi les suivantes de la fille du comte, tout en gardant son arme à portée de main, et de veiller sur Robert du mieux possible.

C'était tout ce qu'elle pouvait faire pour lui.

2

Robert suivit Henri jusque dans les champs. Celui-ci prit une faux et Robert l'imita, avant de remonter les manches de sa tunique. Sous le chaud soleil estival, ils se mirent à faucher les blés côte à côte sans rien dire.

Ce silence absolu était pesant, voire perturbant. Personne ne parlait, personne ne chantait. Il n'y avait que le travail, répétitif et interminable. Deux cavaliers patrouillaient de part et d'autre des champs. Chacun était armé d'un arc et d'un carquois, ainsi que d'une épée. Ils montaient la garde, comprit Robert. Mais pourquoi surveiller les serfs ? Si les paysans cultivaient la terre, c'était aussi pour eux : pour gagner leur pitance et leur logis. Il n'y avait aucune raison de les faire surveiller par des hommes armés.

Il était sur le point de s'adresser à Henri à voix basse quand il se ravisa. Si tout le monde se taisait, il devait y avoir une bonne raison pour cela. La dernière chose qu'il souhaitait, c'était attirer l'attention sur lui. Il continua de travailler en réfléchissant à l'endroit où Morwenna et Brian avaient pu trouver refuge. Sur le moment, il lui avait paru étrange qu'elle l'abandonne et cela l'avait même contrarié, mais à présent il se disait qu'elle avait bien fait.

Morwenna n'était pas femme à obéir aveuglément. Quand on lui demandait de faire quelque chose, elle voulait toujours savoir pourquoi. Il réprima un sourire. Ses manières un peu brusques et son tempérament fougueux l'amusaient.

Quel caractère pouvait avoir la fille du comte ? s'interrogea-t-il. D'après ce qu'il avait pu voir d'elle, elle était belle et semblait gentille, ce qui faisait sans doute d'elle une épouse idéale. Mais que connaissait-il au juste des femmes ? Et que savait-il de la façon de leur faire la cour ? Pas grand-chose, à dire vrai. Morwenna avait raison. Il fallait qu'il s'attire les faveurs de la lady afin qu'elle l'accepte comme époux, et il n'était pas certain qu'il suffirait pour cela de remporter les épreuves du tournoi.

Il avait vécu entre les murs d'un château toute sa vie, sans beaucoup fréquenter la gent féminine. Même les servantes ne lui avaient pas souvent adressé la parole. Il n'avait jamais considéré sa méconnaissance des femmes comme un problème jusqu'à présent.

En même temps, il avait un don pour résoudre les problèmes. Tout ce qu'il avait à faire, c'était les simplifier à l'extrême. Quand un outil métallique, quand une poulie n'étaient pas huilés ni entretenus, ils pouvaient se casser. À chaque fois que Robert avait étudié de près un objet pour comprendre pourquoi il s'était cassé, il s'était rendu compte qu'une des pièces qui le constituaient n'avait pas été correctement entretenue. Ce devait être la même chose pour les femmes. Comme pour une charnière qui nécessitait d'être huilée, il fallait qu'il apprenne à leur donner ce dont elles avaient besoin.

Robert décida qu'il parlerait de tout cela le soir même avec Morwenna. Au moins avec elle, il pouvait évoquer tous les sujets librement, et il était certain qu'elle répondrait avec honnêteté.

Il continua à travailler aux côtés d'Henri encore une heure, et quand le soleil fut devenu brûlant, il lui fit comprendre qu'il avait besoin de boire un peu d'eau. Son ami secoua la tête.

Impossible de boire ? Et de manger, alors ? Il s'approcha d'Henri et lui laissa entendre qu'il avait faim, également. De nouveau, l'homme fit non de la tête sans rien dire.

Les choses étaient encore pires qu'il ne l'avait imaginé. Pourquoi les paysans enduraient-ils de telles souffrances ? Il en eut la réponse quelques instants plus tard. Un vieil homme perdit l'équilibre alors qu'il se penchait pour saisir une tige de blé. Au moment où il s'effondrait à terre, l'un des gardes décocha une flèche dans sa direction. Si la pointe se ficha dans la terre plutôt que dans sa chair, ce fut seulement parce que le vieillard s'était empressé de se relever et de reprendre sa faux.

Robert regarda le garde, abasourdi. Le vieil homme n'avait rien fait de mal, et il avait failli être tué pour cela. Ces gens n'étaient guère mieux que des esclaves, retenus en captivité et forcés de travailler. Robert se fit la promesse qu'une fois qu'il aurait épousé l'héritière de Penrith, il ferait en sorte de les libérer de cette servitude. Et en ce qui concernait Morwenna et Brian, il leur conseillerait de surtout rester cachés. Ici, c'était trop dangereux.

À la fin de la journée de travail, quand le soleil commença à décliner, les paysans formèrent une ligne. Chacun reçut un petit bol d'eau et un morceau de pain de la taille d'un poing. Il n'y avait ni viande ni poisson. Rien d'autre que du pain et de l'eau.

Pourquoi ces gens ne rentraient-ils pas chez eux pour manger ? Pourquoi devaient-ils attendre une distribution de nourriture ? Robert ne comprenait rien.

Il but son eau la tête baissée, sans savoir si quelqu'un allait le reconnaître. Si ce fut le cas, personne ne dit rien. Il refusa le pain, se disant qu'il chasserait après avoir rejoint Morwenna et Brian. Mais d'abord, il voulait parler à Henri.

Il suivit l'homme jusqu'à sa petite maison. Henri coupa son pain en deux et en donna une moitié à sa femme. Robert regretta de ne pas avoir conservé son morceau, car il aurait pu leur en faire profiter.

Ce ne fut que lorsque Henri eut refermé la porte derrière lui qu'il lâcha, à voix basse :

— Vous êtes vivant.

Robert acquiesça.

— Je suis allé me cacher après l'attaque.

Henri lui adressa un regard légèrement teinté de mépris. Robert comprenait sa réaction, mais comment aurait-il pu faire autrement ?

— Raconte-moi ce qui s'est passé ici, le pressa-t-il. Et pourquoi personne ne parle.

Henri adressa un bref regard à sa femme.

— Le roi Jean a envoyé Alfred de Tilmain afin qu'il règne sur les terres de Penrith. Au début, nous étions contents. Nous pensions qu'il allait être un bon seigneur.

Il haussa les épaules, et ajouta :

— C'était l'hiver, et nous avions besoin de nous protéger des frimas. Lord Penrith a réparti entre nous les maisons restées debout. Il a envoyé des soldats pour nous aider à les restaurer, et nous lui en avons été très reconnaissants. En échange, nous avons tous reconstruit le château, sans ménager notre peine. Au début, nous avons vraiment cru qu'il serait un bon lord. Mais une fois le printemps venu, il nous a contraints à procéder à de gros changements dans notre façon de cultiver la terre. Il nous a fait semer les graines beaucoup plus tôt et le gel a causé beaucoup de pertes. L'un de nous – Justin le tonnelier – a défié Lord Penrith et s'en est pris à lui verbalement devant tout le monde. Et il a payé le prix fort.

— C'est-à-dire ? demanda Robert, qui craignait le pire.

— Lord Penrith a fait rassembler la famille de Justin

devant ce dernier. Sa femme et ses quatre enfants. Nous ne savions pas très bien pourquoi, mais je m'imaginais que c'était pour qu'ils soient témoins. Nous pensions que Justin serait fouetté pour ce qu'il avait dit. Il avait déjà les mains liées dans le dos, et j'ai vu l'un des soldats avec un fouet. Alors le lord a déclaré : « Les actes d'un seul homme affectent tout le monde. La rébellion est un poison qui doit être éradiqué avant qu'il ne se propage. »

Henri grimaça et ajouta :

— Ensuite Lord Penrith a fait fouetter le fils aîné de Justin devant tout le monde. L'enfant n'avait rien fait de mal.

Robert eut du mal à parler tant la colère lui serrait la gorge.

— Et qu'ont fait les gens en voyant cela ? Qu'a fait Justin ?

Henri se signa.

— Sur un geste du comte, l'enfant a été relâché. Ensuite, Justin a eu la gorge tranchée. C'était pour nous rappeler qui était le maître de Penrith. Nous n'avions pas à remettre en cause les méthodes de notre lord. Tout acte de rébellion ou de désobéissance serait puni de mort. Et ceux d'entre nous qui avaient des enfants les verraient aussi souffrir.

Robert ne parvint pas à s'exprimer tant il était horrifié. Sa peau était devenue glacée, et pendant un instant, il se demanda ce qu'il avait fait en choisissant de revenir. Ses gens étaient retenus prisonniers par un lord d'une cruauté qu'il n'aurait jamais pu concevoir. Quel abominable châtiment !

— Et ton fils ? s'enquit-il soudain. Qu'est-il devenu ? Est-il...

— Je l'ai envoyé en secret chez mon frère, qui vit plus au sud du royaume, répondit Henri. Je lui ai dit de ne pas revenir. C'était mieux ainsi. J'ignore s'il est arrivé à destination ou pas. Mais mieux valait prendre ce risque que le garder ici.

Sa femme se mit à pleurer des larmes silencieuses. Robert ne savait pas comment la consoler, car même s'il obtenait la main de la jeune lady, serait-il capable de renverser le nouveau lord ? Surtout si les habitants avaient trop peur de lui.

— Qu'a dit le roi quand il a appris cela ?

Henri secoua la tête.

— Le roi ne se préoccupe pas du sort des serfs, my lord. Ni lui, ni personne.

Robert voulait protester, et prétendre que lui, il s'en préoccupait, mais les mots ne signifiaient rien. Jusqu'à ce qu'il ait libéré ses gens de ce tyran et qu'il l'ait chassé, ce n'étaient rien de plus que des mots.

— Lord Penrith a l'appui du roi Jean, poursuivit Henri. Nous l'avons vu lui envoyer des présents pour asseoir sa position. Des moutons, du bétail, parfois des coûteuses soieries ou des bijoux précieux.

— Et où s'est-il procuré ces soieries et ces bijoux ?

— Il s'agit sans doute de butins, amassés au cours de raids, expliqua Henri. Il envoie des soldats en « mission » régulièrement, afin de remplir ses coffres. Enfin, c'est ce que nous supposons. Ce dont nous sommes certains, en revanche, c'est qu'il exige qu'on lui obéisse. Si nous faisons ce qu'il demande sans poser de questions et si nous ne lui causons jamais de problème, il nous laisse en paix.

— Qu'en est-il de sa fille ?

— Il maintient Lady Gwendoline à l'écart de tout ce qui se passe à Penrith, répondit Henri. Je ne pense pas qu'elle sache ce qui se trame ici. Ou bien si elle le sait, elle ne peut rien faire pour arrêter son père.

— Je suis venu ici pour obtenir sa main, lâcha Robert. J'ai entendu dire qu'un tournoi allait être organisé pour les fêtes de la Saint-Jean.

— Oui, Lord Penrith a l'intention de trouver un époux pour sa fille. Mais la lutte sera ardue, my lord. Penrith a invité des jeunes nobles venant de tout le royaume. Et pour pouvoir épouser Lady Gwendoline, il faudra verser une très grosse somme d'argent. Je vois mal comment vous y parviendriez.

— Je pensais que c'était le gagnant des épreuves qui obtiendrait sa main.

Henri secoua lentement la tête.

— Son père se sert d'elle pour consolider son pouvoir dans le nord du royaume. Ces épreuves, ce n'est que de la poudre aux yeux. Un homme qui ne serait ni riche ni puissant ne saurait être considéré comme un prétendant sérieux.

Cette mise en garde ne surprit pas Robert.

— J'espère récupérer les terres de mon père et placer sous ma protection tous les habitants de Penrith. Mais personne ne doit deviner qui je suis.

Henri semblait perplexe.

— Je vais le dire aux autres et leur demander de se taire.

Robert hocha la tête, tout en réfléchissant à ce qu'Henri lui avait appris. Il fallait qu'il discute avec Morwenna et Brian de ce qu'il venait de découvrir. Mais surtout, il fallait qu'ils restent à l'écart. Si Morwenna osait retourner au château, il était certain que ses manières directes et son franc-parler l'exposeraient à de graves dangers.

— Merci de m'avoir raconté tout cela, déclara Robert. Je garde malgré tout l'idée d'essayer d'obtenir la main de la lady. Ensuite, je ferai tout pour vous libérer.

L'expression d'Henri demeura méfiante et dubitative.

— J'aimerais croire que c'est possible. Mais cela fait presque un an que nous vivons ainsi. Il est trop tard pour que quoi que ce soit change.

Il accompagna Robert jusqu'à la porte.

— Il vous faudra déjouer la surveillance des soldats pour gagner la forêt. Je vous souhaite bonne chance, Robert de Penrith.

Il lui en faudrait sans doute, en effet.

Un peu plus tard ce soir-là, Morwenna avait suivi son frère pour établir le campement sous un surplomb rocheux. L'endroit était assez éloigné de Penrith, mais il offrait un abri contre la pluie qui s'était mise à tomber dans la soirée. Morwenna avait vidé et fait cuire les lapins attrapés par Brian, et elle avait mis de côté une part de viande pour Robert.

Mais les heures passaient et il ne les avait toujours pas rejoints. Morwenna l'attendait, assise devant le feu, les genoux repliés contre sa poitrine. Elle se demandait s'il allait pouvoir les retrouver, ou même s'il en avait l'intention. Elle l'imaginait en train de festoyer avec le nouveau lord pendant que la belle fille du comte le dévorait des yeux avec adoration. La jalousie la rendait folle. Elle se rappela que Robert ne la voyait pas comme une femme. Même si elle lui avouait ses sentiments, cela ne changerait rien. Il était là pour conquérir l'héritière du domaine. Rien d'autre.

Brian était déjà couché, mais Morwenna, incapable de dormir, tisonnait le feu à l'aide d'un bâton. La pluie continuait d'éclabousser le surplomb rocheux, mais au moins, grâce à cet abri, le feu ne s'éteignait pas. Elle resta à fixer les flammes jusqu'à ce que, enfin, elle voie Robert approcher.

Sans se soucier de la pluie, elle courut vers lui, l'esprit agité. Elle voulait savoir s'il allait bien, elle voulait s'excuser d'être partie, et elle voulait qu'il lui relate ce qu'il avait appris. Finalement, la seule chose qu'elle parvint à articuler fut :

— Tu nous as trouvés.

Puis elle ferma les yeux, tout en se maudissant. Quelle idiote elle faisait.

— Je veux dire, je suis contente que tu sois là. Est-ce que tu as faim ?

— Je meurs de faim.

Robert lui adressa un sourire chaleureux, et sa seule présence fit battre le cœur de Morwenna plus vite. Ses cheveux étaient mouillés à cause de la pluie, ainsi que ses vêtements. Elle lui fit de la place autour du feu et essaya de ne pas fixer sa tunique qui collait à son torse musclé.

— Assieds-toi et réchauffe-toi, le pressa-t-elle. Je t'ai mis du lapin de côté.

— Tu mériterais que je t'embrasse pour cela, lança-t-il sur un ton moqueur.

Sa voix était profonde et cela la réchauffa malgré la pluie. *Si seulement...*

Morwenna chassa cette pensée au plus vite, sachant qu'il était bien trop tôt pour cela. À la place, elle s'installa à côté de lui et demanda :

— Qu'as-tu appris à Penrith ?

Le visage de Robert s'assombrit et il prit un moment avant de répondre, comme s'il pesait ses mots.

— Tu as bien fait de partir tout à l'heure, finit-il par dire. C'est un endroit dangereux pour vous deux.

— Mais pourquoi ?

Le donjon semblait en bon état après avoir été reconstruit. Elle avait remarqué que les maisons des serfs étaient neuves elles aussi, avec des toits fraîchement recouverts de chaume. Les champs regorgeaient d'épis de blé bien dorés. Pourquoi l'endroit serait-il dangereux, alors que les terres semblaient plus prospères que jamais ?

— Parce que le nouveau lord est un homme qui soumet ses serfs à un régime de terreur. Ils ne sont rien d'autre que des esclaves sous sa domination. Et je ne sais pas comment je peux les libérer.

Il lui raconta l'histoire d'un homme nommé Justin qui avait essayé de protester et qui l'avait payé de sa vie.

La voix de Robert était empreinte de résignation et de doute et Morwenna n'avait rien à lui conseiller. Elle murmura simplement :

— Je suis désolée d'entendre cela.

Robert termina le lapin et tendit ensuite les mains devant le feu. Il se mura dans le silence, et Morwenna se rendit compte qu'il portait toujours ses vêtements mouillés. Elle alla fouiller dans leurs affaires dont elle sortit une fourrure.

— Tiens, proposa-t-elle. Tu veux peut-être faire sécher tes vêtements et te réchauffer.

Il la remercia et retira sa tunique trempée. Elle aperçut un bout de peau et de muscle qui la troubla. Robert drapa ses épaules dans la fourrure et quand il la vit qui le fixait, elle détourna le regard.

— Que vas-tu faire ? demanda-t-elle.

— Je n'ai pas encore décidé. Je devrais sans doute rester, afin d'en apprendre davantage sur les capacités défensives du comte. Mais il ne doit pas savoir qui je suis, et j'ai peur que d'autres personnes ne me reconnaissent. J'ai parlé à Henri l'archer, et il va tenter de les raisonner, afin qu'ils ne disent rien. Mais j'ignore ce qui se passera si le comte découvre ma véritable identité.

— J'ai vécu à Penrith un an et pendant tout ce temps je ne t'ai aperçu que deux fois, de loin, remarqua Morwenna. Il y a de fortes chances qu'ils ne te reconnaissent pas.

Robert prit un air maussade.

— Il ne devrait pas en être ainsi. Parfois je regrette que mon père m'ait autorisé à rester enfermé au château, parmi mes livres. Il aurait dû me forcer à m'entraîner avec ses hommes.

Morwenna eut envie d'acquiescer, mais elle n'en fit rien. À la place, elle déclara :

— Cela peut être un avantage pour toi maintenant. Personne ne devinera que tu es revenu.

— Je ne vois pas comment cela pourrait être un avantage. Surtout après notre fuite.

— Je ne suis pas d'accord, protesta-t-elle. Laisse les gens penser que tu es là pour trouver un moyen de les libérer.

Ils ne te trahiront pas s'ils pensent que tu es leur salut. Ils pourraient même peut-être t'aider durant les épreuves.

Robert saisit une bûche parmi le petit tas de bois entreposé par Brian sous le surplomb et le jeta dans les flammes.

— Je ne suis le salut de personne, Morwenna. Je ne suis qu'un lâche qui a bien mérité d'avoir tout perdu. En revanche les habitants de Penrith, eux, ne méritent pas ce qui leur est arrivé.

Elle vit dans ses yeux une grande amertume et perçut la culpabilité qui le minait.

— Alors fais quelque chose pour eux. Mets tes doutes de côté et aide-les.

Il fixa les flammes un moment, en agrippant les extrémités de la fourrure.

— C'est ce que je veux, crois moi. Mais je ne sais pas par où commencer.

— Glane des informations en secret, suggéra Morwenna. Je peux faire pareil de mon côté, et Brian aussi.

— Non. Je ne veux pas que vous couriez le moindre danger, ton frère et toi. Vous passerez vos journées ici, et je viendrai vous retrouver la nuit venue.

Même si c'était pour les protéger, l'ordre que Robert venait de lui donner stimula l'esprit de rébellion de Morwenna. Espérait-il vraiment qu'elle l'attendrait bien sagement ici, tous les jours, jusqu'à ce qu'il daigne revenir ? Ce n'était pas du tout ce qu'elle voulait.

— Donc, tu préférerais souffrir seul en martyr et nous laisser nous ronger les sangs toute la journée ?

Elle secoua la tête.

— Non, je ne resterai pas ici. Nous irons ensemble au château ou pas du tout.

Le regard de Robert s'assombrit, et il lui prit la main. Elle sursauta à son contact, alors qu'il pressait sa paume.

— J'admire ton courage, mais ce n'est pas raisonnable.

— C'est ce que tu fais toi qui n'est pas raisonnable, murmura Morwenna. Tu pourrais être fait de nouveau prisonnier si le comte apprend qui tu es.

— Sauf qu'il ne l'apprendra pas. Je ferai tout pour qu'il ne découvre pas ma véritable identité.

Il ramassa sa tunique et l'étala sur le sol à côté du feu afin qu'elle sèche.

Morwenna le regarda de nouveau, fascinée par la façon dont le reflet des flammes dansait sur sa peau. Certes, il avait vécu reclus presque toute sa vie, mais maintenant, après ces deux années d'entraînement, elle ne pouvait s'empêcher d'admirer la façon dont son corps s'était transformé.

Elle tendit les mains pour les réchauffer devant le feu. Robert se rapprocha d'elle et posa une extrémité de la fourrure sur ses épaules. Une telle proximité troubla Morwenna.

— Il y a quelque chose que je voudrais te demander, lança-t-il. À propos des femmes.

Elle s'attendait à tout sauf à cela.

— Que... que veux-tu savoir ?

— J'ai réfléchi à ce que tu as dit. Quand tu as parlé de la nécessité de conquérir le cœur de Lady Gwendoline.

Morwenna se crispa. L'épaule nue de Robert touchait la sienne, et elle sentait son corps chaud à côté du sien.

— Il faut que je sache ce que les femmes veulent, ce à quoi elles aspirent vraiment.

Il se mit à parler d'outils et de la façon de les entretenir. Des histoires de charnières, d'huile et de Dieu sait quoi encore. Elle était trop distraite par sa peau, par son odeur virile qui lui donnait envie de poser les lèvres sur son épaule.

— Morwenna ? la pressa-t-il. Si je suis censé faire la cour à Lady Gwendoline, il faut que je comprenne ce dont elle a besoin.

Elle sentit son visage s'embraser, mais cela ne l'empêcha pas de répondre avec sincérité.

— Une femme a besoin d'amour. Elle est flattée de s'apercevoir qu'un homme éprouve des sentiments pour elle, qu'il fait attention à elle.

Elle le vit froncer les sourcils.

— Je ne la connais même pas. Je peux la protéger, mais je ne pense pas être capable de faire semblant d'aimer quelqu'un que je viens de rencontrer.

— Non, mais tu devrais faire en sorte d'apprendre à la connaître, suggéra Morwenna.

— Comment ?

Il fixa un moment les flammes crépitantes avant d'ajouter :

— Je ne suis pas sûr de croire à la sincérité des ménestrels lorsqu'ils chantent leur amour pour leurs jolies bergères. Et je ne peux pas affirmer à cette lady que je l'aime si ce n'est pas vrai.

Morwenna garda le silence, car elle ne voulait surtout pas l'aider sur ce point particulier.

— Je pourrais lui dire qu'elle est belle, parce que c'est la vérité, proposa Robert. Ce serait une bonne idée, non ?

Elle haussa les épaules.

Tais-toi, s'ordonna-t-elle.

— Morwenna ? insista-t-il.

— Je ne sais pas, Robert. Tu vas devoir trouver par toi-même.

Il semblait perdu dans ses pensées, et désemparé. Alors, incapable de s'en tenir à la ligne qu'elle s'était tracée, Morwenna lança :

— Qu'aime-t-elle faire pour se distraire ?

Alors qu'il lui adressait un regard vide, elle poursuivit.

— Peut-être aime-t-elle broder. Ou monter à cheval.

Elle le vit réfléchir un moment.

— Comme toi tu aimes te battre.

— Non. Je n'aime pas du tout me battre.

Il la regarda bouche bée.

— Mais tu t'es entraînée avec nous pendant deux ans.

— Seulement parce qu'il était primordial que j'apprenne à me défendre, pas parce que cela me plaisait.

Il parut ébranlé par ce qu'elle venait de dire.

— Mais le bouclier...

Morwenna ne l'avait pas emporté avec elle, mais elle choisit ses mots avec précaution, car elle ne voulait pas froisser son ami.

— Je sais que tu souhaitais me faire un cadeau, mais le bouclier aurait été plus utile à Brian qu'à moi. J'ai apprécié l'intention, néanmoins. Tu as cru bien faire.

Robert soupira.

— J'imagine qu'il me faudra offrir un présent à la fille du comte. Et un bouclier ne serait pas approprié.

Il fixa de nouveau les flammes.

— Je ne possède ni or ni argent, donc je vais devoir trouver une autre idée. Des fleurs, peut-être.

— Oui, pourquoi pas des fleurs, acquiesça Morwenna. Ou une friandise. Ou un animal à cajoler, comme un chaton par exemple.

À cette pensée, elle ne put s'empêcher de sourire, rêveuse.

— C'est cela que tu aurais voulu ? l'interrogea-t-il à voix basse.

— Peu importe ce que j'aurais voulu, répondit-elle après s'être ressaisie. Je ne suis pas la femme que tu courtises.

Ces mots étaient durs et amers, mais elle avait besoin de les prononcer pour que son esprit comprenne bien qu'elle devait renoncer à lui.

— Non, tu as raison.

Robert lui prit la main et, machinalement, se mit à caresser sa paume avec son pouce.

— Je devrais profiter des quelques jours à venir pour observer Lady Gwendoline. Cela me donnerait un avantage sur ses autres prétendants.

Il ne semblait pas avoir conscience de l'effet qu'il lui faisait. Son contact la mettait en émoi, même si elle savait qu'il était stupide de s'imaginer quoi que ce soit.

— Robert, arrête, le pria-t-elle en retirant sa main.

Pour lui, cette caresse n'était qu'un geste amical. Mais pour elle, c'était une limite franchie. Une limite au-delà de laquelle elle se sentait autorisée à rêver, alors qu'il ne le fallait surtout pas. Elle ne voulait pas être un second choix, une femme de l'ombre tandis qu'il rêvait d'en courtiser une autre.

— Désolé.

Il posa la fourrure sur les épaules de Morwenna et se leva. Puis il se mit à fixer un point au loin, perdu dans ses pensées. La lumière du feu faisait miroiter son torse musclé et ses bras forts. La puissance d'attraction qu'il exerçait sur elle était immense. Elle ne put s'empêcher de se demander ce que cela ferait de dormir tout contre lui, de sentir ces bras autour d'elle. Pendant qu'il allait chercher une couverture dans ses affaires, elle se prit à rêver. Elle s'imagina collée à lui, sa peau nue contre la sienne, sous et parmi les fourrures. Son cœur se mit à cogner dans sa poitrine pendant qu'elle le regardait en silence.

Même si elle voulait bien croire qu'elle comptait pour lui, elle n'était pas la femme dont il avait besoin. Elle n'avait rien du tout à lui offrir. Du moins pour l'instant. Néanmoins, en son for intérieur, Morwenna se fit une promesse. S'il lui fallait des informations, elle pourrait se débrouiller de son côté pour en recueillir et les lui transmettre.

Il souhaitait qu'elle reste cachée et qu'elle ne coure aucun risque. Mais il allait apprendre qu'elle pouvait facilement se déguiser et devenir quelqu'un d'autre si nécessaire.

Au cours des deux jours qui suivirent, Robert travailla aux champs parmi les paysans, tendant l'oreille pour découvrir le plus possible d'éléments intéressants. Henri le faisait dormir chez lui sur une paillasse, et il avait essayé de se faire le plus discret possible, afin de ne pas attirer l'attention. De temps en temps, il surprenait un hochement de tête qui lui était destiné de la part de l'un des serfs, mais personne ne trahit sa présence. Il se demanda si Henri leur avait parlé ou bien s'ils se doutaient de la raison pour laquelle il était revenu à Penrith. Pour l'instant, il leur savait gré de leur silence.

En tentant de se renseigner au sujet de Lady Gwendoline, il avait appris qu'elle n'aimait pas rester enfermée. Chaque jour, elle se promenait sur les remparts, en regardant au loin et en offrant son visage aux rayons du soleil.

Ce n'était pas suffisant, néanmoins. Il fallait qu'il l'approche, qu'il la rencontre en secret si possible. Mais elle était en permanence surveillée par des gardes et ne semblait pas avoir le droit de quitter l'enceinte du château. Robert avait l'intention de parler d'elle à Henri ce soir-là, pour voir si cela valait la peine de tenter de s'introduire au donjon.

Alors qu'il était déjà tard et que la journée de travail était sur le point de se terminer, l'attention de Robert fut attirée par un bruit de cavalcade. Il tourna la tête et vit deux cavaliers approcher. Le premier était une femme vêtue d'un manteau, l'autre vraisemblablement le garde qui l'escortait. Il ignorait de qui il s'agissait, mais les soldats leur ouvrirent les portes sans poser la moindre question.

Il adressa un regard interrogateur à Henri, qui se contenta de hausser les épaules. Cette arrivée intempestive était étrange, et Robert, les sens en éveil, continua d'épier ce qui se passait. Il alla se placer dans la file des hommes qui attendaient à boire et à manger, en se disant qu'ainsi il verrait un peu mieux.

Un des soldats aida la femme à descendre de cheval et

la conduisit vers le donjon. À ce moment-là, elle baissa son capuchon. Robert se figea lorsqu'il comprit de qui il s'agissait.

Sans qu'il sache comment, Morwenna avait réussi à se procurer une belle robe verte. Elle avait remonté ses cheveux de façon assez simple et, autour du cou, portait une chaîne et un pendentif en or.

Pendant un long moment, Robert ne put détacher son regard de cette apparition. C'était la première fois qu'il voyait Morwenna ainsi, et il était abasourdi. Il était habitué à ce qu'elle dissimule son corps sous des braies et une tunique. Il ne s'en était jamais rendu compte, mais la robe mettait en valeur sa silhouette élancée et les courbes généreuses qu'il n'aurait jamais cru qu'elle possédait.

Son souffle se coupa alors qu'un désir défendu s'emparait de lui. Il avait envie de mettre les mains autour de la taille de la jeune femme puis, de là, de partir à la découverte de son corps, qui devait être aussi doux que la soie qu'elle portait. Que lui arrivait-il ? C'était comme si Morwenna avait dompté sa beauté sauvage pour lui jeter un sort. Elle le tentait en offrant à son regard un morceau de peau nue, là, autour de son cou. Il s'imagina y poser les lèvres, tout en se demandant quelle serait sa réaction.

Avait-elle toujours été aussi belle ? Était-ce lui qui était aveugle pour ne pas l'avoir vu ? Sa gestuelle et ses attitudes trahissaient une certaine vulnérabilité. Elle semblait timide et réservée, comme une femme ayant besoin de protection. Mais cette apparence était trompeuse, et Robert savait très bien qu'elle était tout à fait capable de se défendre.

— Qui est cette femme ? s'enquit-il auprès du soldat qui distribuait le pain.

Même s'il connaissait la réponse, il voulait entendre quelle histoire elle avait pu inventer.

— Nous venons de la croiser sur la route, répondit

l'homme. Elle nous a dit qu'elle avait été attaquée et dévalisée avec son escorte.

Robert hocha la tête puis entama son pain pendant qu'il se dirigeait vers les portes. Il termina de manger et suivit un groupe d'hommes qui pénétraient dans l'enceinte du château.

À son apparence, tout le monde prendrait Morwenna pour une aristocrate. Elle se tenait bien droite, les épaules rejetées en arrière, le menton levé. Brian, quant à lui, se faisait passer pour son garde personnel. Ils commencèrent à monter les marches et au bout de quelques instants, Lady Gwendoline fit entrer Morwenna dans le donjon.

Qu'était-elle en train de faire ? Elle venait de s'introduire dans l'endroit le plus dangereux de tous. C'était à la fois déraisonnable et brillant. Elle aurait accès à tous les renseignements dont il avait besoin, mais que se passerait-il si quelqu'un reconnaissait en elle la fille du meunier ? Le lord ou ses gardes pourraient s'en prendre physiquement à elle, et Robert ne pourrait rien faire pour les en empêcher.

À moins qu'il ne la suive à l'intérieur du château.

C'était un risque terrible, mais c'était la seule solution. Il hésita un moment à se présenter comme l'un des prétendants de la fille du comte. Mais non, il était encore trop tôt pour cela. Mieux valait attendre que les autres jeunes hommes n'arrivent. Au lieu de cela, Robert décida de s'introduire dans le château pour tenter d'en apprendre davantage sur Lady Gwendoline.

Il étudia les mouvements et les déplacements autour de lui et vit plusieurs serviteurs portant des plateaux chargés de victuailles se diriger vers le donjon. S'il marchait tête baissée, il avait une chance de ne pas être reconnu. Il attendit jusqu'à ce qu'un petit groupe de serfs s'approche du donjon, et il cacha son visage sous son capuchon. Quand il atteignit l'entrée gardée par des soldats, il baissa la tête et suivit les hommes à l'intérieur.

Les hommes commencèrent à se disperser, et Robert poursuivit son chemin jusqu'aux cuisines. C'était le meilleur moyen pour pénétrer dans le donjon, car il pourrait apporter à manger à la table du lord. Il fallait absolument qu'il sache ce que faisait Morwenna, mais surtout, il voulait être sûr de pouvoir la protéger. Elle n'avait aucune idée du danger auquel elle pourrait être confrontée. Et même si son frère l'accompagnait, si elle était surprise en train de mentir… seul Dieu pourrait les sauver.

Robert avait presque atteint l'entrée des cuisines quand, tout à coup, une main s'abattit sur son épaule et tira sur son capuchon. Il se retourna, les poings levés et se trouva face… au cuisinier.

Ce dernier le dévisagea avec stupeur. Quand Robert était jeune, Wilfred préparait parfois des petits gâteaux au miel spécialement pour lui, et en échange, il avait eu droit à quelques pièces d'argent. Il l'avait forcément reconnu.

Robert adressa un discret hochement de tête au cuisinier, avant de prendre l'un des plateaux. Puis il soutint le regard de Wilfred un long moment, en se demandant s'il allait le trahir. Mais le cuisinier se détourna.

Robert suivit les autres hommes vers la grand salle du donjon. Il portait un plateau contenant du chapon rôti et l'odeur le fit saliver. Comme les autres serviteurs, il apporta la nourriture au nouveau Lord Penrith, qui était assis sous le dais. Lady Gwendoline avait placé Morwenna à ses côtés, tandis qu'une servante avait pris son manteau. Robert s'approcha du comte et lui proposa du chapon. Lord Penrith coupa une aile pour lui-même, avant de servir sa fille, tout cela sans accorder le moindre regard à Robert.

Mais quand Robert arriva à Morwenna, elle lâcha son

couteau et écarquilla les yeux. Puis elle se ressaisit en disant à Lady Gwendoline :

— Pardonnez-moi. C'est l'épuisement, sans doute.

— Je comprends, acquiesça la lady. Je vais vous trouver un endroit pour dormir, et vous pourrez rester parmi nous jusqu'à l'arrivée de votre père.

Morwenna hocha la tête, et Robert fut contraint de servir toute la suite du lord. Le mensonge de Morwenna semblait avoir pris. Mais avant de partir, il lui adressa un nouveau regard. Il avait besoin de lui parler, mais c'était trop dangereux de le faire là. Il désigna la porte de la tête. Avec un peu de chance, elle comprendrait qu'il voulait qu'elle le rejoigne quand il ferait nuit devant le donjon.

Si elle avait saisi le message, elle n'en laissa rien paraître. À la place, elle se tourna vers Lady Gwendoline et se mit à converser avec elle.

Robert suivit les autres hommes vers les cuisines, sans se priver de goûter au chapon au passage. Il avait sous-estimé Morwenna. Bien que de basse extraction, elle s'était glissée dans la peau d'une aristocrate avec une facilité stupéfiante. Rien ne la distinguait d'une vraie lady. Elle en avait les manières, l'attitude. Il n'aurait pas pensé qu'elle était aussi observatrice. Il s'était habitué à la farouche guerrière qu'elle était devenue, et il avait du mal à la reconnaître sous les traits de cette douce et délicate dame.

Finalement, la connaissait-il vraiment ? se demanda-t-il.

Où avait-elle trouvé sa robe et son collier ? Sa transformation le troublait, et sa nouvelle image restait gravée dans son esprit. La robe de soie verte qui épousait son corps élancé. Les manches volumineuses qui se confondaient avec les longues jupes. La couleur qui lui allait à ravir et faisait ressortir la teinte foncée de ses cheveux… Jamais il n'aurait imaginé qu'elle puisse être si désirable.

Quand ils furent de retour aux cuisines, Wilfred congédia

les autres mais ordonna à Robert de rester, en prétendant avoir besoin de son aide pour nettoyer la vaisselle. Il obéit, et plongea aussitôt un couteau dans l'eau, avant de le frotter avec du sable.

Wilfred attendit qu'ils soient complètement seuls pour s'adresser à lui.

— Je n'arrive pas à croire que vous soyez vivant, my lord.

— Ne m'appelle pas ainsi, le mit en garde Robert. J'ai demandé aux autres de faire comme s'ils ne me connaissaient pas. C'est mieux de faire comme si j'étais un étranger, car si Lord Penrith apprend qui je suis...

— Il vous fera tuer, termina Wilfred. Oui, c'est très risqué.

Et plus de gens le reconnaîtraient, plus le risque serait grand.

— J'ai l'intention de courtiser sa fille et de l'épouser sans que le comte sache qui je suis.

Le visage du cuisinier se ferma.

— Et quand le roi découvrira ce que vous avez fait ?

Robert ne saisissait pas à quoi Wilfred faisait allusion.

— Je n'ai rien fait de mal.

— Votre père a été exécuté pour trahison. Il a refusé de payer les impôts exigés par le roi Jean après que ce dernier les a augmentés et il a été accusé de conspiration contre la couronne. Si vous essayez de faire valoir vos droits sur Penrith, il se peut que le roi et le comte vous déclarent tous deux complice de votre père.

Même si Robert n'avait jamais été proche de son père, il était resté longtemps sans comprendre pourquoi les hommes du roi avaient attaqué cette nuit-là. Son oncle ne lui en avait jamais expliqué les raisons, sans doute pour le protéger. Et si les soldats les avaient emmenés, Piers et lui, c'était probablement parce qu'ils représentaient un moyen de pression.

— Après votre évasion, ils vous ont cherchés partout,

continua le cuisinier. J'ai entendu les soldats cette nuit-là. Si vous avez réussi à vous enfuir, c'est avec l'aide de Dieu.

Même si, sur le moment, Robert avait su que Piers et lui étaient en danger, il n'avait jamais réellement mesuré la gravité de leur situation.

— Et l'épouse de mon père ? demanda-t-il. Est-elle toujours vivante ?

Wilfred secoua la tête.

— Elle a été tuée la nuit de l'attaque.

Robert fut sincèrement peiné de l'apprendre, car même si Clarine n'était pas sa mère, elle avait toujours fait preuve d'une grande bonté à son égard. Elle n'avait jamais eu d'enfant, mais elle l'avait traité comme son fils.

Robert reprit :

— Je veux veiller sur Morwenna et Brian. Ils restent au château cette nuit.

Même si c'étaient eux qui avaient pris la décision de venir ici, il se sentait responsable de leur sort.

Le cuisinier ouvrit la porte d'un petit garde-manger où séchaient des bouquets d'herbes et des tresses d'oignons. Contre un mur étaient entassés plusieurs sacs de blé. Wilfred précisa :

— Vous pouvez dormir dans cette remise, my lord. Ce n'est ni très grand ni très confortable, mais personne ne viendra vous y chercher.

— Merci. De toute façon, cela ne durera pas : bientôt je me joindrai aux autres prétendants. Je n'oublierai pas ta gentillesse.

Il était heureux d'avoir un allié au château, une personne susceptible de lui livrer de précieuses informations au sujet de Lady Gwendoline.

En outre, il voulait rester le plus près possible de Morwenna, afin qu'il ne lui arrive rien.

Il était déjà tard dans la nuit quand Morwenna quitta son lit. Lady Gwendoline lui avait proposé de l'accueillir dans sa propre chambre, et elle s'était empressée d'accepter, car elle n'avait jamais rien vu d'aussi beau. Les draps étaient doux, et la pièce était agréablement et efficacement chauffée par un poêle à tourbe. Cela la changeait du grenier à foin dans lequel elle avait si souvent dormi durant son enfance. Elle avait très envie de rester allongée et de dormir, mais elle savait que Robert voulait la voir. Le regard stupéfait qu'il lui avait adressé en la servant à table l'avait emplie de fierté. De toute évidence, elle possédait certains talents dont il n'avait aucune idée.

Elle avait copié les attitudes de Lady Gwendoline, et quand elle avait prétendu avoir été attaquée et dévalisée sur la grand-route, tout le monde avait cru à son histoire. Lord Penrith avait promis d'envoyer un message à son père, mais bien entendu, on ne le trouverait pas, étant donné qu'il était mort.

Brian avait dîné avec les soldats, sans rien dire. Grâce à sa grande taille, il paraissait plus que ses quinze années, et Morwenna espérait qu'il n'avait pas éveillé les soupçons parmi les gardes du comte. Elle était plutôt confiante, néanmoins. Son frère arrivait très bien à se faire oublier au milieu des conversations. Et, visiblement, elle aussi avait réussi à passer inaperçue, puisque personne ne semblait l'avoir reconnue. C'était un peu triste, à vrai dire : cela signifiait qu'elle n'avait aucun ami parmi les villageois et qu'elle était plus seule encore qu'elle ne le pensait.

Il fallait qu'elle parle à Robert, mais pour cela, elle devait d'abord changer de vêtements. Elle circulerait plus facilement dans le château si elle se déguisait en homme. Après avoir enfilé ses braies et sa tunique, enfouies dans le petit baluchon qu'elle avait gardé avec elle, Morwenna cacha ses cheveux sous un chapeau et quitta la chambre sur la pointe des pieds. Elle descendit les escaliers et traversa la grand-salle en faisant bien attention d'éviter tous les hommes et femmes qui y dormaient. Elle ignorait où trouver Robert, mais elle avait l'intention de commencer à le chercher aux abords de la cuisine étant donné qu'il avait apporté de la nourriture à table. C'était dangereux, mais c'était un risque qu'elle devait prendre.

Alors qu'elle avançait dans le noir, la fraîcheur de l'air la glaça jusqu'aux os. Elle avait partagé la table du comte et de Lady Gwendoline, et, de l'extérieur, ils lui avaient semblé être de bonnes personnes. Le récit de Robert, qui prétendait que les serfs étaient traités en esclaves, lui paraissait exagéré. Mais le silence des habitants de Penrith l'amenait à s'interroger sur ce qui était vrai et ce qui ne l'était pas.

Une fois arrivée aux cuisines, elle s'arrêta devant la porte pour regarder autour d'elle. Les hommes qui gardaient le donjon ne verraient qu'un jeune homme en quête de nourriture, s'ils se donnaient la peine de scruter l'obscurité. Elle se glissa à l'intérieur et faillit hurler quand une main se posa sur sa bouche.

— Tais-toi, murmura Robert. Viens avec moi.

Sous l'effet du soulagement, Morwenna faillit s'effondrer, mais elle obéit. Il la conduisit jusqu'à un petit garde-manger dont il referma la porte derrière lui. Il y faisait si sombre qu'elle le distinguait à peine.

— Je suis heureux que tu ailles bien, Morwenna, dit-il en posant les mains sur ses épaules. Mais je n'arrive pas à croire que tu aies pris le risque d'entrer au château ce soir. Tu aurais pu te faire prendre. Ou pire, te faire tuer.

Elle fut surprise par ses mots et son ton autoritaire.

— Tu n'as vraiment aucune confiance en moi, n'est-ce pas ?

En guise de réponse, il la serra dans ses bras, si fort que son chapeau tomba. Il posa le menton sur ses cheveux, et Morwenna dut lutter pour ne pas se laisser submerger par ses émotions. En un seul geste, Robert l'avait totalement désarmée.

Pendant un moment, elle savoura cette démonstration d'affection inattendue, tout en tentant de se raisonner. *Cela ne signifie rien,* se répéta-t-elle. *Garde la tête froide.*

Robert finit par la lâcher et la fit asseoir sur un gros sac de blé.

— Raconte-moi ce que tu as découvert.

Aussitôt, elle s'exécuta.

— Vingt soldats sont présents au donjon, et vingt-quatre autres montent la garde le long des remparts. Six cavaliers surveillent les champs. Il y a quelques archers parmi eux, mais la plupart ne sont armés que d'une épée.

— Pourquoi autant de soldats ?

Morwenna secoua la tête.

— Je ne pense pas que tous ces hommes soient au service du comte. À mon avis, au moins la moitié d'entre eux appartiennent au roi, mais je ne connais pas la raison de leur affectation ici.

Robert réfléchit un long moment en silence, avant de demander :

— Et la fille du comte ? Qu'as-tu appris à son sujet ?

— Lady Gwendoline ignore presque tout de ce qui se passe à Penrith, et n'a aucune idée de la façon dont sont traités les serfs. Quant aux projets de son père la concernant, ils la mettent mal à l'aise.

Il s'accorda un nouveau temps de réflexion.

— A-t-elle dit quelque chose à propos du tournoi et de ses fiançailles ? Son père la laissera-t-il vraiment choisir son futur époux ?

Morwenna haussa les épaules.

— Personne ne le sait. Elle a juste déclaré que son père était très exigeant et que rares étaient les hommes qui trouvaient grâce à ses yeux.

Robert se cala contre le sac de blé et, pendant qu'ils parlaient dans le noir, elle sentit une intimité se nouer entre eux.

— Que penses-tu d'elle ?

Elle répondit avec honnêteté.

— Elle m'a fait très bonne impression. Douce, généreuse, gentille.

— Le comte n'a pas d'autre enfant qu'elle, n'est-ce pas ?

— Non, en effet.

Morwenna ferma les yeux, car il était très douloureux pour elle d'imaginer Robert en train de courtiser Lady Gwendoline. Elle savait pourtant que c'était pour cela qu'il était revenu à Penrith. Et elle savait depuis le début qu'il n'y avait aucune chance pour que Robert tombe amoureux de la pauvre fille de meunier qu'elle était.

La vie était injuste à bien des égards. Si Morwenna était née noble, elle aurait pu épouser un homme tel que Robert. Elle avait envie de maudire cette naissance misérable qui l'avait condamnée à une vie de pauvreté. Dans l'obscurité, elle porta la main à son pendentif. Ah, si seulement elle avait appris le nom de famille de sa mère. Cette dernière n'avait jamais parlé des siens, et à chaque fois que Morwenna avait essayé de l'interroger, ses questions étaient restées sans réponse. Même son père ne lui avait rien dit quand il lui avait donné la robe et le collier. Tant de secrets… Des secrets que ses parents avaient emportés dans leur tombe.

— Il faut que je fasse la connaissance de Lady Gwendoline, finit par déclarer Robert. Est-ce que tu peux arranger cela ?

Sa requête la prit de court, et elle répondit :

— C'est possible. Mais si quelqu'un lui révélait qui tu es vraiment ?

— C'est un risque, reconnut Robert. Mais Lord Penrith ne sait pas que je suis ici.

Tout en luttant pour faire taire ses sentiments, Morwenna lança :

— Tu ne pourras pas cacher ta véritable identité éternellement. S'ils découvrent la vérité...

— Ils ne la découvriront pas. J'ai demandé aux habitants de ne pas me trahir. Je pourrais même me présenter aux épreuves sous un faux nom.

— Cela ne me plaît pas, avoua-t-elle. C'est dangereux.

Mais elle avait surtout peur qu'il remporte le tournoi et qu'il obtienne la main de Gwendoline. Malgré elle, les émotions s'emparèrent de Morwenna. Dans sa poitrine, son cœur gonflé de peine lui faisait mal.

Tu savais très bien que c'était pour cela qu'il était revenu à Penrith.

Mais il ne partageait pas ses sentiments. Si elle lui disait la vérité, cela ne ferait que les embarrasser tous les deux.

— Es-tu certain que c'est ce que tu veux ? parvint-elle à demander. Es-tu certain de vouloir l'épouser ?

— Ce que je veux, c'est reconquérir Penrith et secourir mes gens. J'ai l'intention de devenir le comte que j'étais censé être. Et si épouser la fille du comte est le moyen de parvenir à cette fin, alors qu'il en soit ainsi.

Morwenna ne savait pas quoi répondre à cela. Même si cela lui déchirait le cœur, elle se força à ne pas le montrer.

— Très bien.

— J'ai besoin de ton aide, Morwenna, poursuivit Robert. Je n'ai pas fréquenté beaucoup de femmes, à part toi. Je ne sais pas comment m'y prendre pour faire la cour à Lady Gwendoline.

Une grosse boule se forma dans la gorge de Morwenna, même si elle s'attendait à ce qu'il lui demande ce genre de service.

— Sois gentil avec elle, et cela suffira.

— Ah, Morwenna, soupira-t-il. Si seulement c'était aussi facile.

Il lui prit la main, et continua :

— Je ne sais pas quoi dire ni comment me comporter.

Le contact de sa main ne fit que la rendre plus malheureuse encore. Elle avait à la fois envie de sentir sa chaleur et de retirer sa main. C'était un poids atroce, et Morwenna regrettait amèrement de ne pas pouvoir révéler la vérité. Mais en même temps, il pourrait la prendre en pitié d'éprouver des sentiments qu'il ne partageait pas. Au lieu de parler, elle pressa donc sa main, et savoura cette petite attention, même si elle ne signifiait rien pour lui.

Après un bref silence, il demanda :

— Où as-tu trouvé cette robe et ce pendentif ?

— Ils étaient cachés au moulin et je suis allée les récupérer, répondit-elle. C'est tout ce qu'il me reste de ma mère.

Du bout du pouce, Robert dessina un petit cercle sur sa paume.

— C'était à elle ?

Morwenna comprit sa question tacite au sujet du passé de sa mère et acquiesça.

— Je suppose que ma mère appartenait à une riche famille et qu'elle n'est pas tombée amoureuse de l'homme qu'il aurait fallu.

Dans la situation présente, ses mots acquéraient une résonnance particulière et elle les trouva bien douloureux. Elle imaginait très bien la raison pour laquelle sa mère avait tout laissé derrière elle : elle, Morwenna, aurait fait exactement la même chose pour Robert. Eldreth avait sans doute tout abandonné pour son mariage. Sa famille, ses biens… tout.

Néanmoins, Morwenna présumait que l'histoire devait être un peu plus compliquée que cela. Elle avait toujours trouvé son père si ordinaire. Geoffrey ne lui avait jamais paru être le type d'homme susceptible d'inspirer un amour profond et éternel. Et même si sa mère s'était occupée de la maison, avait préparé les repas, avait veillé sur son frère et elle avec constance, le mariage de ses parents ne lui avait pas semblé d'une solidité à toute épreuve.

— Est-ce que tu te souviens d'elle ? s'enquit Robert.

Morwenna acquiesça.

— J'avais douze ans quand elle est morte. Elle est tombée malade durant un hiver et n'a pas survécu. Elle ne nous parlait presque jamais et nous n'étions pas proches. Je me demande parfois si sa famille lui manquait. J'ai souvent eu l'impression qu'elle n'y pensait pas beaucoup.

— Je suis surpris que votre père vous ait emmenés à Penrith. La plupart des gens ne quittent pas leur village ni leur famille.

En ce qui la concernait, elle n'était pas du tout surprise. Son père ne restait jamais longtemps au même endroit.

— Il n'a pas toujours été meunier. Je le revois essayer beaucoup de choses. Un été, il a travaillé aux champs pendant les moissons. L'année suivante, il a tenté d'apprendre à brasser la bière. Une année il a même vendu des rubans lors d'une foire.

Elle s'appuya contre le sac de grain.

— Il semblait toujours un peu perdu. Et après la mort de ma mère, il l'était peut-être vraiment.

— Est-ce que ton père est mort la nuit de l'attaque ? l'interrogea Robert.

— Oui. Et je ne veux pas en parler.

Elle aurait voulu oublier à jamais ses cris d'agonie. Elle lâcha la main de Robert.

— Il est tard. Je ferais mieux d'y retourner.

Il se leva aussitôt.

— J'irai parler à Brian demain afin qu'il me dise ce qu'il sait au sujet des soldats. Essaye de voir s'il y a un moyen pour que je rencontre la fille du comte et préviens-moi. Tu pourras me trouver ici même, aux cuisines. C'est là que je vais dormir.

— Je vais essayer.

Elle s'arrêta à la porte, en espérant très fort pouvoir prononcer les mots enfouis en elle. Mais à quoi cela servirait-il ? Robert ne l'avait jamais vue comme une femme dont il pourrait tomber amoureux. Mieux valait chasser ces pensées stupides et inutiles.

Et, alors qu'elle tournait les talons, Morwenna se maudit pour sa lâcheté.

3

Morwenna se réveilla en entendant Lady Gwendoline et sa femme de chambre chuchoter. Elle se leva et s'étira. C'était étrange de dormir sur un matelas de plume après toutes ces nuits passées à même le sol.

— Je suis désolée de vous avoir réveillée, s'excusa Gwendoline. Nous avions pourtant fait attention à ne pas faire de bruit.

— Je ne voulais pas rester au lit aussi longtemps.

Morwenna tendit le bras vers la robe de sa mère, mais avant qu'elle ne puisse l'enfiler, la servante la lui prit des mains.

— Laissez-moi vous aider à vous habiller, my lady.

Elle la remercia, et la servante entreprit de lui lacer le dos de la robe, sous l'œil critique de Gwendoline.

— Est-ce la seule robe que vous possédez ?

Morwenna acquiesça.

— Je sais que les autres ladies ne portent plus ce type de robe, mais on m'a volé mes affaires.

— Hmm.

Gwendoline l'observa attentivement.

— Je pense avoir une robe qui devrait vous aller. Il faudra la rallonger un peu, mais Aelish pourra s'en occuper.

— C'est trop, my lady, je ne peux accepter, protesta Morwenna.

— Ne dites pas de bêtises. Je possède des dizaines de robes. À chaque fois que mon père part en voyage pour le compte du roi, il me ramène quelque chose.

Gwendoline sourit, comme si tout cela était naturel.

Morwenna, quant à elle, se demanda si le comte pillait des châteaux et rapportait sa part de butin. Évidemment, elle garda son interrogation pour elle-même.

— Aelish, va chercher ma robe pourpre. Je crois qu'elle irait très bien avec les cheveux foncés de Morwenna.

Après le départ de la servante, Gwendoline baissa la voix.

— Je sais que vous avez raconté avoir été attaquée par des voleurs alors que vous rentriez chez vous. Mais vous n'avez pas tout dit, n'est-ce pas ?

Lady Gwendoline était très calme et semblait disposée à l'écouter. Il était tentant de lui révéler la vérité, mais il n'y avait aucune raison de prendre un tel risque.

Pourtant, Morwenna y vit une chance. Une version aménagée de la vérité pourrait peut-être servir ses intérêts.

Elle marqua un temps d'arrêt, avant de hocher la tête.

— Une partie de ce que je vous ai relaté était vraie. J'ai bien été attaquée.

Elle frissonna au souvenir du soldat du roi qui avait déchiré sa robe deux ans plus tôt.

— Mais mon père est mort. Il a été tué dans un raid et… je ne sais pas où aller désormais. Nos terres nous ont été prises.

Elle saisit les mains de Gwendoline.

— S'il vous plaît, ne dites rien à personne. J'ai seulement besoin de temps pour réfléchir à l'endroit où je peux aller sans craindre quoi que ce soit.

— Dans la famille de votre mère, peut-être ? suggéra la lady.

— J'y ai pensé, mais j'ignore vers qui je dois me tourner. Ma mère est morte il y a quelques années. Elle ne parlait jamais de sa famille et elle a épousé un homme d'un rang inférieur au sien. Je suppose que sa famille l'a bannie.

Morwenna lâcha les mains de Gwendoline et tendit son collier.

— Ce bijou lui appartenait.

— Dans ce cas, nous avons un mystère à résoudre, déclara Gwendoline, dont les yeux s'étaient mis à pétiller. Et jusqu'à ce que nous ayons retrouvé la famille de votre mère, vous resterez ici parmi mes suivantes.

— Votre père n'exigera-t-il pas mon départ ?

Elle n'imaginait pas le comte de Penrith accepter qu'une étrangère s'installe dans son château.

— Je lui dirai que nous devons également faire parvenir un message à la famille de votre mère. Et qu'il sera plus sûr pour vous de demeurer ici en attendant votre escorte.

— Je ne veux pas que vous soyez obligée de mentir pour moi, protesta Morwenna. Je n'ai vraiment aucune idée de l'endroit où vit la famille de ma mère.

— Nous allons le découvrir, promit Gwendoline. Je serais très heureuse de pouvoir vous aider.

— Je vous en sais gré, my lady.

Bien que cela ne fût peut-être pas vraiment raisonnable, Morwenna poursuivit.

— Et vous, Lady Gwendoline ? J'ai entendu dire que votre père organisait un tournoi prochainement dans le but de vous trouver un époux.

Un léger sourire aux lèvres, elle demanda :

— Un homme aurait-il déjà attiré votre attention ?

Gwendoline prit un air mélancolique et Morwenna crut qu'elle allait lui apprendre quelque chose, mais elle sembla se raviser.

— Pas encore, même si mon père ne cesse de suggérer

certains partis susceptibles de former des alliances profitables à notre famille. Je lui ai expliqué que j'étais tout à fait disposée à me marier, à condition que ce soit avec un homme d'honneur. Je ne supporte pas les hommes qui mentent ou ne sont pas capables de tenir parole. Ni ceux qui croient qu'ils peuvent duper leur épouse impunément.

La servante revint avec la robe pourpre dont la splendeur émerveilla Morwenna. Elle n'avait jamais rien porté d'aussi beau de toute sa vie. Cette robe devait à elle seule coûter davantage que ce que son père gagnait en une année. Même si Morwenna avait très bien réussi à copier les attitudes des aristocrates, cela ne fit que lui rappeler à quel point elle n'était pas à sa place ici.

— Cette couleur vous va à ravir, dit Gwendoline tandis qu'Aelish l'aidait à se changer. Et puisque nous sommes en train de parler d'époux, qu'en est-il de vous, chère Morwenna ? Votre père a-t-il eu le temps d'arranger vos noces avant sa mort ?

Morwenna, se sentant rougir, secoua la tête.

— Non, pas du tout.

— Mais il y a bien quelqu'un, n'est-ce pas ? Je le vois dans vos yeux. Parlez-moi de lui, la pria-t-elle, le regard brillant. Est-il beau ?

Morwenna soupira.

— C'est le plus bel homme que j'aie jamais vu. Mais il ignore tout de mes sentiments.

— Vous devriez vous entretenir avec lui, suggéra Gwendoline. Lui ouvrir votre cœur.

— C'est impossible, rétorqua Morwenna. C'est comme s'il ne me voyait pas. Et si je lui ouvrais mon cœur et qu'il me rejetait, ce serait trop dur.

Les mots venaient sans qu'elle cherche à les retenir. Il était si facile de se confier à Gwendoline, songea-t-elle, surprise.

La lady sourit.

— Nous allons devoir intervenir pour changer cela, alors. Je pense que vous devriez vous joindre à moi le temps des festivités, et nous inviterons l'homme pour qui bat votre cœur à participer aux épreuves.

— Il a déjà prévu de venir, avoua Morwenna. Et cela explique en partie qu'il n'ait aucun sentiment pour moi. Il a l'intention de vous faire la cour.

— Si vous m'indiquez de qui il s'agit, déclara Gwendoline d'un air grave, je vous promets de ne pas le choisir.

Morwenna ne savait plus que dire, car si Robert était venu à Penrith c'était uniquement dans le but d'épouser la fille du comte.

Mais, sans attendre sa réponse, Gwendoline poursuivit.

— Et nous ferons en sorte que vous soyez si belle qu'il tombe à genoux et se prosterne devant vous.

La lady passa son bras autour d'elle et la fit asseoir.

— Aelish va s'occuper de vous coiffer. Avez-vous été malade l'an passé ? Vos cheveux semblent avoir été coupés.

— J'ai eu une vilaine fièvre, mentit Morwenna. Mes cheveux ont mis du temps à repousser.

— Eh bien, Aelish va les attacher, et avec un joli voile et quelques beaux bijoux, tout le monde n'y verra que du feu.

Elle se posta derrière Morwenna et releva ses cheveux. Elle se tut un moment, avant de reprendre :

— Savez-vous depuis quand je n'ai pas eu d'amie à qui parler ? Cela m'avait tant manqué.

Elle lâcha les cheveux de Morwenna et ajouta :

— Depuis que nous sommes arrivés ici, j'ai l'impression de vivre un exil permanent.

Morwenna saisit au vol l'opportunité qui lui était offerte.

— En effet, je trouve les choses un peu étranges ici, à Penrith, lança-t-elle. Les gens parlent peu et je n'y suis pas habituée.

Le visage de Gwendoline s'assombrit.

— Un mois après notre arrivée, un homme s'est mis à causer des problèmes. Il s'appelait Justin. Il ne cessait de défier les ordres et l'autorité, et une nuit, il a tenté d'assassiner mon père. Il a failli réussir à le poignarder durant son sommeil.

— Oh ! je suis désolée de l'apprendre.

Ce n'était pas du tout ce que Robert lui avait raconté, et elle ne savait plus où se trouvait la vérité.

— Mon père a dissimulé ses blessures afin que ses gens ne les voient pas. Il ne voulait pas paraître faible devant eux, mais il n'avait pas d'autre choix que d'exécuter Justin pour le punir de ses crimes. C'est à ce moment-là que tout a changé.

— Je pense que les gens ont peur.

Gwendoline acquiesça.

— Mais père avait-il le choix ? Il ne pouvait pas ne pas punir quelqu'un qui avait attenté à sa vie.

Morwenna hocha la tête, même si le comte avait probablement travesti la vérité devant sa fille. Elle décida de ne rien dire, néanmoins.

— Mais changeons de sujet, reprit Gwendoline. Je veux que vous me parliez de l'homme que vous espérez épouser. Ensuite, quand nous irons chasser demain, j'en discuterai avec mon père.

Une partie de chasse. C'était exactement le type d'événement que Robert attendait. Non seulement il pourrait se présenter en tant que prétendant officiel de Lady Gwendoline, mais il aurait aussi l'occasion de s'entretenir avec elle en privé.

— Je demanderai à père de vous laisser choisir parmi les hommes qui resteront, poursuivit Gwendoline. Je dois me prononcer la première, bien entendu, mais je promets de ne pas jeter mon dévolu sur le jeune homme de vos pensées s'il participe aux épreuves.

— Croyez-vous que votre père acceptera ?

Gwendoline prit le bras de Morwenna.

— Bien sûr. Et maintenant parlez-moi de l'homme de vos rêves.

Robert était dans la cave, et marchait tout en passant les mains sur les pierres froides des parois. Wilfred l'avait envoyé chercher un tonnelet de vin, mais alors qu'il traversait ces lieux qui lui étaient familiers, il s'arrêta net.

Des souvenirs enfouis lui revinrent en mémoire. C'était peut-être le contact de la pierre qui lui rappelait les longues années passées derrière ces murs épais, quand la maladie l'empêchait de sortir. Il n'avait jamais vraiment su quel mal l'avait frappé, ni pourquoi, un beau jour, il s'était mis à guérir sans raison apparente.

Un souvenir était particulièrement vivace.

Il avait été atrocement malade durant toute la journée et, depuis son lit, il avait soudain vu bouger la tapisserie qui recouvrait le mur face à lui. Quelques instants plus tard, il avait aperçu un jeune garçon en train de l'observer.

Robert ferma les yeux et revit la scène, comme si elle avait eu lieu la veille.

L'enfant semblait préoccupé.

— Tu es très malade, n'est-ce pas ? Je pensais qu'ils me mentaient.

— Qui es-tu ? parvint à demander Robert d'une voix rauque.

Quand il essaya de se redresser, sa tête se mit à tourner et il retomba allongé.

— Je m'appelle Piers, répondit le jeune garçon.

À ses vêtements déchirés et à ses cheveux en bataille, Robert supposa qu'il s'agissait d'un garçon d'écurie ou du fils d'un serf. Mais l'enfant sortit de sa cachette et observa la chambre de Robert.

Puis il s'approcha du lit et toucha la couverture.

— C'est à toi ?

Robert hocha la tête. La nausée le reprit et il dut lutter pour ne pas vomir.

— Va-t'en, s'il te plaît.

Il ne voulait pas que le gamin le voie dans cet état.

Mais le jeune garçon ne bougea pas.

— Tu ne comprends pas.

— Quoi ? demanda-t-il en agrippant les draps.

— Je suis ton frère, dit l'enfant. C'est le cuisinier qui me l'a dit. Je pensais que nous pourrions...

— Sors d'ici ! ordonna Robert.

Il attrapa le pot qui se trouvait sous son lit juste à temps pour y vomir. L'humiliation et la douleur lui firent monter les larmes aux yeux.

L'enfant recula en le fixant.

— Mais...

— Va-t'en.

Sa voix se brisa. Il souffrait tant qu'il croyait qu'il allait mourir d'un jour à l'autre. La douleur ne cessait jamais et le manque de nourriture et de sommeil l'épuisait.

— Je ne veux pas être ton frère, murmura-t-il. Ni ton ami.

Les mots étaient cruels, mais il ne souhaitait pas s'attacher à qui que ce soit. La seule personne qu'il voyait était l'épouse de son père, Clarine. Sa propre mère était morte depuis plusieurs années.

Le visage de Piers s'assombrit. Puis il disparut derrière la tapisserie, en refermant la porte cachée derrière lui.

Le souvenir de cette journée avait surgi sans crier gare. Elle avait marqué le début de la haine de son frère pour lui. Au moment où Robert avait guéri et repris des forces, Piers le considérait comme un ennemi et le détestait. Son demi-frère ne cessait de lui jouer des tours, volait ses remèdes ou sa nourriture. Clarine l'avait découvert et avait envoyé Piers vivre aux écuries.

La mère de Piers était morte un an plus tard et après cela,

Robert avait peu vu son demi-frère. Son père avait totalement ignoré son fils illégitime, ce que Robert réprouvait. Mais malgré son désir de se rapprocher de son frère, il n'en avait jamais eu l'occasion. Piers, se résignant à la vie qui lui avait été concédée, s'était mis à travailler avec les autres serfs. Ce n'était qu'après avoir passé deux années ensemble, suite à leur évasion, qu'ils avaient commencé à combler le fossé qui s'était creusé entre eux. Et c'était surtout parce qu'il avait donné à Piers quelqu'un contre qui se défouler, sa propre personne en l'occurrence. Leurs affrontements avaient souvent été musclés et ils ne comptaient plus les plaies, les bosses, les cicatrices qui recouvraient leurs corps.

C'était étrange à présent de se rendre compte que son frère lui manquait.

Robert posa les mains sur une barrique en bois, en se demandant ce que Piers était devenu. Ce n'était pas bien de sa part de l'avoir laissé, mais cet entêté avait refusé de se joindre à eux. Il ne lui restait plus qu'à espérer que la fortune sourirait à Piers et qu'il trouverait le bonheur qu'il méritait.

Robert dénicha enfin le tonnelet et le rapporta aux cuisines. Comme Wilfred était déjà allé se coucher, il retourna dans sa petite remise. Il alluma une lampe à huile et entendit des bruits de pas qui approchaient.

La porte s'ouvrit et il vit qu'une fois de plus, Morwenna s'était habillée en homme pour passer inaperçue. Elle referma la porte derrière elle et dit :

— Lord Penrith nous emmène à la chasse demain. Cela me paraît être l'occasion rêvée pour que tu rencontres Lady Gwendoline.

— Très bonne idée, acquiesça Robert. Merci de me prévenir.

Elle s'assit sur l'un des sacs de blé et retira son chapeau. Ses cheveux foncés retombèrent sur ses épaules et Robert perçut une légère senteur florale. Il inspira profondément, sans parvenir à reconnaître l'odeur. Elle lui évoquait d'anciens souvenirs, mais de quoi s'agissait-il ? Il s'approcha et porta une mèche de cheveux de Morwenna à ses narines.

— Robert, que fais-tu ? demanda Morwenna, qui avait l'air atterrée. Es-tu en train de sentir mes cheveux ?

C'était en effet le cas, mais il ne voyait pas où était le mal.

— Rose ? s'enquit-il.

Elle secoua la tête.

— Lilas.

Voilà ! Il se rappelait. Le parfum lui faisait penser aux plantes aromatiques que sa mère mettait dans son bain. Quand il était un tout petit enfant, elle venait l'embrasser, la nuit, avant qu'il ne dorme, et elle avait cette délicieuse odeur.

Morwenna lui reprit sa mèche de cheveux des doigts et il eut envie de la taquiner un peu.

— Tu as mis des fleurs de lilas séchées dans ton bain, n'est-ce pas ?

Sa peau était odorante elle aussi. Des effluves légères mais envoûtantes.

Elle devint rouge écarlate et croisa les bras.

— Est-ce que cela te regarde ? Je me baigne si j'en ai envie et comme j'en ai envie, me semble-t-il.

Il l'imagina un moment nue dans un baquet en bois, parmi les fleurs séchées, enveloppée d'une vapeur montant jusqu'à son visage et humidifiant les pointes de ses cheveux. Soudain, l'image de sa peau nue et des gouttes d'eau ruisselant sur sa poitrine causa chez lui un certain émoi. C'était la première fois qu'il pensait à Morwenna de cette façon, et il se força à chasser cette vision, tout en se demandant ce qu'il lui avait pris de songer à de telles choses.

— Je suis heureux que tu aies pris un bain, répondit-il d'une voix neutre.

Mais lorsqu'il vit son regard furieux, Robert comprit qu'il avait dû l'offenser. Il avait envie de lui dire qu'elle sentait bon, mais s'il le faisait, il avait le pressentiment qu'elle se mettrait davantage en colère.

— À toi non plus, un bain ne ferait pas de mal, fit-elle remarquer.

Il se mit à rire.

— Je le reconnais, c'est quelque chose qui me manque. Un bain bien chaud.

Le plus souvent, il se lavait dans le courant glacé d'une rivière.

— Tu as un foyer et un chaudron à ta disposition, tout près, alors ne t'en prive pas.

Elle semblait si indignée qu'il ne pouvait s'empêcher de sourire.

— Je le ferai peut-être. J'imagine que ce serait une bonne idée, avant de commencer le tournoi. J'ai demandé à Wilfred de m'aider à trouver des vêtements ayant appartenu à mon père.

— Tu en auras besoin, acquiesça-t-elle. Surtout si tu as l'intention de faire la cour à Lady Gwendoline.

— Quel type d'homme recherche-t-elle ?

Morwenna prit un air pensif, comme si elle hésitait à parler.

— Elle aime la sincérité. Quand les hommes lui mentent ou lui servent ce qu'elle a envie d'entendre, cela la dérange.

Robert fut agréablement surpris par cette déclaration. Une femme en quête d'honnêteté ne pouvait être qu'intelligente.

— Quelle est la première chose que je devrais lui dire ?

Morwenna leva les yeux au ciel.

— Tu pourrais lui dire bonjour, par exemple.

— Mais comment me présenter à elle ? Je ne peux pas lui donner mon vrai nom.

Elle réfléchit un moment.

— Si j'étais toi, je lui dirais la vérité, Robert. Si tu lui mens et qu'elle découvre qui tu es vraiment, tu vas la perdre.

Il n'était pas d'accord.

— Si je lui apprends que je suis le vrai seigneur de Penrith, son père me fera pendre dans l'heure.

Vraiment, ce que suggérait Morwenna était impossible.

— Je pourrais peut-être lui révéler la vérité de façon partielle. Lui raconter que j'ai été chassé de mes terres. Me présenter sous mon deuxième prénom, Anthony.

Elle ne semblait pas convaincue, et elle avait sans doute raison. Trop de personnes le connaissaient sous le prénom de Robert.

— Ou bien, je lui dis bien que je me prénomme Robert, mais j'invente un autre nom de famille…

— Encore une fois, si tu mens sur ton nom et si elle découvre qui tu es vraiment, elle risque de ne plus jamais te faire confiance.

— J'espère qu'à ce moment-là, elle aura des sentiments pour moi.

Il pensait que s'il lui parlait de façon adroite et qu'il se comportait bien, elle comprendrait ses raisons. Après tout, faire la cour à une femme ne devait pas être beaucoup plus compliqué qu'apprendre à manier l'épée, par exemple. Avec beaucoup d'entraînement et une volonté de fer, il finirait par maîtriser l'exercice. S'il faisait attention à elle et qu'il devenait l'homme qu'elle voulait qu'il soit, cela devrait la satisfaire.

— Commencer par des mensonges n'est jamais un bon moyen pour s'attirer les faveurs de quelqu'un, le mit en garde Morwenna. Cela risque surtout de rebuter Lady Gwendoline.

Il comprenait ce qu'elle voulait dire, mais dans cette situation particulière, il ne voyait aucune alternative.

— Je vais essayer d'être au plus près de la vérité avec elle.

C'était le mieux qu'il puisse faire.

Morwenna soupira et il ajouta :

— Je sais que tu fais tout pour m'aider, Morwenna.

Elle le regarda dans les yeux.

— En effet, mais je crains que mon aide ne suffise pas.

— Je te suis reconnaissant de tout ce que tu fais pour moi.

Robert chercha sa main et la serra dans la sienne.

— Quand tout sera terminé, j'aurai une dette énorme envers toi, et tu pourras obtenir de moi tout ce qu'il sera en mon pouvoir de te donner.

Il crut voir dans ses yeux une souffrance qu'il ne comprit pas, mais elle acquiesça.

— Demain matin, trouve un cheval et rends-toi dans la forêt. Suis nos traces et je tenterai d'emmener Lady Gwendoline à l'écart un moment. Connais-tu l'endroit où la rivière longe un très grand chêne ?

— Oui.

— Très bien. C'est là que je la conduirai. Tiens-toi prêt, et par tous les saints, surtout ne t'avise pas de sentir ses cheveux.

Robert sourit.

L'aube était à peine levée quand elles se joignirent aux chasseurs. Morwenna chevauchait à côté de Lady Gwendoline sous la surveillance de trois soldats. Lord Penrith avait eu la gentillesse de les accueillir pour cette partie de chasse, mais il ne semblait pas décidé à leur accorder la moindre attention. Il scrutait continuellement l'horizon comme s'il guettait le gibier. Morwenna se demanda à plusieurs reprises si ce n'était pas quelque chose d'autre – ou quelqu'un d'autre – qu'il épiait. Il portait un carquois rempli de flèches dans son dos. Gwendoline possédait également son propre arc. Morwenna en fut étonnée, car elle ignorait que sa nouvelle amie savait tirer.

Lorsqu'ils approchèrent de la rivière, le comte leva la main afin qu'ils s'arrêtent. Tout le monde descendit alors de cheval. Ils demeurèrent un moment près de la rivière, à attendre. Selon les directives de Morwenna, Robert devait lui aussi se trouver au bord du cours d'eau, mais bien plus loin, près du grand chêne. Pour Morwenna, tout ce qu'il restait à faire désormais, c'était arranger la rencontre entre Robert et Gwendoline. Pour cela, il fallait qu'elles quittent le reste du groupe.

Elle attira l'attention de Lord Penrith et lui fit comprendre par gestes qu'elle avait un besoin pressant. Il hocha la tête pour les autoriser à s'éloigner. Morwenna prit alors la main de Gwendoline et la conduisit le long de la rivière.

— Où allons-nous ? murmura la lady.

— Quelque part où nous pourrons parler, répondit Morwenna. Ne trouvez-vous pas l'attente longue et pénible ?

Sur ce, Gwendoline lui adressa un sourire radieux.

— Je savais bien que vous étiez une amie, Morwenna.

Elles avancèrent dans la forêt, en longeant toujours la rive. Lorsque le chêne fut en vue, Morwenna s'excusa.

— J'ai besoin d'être seule un petit moment. Vous pouvez continuer et je vous rattraperai. Arrêtez-vous près du grand chêne que vous voyez là-bas.

— Je peux vous attendre ici, proposa Gwendoline.

— Non, j'ai besoin d'un peu d'intimité, répliqua-t-elle. J'arrive très bientôt.

La lady sembla accepter son excuse, et au bout d'un moment, Morwenna disparut dans les taillis. Elle connaissait très bien cette partie de la forêt, car elle ne se trouvait pas loin de l'endroit où ils avaient établi leur campement. Elle se sentait légèrement coupable, mais elle regarda Gwendoline suivre le chemin. Parfait. Plus tard, Morwenna pourrait prétendre qu'elle était repartie dans la mauvaise direction et qu'elle s'était perdue. Si tout se passait comme prévu, Robert allait enfin avoir la possibilité de rencontrer l'héritière du comté.

Un accès soudain de jalousie la saisit à la gorge. Comme elle était stupide ! Gwendoline était son amie désormais et elle ne pouvait pas imaginer la jeune femme tomber amoureuse de Robert. Néanmoins, elle n'avait pas voulu refuser de l'aider, malgré la souffrance que cela lui causait.

Morwenna se pencha alors qu'elle continuait de s'enfoncer dans les bois. Elle vit des empreintes de pas qui, selon toute vraisemblance, devaient appartenir à Robert. Elle arriva bientôt à l'emplacement du campement. Le feu était éteint depuis longtemps, mais elle parvint à le rallumer.

Alors que les flammes commençaient à prendre, elle ferma les yeux et enfouit son visage entre ses mains. Elle se laissa aller un moment à la tristesse. Elle venait de pousser Gwendoline dans les bras de Robert. Pourquoi ? Jamais elle n'aurait dû accepter de faire une chose pareille. Il trouvait déjà que la jeune lady était belle, et il ne lui faudrait pas longtemps pour la séduire.

Assez, se dit-elle. Il était ridicule de s'apitoyer sur son sort. Elle avait fait ce que Robert avait demandé en lui indiquant ce que recherchait la lady. Avec un peu de chance, elle choisirait un autre prétendant. C'était le seul espoir de Morwenna, car la dernière chose qu'elle souhaitait, c'était voir Robert avec une autre femme. Mais même s'il échouait à obtenir la main de la fille du comte, il ne voudrait pas d'elle. Mieux valait qu'elle étouffe des sentiments qui ne pourraient que la faire souffrir.

Elle décida d'attendre encore un peu et s'affaira autour du campement. Ce fut alors qu'elle remarqua quelques détails bizarres. Elle avait l'impression que certains objets avaient changé de place, sans réussir à savoir précisément lesquels. En même temps cela faisait deux nuits qu'elle dormait au château. Robert ou Brian pouvaient très bien être passés par le campement.

Soudain, ses yeux se posèrent sur un petit baluchon. Ce n'était pas celui de Brian, et elle ne se rappelait pas l'avoir vu précédemment. D'où provenait-il ?

Elle était sur le point de le dénouer quand elle entendit des bruits de pas. Les feuilles mortes crissèrent et lorsque Morwenna se retourna, elle aperçut son frère. Soulagée, elle sourit et alla à sa rencontre.

— Est-ce que tu vas bien ? demanda-t-il.

— Oui, bien sûr.

Elle expliqua le stratagème qu'elle avait élaboré afin que Robert et Lady Gwendoline se croisent et fassent connaissance.

— Je veux les laisser seuls un moment.

Le visage de son frère se ferma. Il observa Morwenna pendant un long moment, et elle s'en alarma.

— Pourquoi as-tu quitté Penrith ? s'enquit-elle. Tu n'étais pas parmi les soldats chargés de nous escorter durant la partie de chasse. Est-ce qu'il s'est passé quelque chose ?

Il se contenta de hocher la tête, sans fournir d'autres explications. Morwenna attendit qu'il parle, mais il restait muet, tandis que, sur son visage, passaient une foule d'émotions. L'appréhension. La colère. Mais aussi la peur.

— Brian, parle-moi, insista-t-elle. Quel que soit le problème, nous trouverons une solution.

— Le comte te surveille, déclara enfin son frère. Il sait des choses sur ton passé. Je l'ai entendu de la bouche de certains soldats.

Morwenna secoua la tête, sans comprendre.

— Que veux-tu dire ? Notre père déménageait d'endroit en endroit, et nous l'avons accompagné partout. Qu'y a-t-il d'autre à savoir ?

— Morwenna, selon toi, où Geoffrey a-t-il trouvé cette robe ? Et ce collier ?

Brian marqua un temps d'arrêt et lui adressa un regard lugubre.

— Je pense que notre père était un voleur, et si nous changions toujours d'endroit, c'était parce qu'il ne voulait pas se faire prendre.

Une peur diffuse parcourut Morwenna.

— Un voleur ? Non, c'est impossible.

Leur père était l'homme le plus ordinaire qu'elle ait jamais rencontré. Il ne prononçait jamais plus que quelques mots d'affilée et elle ne l'imaginait pas capable de voler quoi que ce soit.

— Nous devons partir, lâcha son frère. Je n'aime pas la façon dont le comte pose des questions sur nous. Si quelqu'un découvre que nous sommes les enfants du meunier et que nous nous sommes travestis pour entrer au château, nous pourrions avoir des ennuis. Et pire encore, je pense que père cachait certaines choses. Il ne savait pas moudre le grain, je te rappelle.

Brian disait vrai.

— Mais il essayait de gagner sa vie par tous les moyens. Comment aurait-il su moudre le grain s'il ne l'avait jamais fait auparavant ? fit remarquer Morwenna. Cela ne fait pas de lui un voleur. Et pourquoi m'aurait-il donné la robe et le collier ? Il a prétendu qu'ils avaient appartenu à notre mère.

— Vraiment ? Et tu y crois ?

Son frère secoua la tête.

— Morwenna, il y avait un souci. Lequel ? Je l'ignore... J'ai tenté de me renseigner, mais trop de zones d'ombre subsistent.

— Que veux-tu dire ?

— Pourquoi nous ont-ils emmenés cette nuit-là ?

Elle ne comprenait pas ce que Brian avait l'air de vouloir sous-entendre.

— Nous avons été emmenés car les soldats faisaient un raid. Nous étions des otages.

— Dans ce cas, pourquoi nous et personne d'autre ?

Il s'approcha et la regarda avec une intensité qui la troubla.

— Morwenna, je serais prêt à jurer qu'ils nous voulaient, nous. Ils savaient où chercher.

Il ferma les yeux, et continua d'une voix douloureuse.

— Je ne crois pas qu'ils nous aient emmenés par hasard.

Morwenna sentit un frisson la parcourir. Peut-être avait-il raison. Brian agrippa sa main.

— Je n'ai pas les réponses, et je ne suis même pas sûr que nous les trouverons ici. Mais tu dois te montrer prudente. Et je pense que nous devrions partir d'ici le plus vite possible.

— Nous ne pouvons pas partir tout de suite. Robert va participer au tournoi, dit Morwenna d'une voix morne. S'il épouse Lady Gwendoline, il récupérera ses terres de Penrith.

— Le lord actuel ne laissera jamais faire une chose pareille. Il a ses propres projets d'alliance.

— J'imagine, mais s'il aime sa fille...

— Ce qu'elle veut n'a aucune importance. Elle est le pion de son père et il se servira d'elle pour obtenir ce qu'il veut, lui.

Son frère pressa sa main.

— Il faut que j'y retourne à présent. Morwenna, promets-moi d'être prudente. Ne fais rien qui puisse attirer l'attention sur toi. Et préviens Robert. Il ne doit pas poursuivre la fille du comte de ses assiduités. Lord Penrith le fera tuer s'il ose lui faire la cour.

Elle ne voulait pas le croire, mais son frère n'était pas homme à mentir. Il avait pris de gros risques pour l'avertir et il fallait qu'elle en parle à Robert, même s'il refuserait sans doute d'admettre la vérité.

— Je ferais mieux d'aller rejoindre Gwendoline, répondit-elle. Sinon ils vont finir par me chercher partout.

Elle serra rapidement son frère dans ses bras, avant d'ajouter :

— Je promets de me comporter comme une lady. Ou d'essayer, tout du moins.

Tout en marchant pour retrouver Gwendoline, elle ne put s'empêcher de se demander si Brian avait raison. Leur père leur avait-il caché un secret concernant son passé ? Et y avait-il une raison précise pour qu'ils aient été faits prisonniers la nuit de l'attaque ?

Elle arriva à la rivière et se dépêcha d'aller jusqu'au chêne. Même si elle n'avait pas envie de voir Gwendoline et Robert ensemble, il fallait qu'elle se montre. Une fois qu'elle fut arrivée à l'arbre, elle constata qu'il n'y avait personne. Elle poussa un peu plus loin, mais il n'y avait aucune trace de Gwendoline nulle part.

Morwenna se mit à courir le long de la rivière en soulevant ses jupes pour ne pas tomber. Toujours personne. La peur la saisit. Que dirait le comte si elle devait avouer que sa fille s'était perdue dans les bois ?

Elle soupira de soulagement lorsqu'elle aperçut Gwendoline auprès des chevaux. Les hommes avaient tué un cerf, et deux soldats étaient en train de nettoyer la carcasse.

— Où aviez-vous disparu ? demanda Gwendoline. Que s'est-il passé ?

— J'ai suivi la rivière dans la mauvaise direction, mentit-elle. Quand je m'en suis rendu compte, vous étiez déjà repartie. Je suis sincèrement désolée. J'aurais dû faire plus attention.

Gwendoline prit Morwenna par le bras, et ce fut là qu'elle remarqua le visage empourpré de la jeune lady.

— Il faut que je vous raconte quelque chose, dit-elle à voix basse.

Elle conduisit Morwenna à une distance prudente des hommes.

— J'ai... j'ai rencontré quelqu'un dans la forêt, murmura-t-elle.

Morwenna essaya de feindre la surprise.

— Ah oui ? Et qui ?

Gwendoline sourit et rougit tout à la fois.

— Je ne devrais pas vous en faire part, mais je crois qu'il s'agit d'un de mes prétendants. Il est si beau !

Elle laissa échapper un soupir.

— Il a proposé de m'aider à vous chercher, mais alors nous nous sommes mis à parler et je... je me suis laissé emporter.

Morwenna jeta un regard à Lord Penrith, qui était toujours occupé avec ses hommes.

— Comment cela, vous vous êtes « laissé emporter » ?

Gwendoline sourit de plus belle.

— Il m'a embrassée.

Elle croisa les bras autour d'elle et s'appuya contre un arbre.

— C'était tout simplement merveilleux. Comme dans mes rêves les plus fous.

Morwenna ne parvint pas à lui rendre son sourire, mais Gwendoline ne sembla pas le remarquer.

— Savez-vous comment il s'appelle ?

Elle hocha la tête mais ne dit rien.

— Il a promis de venir au banquet qui sera organisé demain soir. Il va participer aux épreuves.

De nouveau Gwendoline soupira.

— J'ai tellement hâte de le revoir.

Avant que Morwenna ne puisse lui poser d'autres questions, Lord Penrith leur fit signe de revenir. Elles remontèrent en selle et la petite troupe se mit en route pour le château.

— Je vous raconterai tout quand nous serons seules, souffla la lady. Vous n'en croirez pas vos oreilles.

Ce fut un supplice de continuer de sourire, mais Morwenna répondit crânement :

— Je veux tout savoir.

4

Le lendemain, Robert passa toute la matinée et tout l'après-midi dans l'enceinte du château pour recueillir des renseignements supplémentaires. Il avait espéré que Morwenna viendrait le trouver la veille au soir, mais elle était restée au donjon. Il se sentait déçu, frustré, et après l'avoir attendue, il n'avait pas réussi à dormir. La veille, rien ne s'était passé comme prévu, et seule Morwenna possédait les réponses aux questions qu'il se posait au sujet de Lady Gwendoline.

Il en avait assez de patienter. C'était décidé, à partir de ce soir-là, il avait l'intention de rejoindre les autres prétendants et de se battre pour obtenir la main de Lady Gwendoline. Wilfred lui avait apporté une vieille malle remplie de vêtements de son père. Un serviteur l'avait cachée, sans doute dans l'espoir de revendre son contenu un peu plus tard. Mais pour l'instant, Robert se servirait de ces vêtements, bien utiles pour sa transformation.

Il s'excusa auprès de Wilfred et alla se changer dans le petit garde-manger. C'était étrange de porter les habits de Degal, mais la longue tunique bleu foncé lui allait parfaitement. Seules deux années s'étaient écoulées, deux années qui lui semblaient une éternité.

Une fois qu'il fut prêt, ses pensées se tournèrent de

nouveau vers Morwenna. Elle avait révélé sa beauté cachée. Ses yeux verts le captivaient et ses cheveux relevés mettaient en valeur les douces courbes de son visage. Elle avait déclaré vouloir elle aussi trouver un époux parmi les compétiteurs et elle y parviendrait très certainement. Il fit grise mine en imaginant un soupirant énamouré en train de faire la cour à Morwenna. Ses instincts protecteurs se réveillèrent, car il ne voulait pas qu'un autre homme essaye de lui arracher un baiser, voire pire. Il frémit en songeant au soldat qui avait déchiré sa robe. Si quelqu'un osait lui faire du mal, Robert le tuerait. Elle méritait quelqu'un qui la respecte et la traite dignement.

Quoi qu'il pense des projets matrimoniaux de Morwenna, il ne fallait cependant pas qu'il perde Lady Gwendoline de vue. Il avait tenté de voir la jeune femme, mais elle était restée dans le donjon toute la journée et il n'était pas parvenu à s'y introduire.

Ce soir-là, ce serait différent, espérait-il, tout en marchant pour rejoindre le lieu de rassemblement de tous les concurrents. Des torches étaient allumées et disposées à intervalles réguliers. Il se mêla à un groupe de jeunes hommes tous vêtus avec élégance. Il y aurait des épreuves de force et de vitesse, suivies par un banquet et par l'annonce des résultats. Robert avait confiance en ses dons d'archer et en sa vitesse. Il doutait davantage de son adresse à l'épée. Ce n'était pas la même chose de s'entraîner avec Piers et Brian que d'affronter des adversaires expérimentés.

Morwenna se tenait aux côtés de Gwendoline. Elle portait une robe pourpre bordée d'un liseré d'or. Ses boucles étaient en partie prises dans un voile brodé de perles et dans le soleil de cette fin d'après-midi, ses cheveux brillants se paraient de reflets presque roux. Gwendoline portait une robe blanche rehaussée de broderies argent, assorties au torque qui ornait son cou. Quand elle souriait, son visage rayonnait. Belles chacune à leur manière, les deux femmes étaient comme le feu et la glace.

Même s'il ne quittait pas Lady Gwendoline des yeux, Robert ne négligeait pas Morwenna. Elle semblait mal à l'aise parmi tous ces hommes. Pourvu que Brian ne soit pas loin, se dit-il car, en ce qui le concernait, il ne pouvait s'approcher davantage.

Quand tout le monde fut rassemblé au pied des escaliers, Lord Penrith prit la parole.

— Ce soir, c'est le début d'une série d'épreuves. Ceux d'entre vous qui choisiront d'y participer se battront pour obtenir la main de ma fille. Il y aura des jeux d'adresse, et des récompenses pour les vainqueurs, mais c'est l'occasion de lui montrer votre force et vos qualités. D'ici demain, elle a promis de choisir un époux parmi vous.

Il se tourna ensuite vers Morwenna.

— Et si vous n'êtes pas l'heureux élu, sachez qu'une autre lady souhaite aussi se marier. Après que Lady Gwendoline aura fait son choix, vous pourrez vous intéresser à Lady Morwenna.

Robert se raidit en entendant le nom de Morwenna. Ce n'était pas une surprise : elle lui avait déjà parlé de son désir de se marier. Néanmoins, voir tous ces hommes qui la dévisageaient avec admiration ne l'emplit pas de joie. Quant à elle, elle regardait droit devant elle, le menton fièrement levé.

Quelqu'un lui tapota alors discrètement l'épaule. Il se retourna. C'était Brian, qui ne semblait pas ravi lui non plus.

— Le savais-tu ? demanda-t-il. A-t-elle réellement l'intention de choisir un époux ?

Robert haussa les épaules.

— Elle a dit qu'elle y réfléchirait.

Il la regarda de nouveau, mais Morwenna l'ignorait.

— C'est peut-être le moyen qu'elle a trouvé pour vous offrir un avenir plus radieux à tous les deux.

— Je peux très bien me débrouiller tout seul, Robert.

— Oui. Mais si tu veux rester à Penrith, tu n'es pas obligé de partir. S'il est en mon pouvoir de le faire, je t'installerai quelque part sur le domaine.

Brian tourna la tête et se mit à observer les hommes qui étaient en train d'installer un jeu de palets. La cible était située relativement loin, et le premier concurrent attrapa un fer à cheval pour le lancer.

— Je veux d'abord m'assurer que Morwenna soit en sécurité, répondit enfin Brian. Ensuite je songerai à moi.

Sa loyauté envers sa sœur était inébranlable. Et au fond de lui, Robert savait que la meilleure des solutions pour Morwenna serait sans doute d'épouser un aristocrate qui ne posait pas trop de questions. Elle pourrait refaire sa vie et devenir une lady. Mais aucun des hommes ici présents n'était digne de Morwenna, et encore moins de Lady Gwendoline.

Robert vit un autre groupe d'hommes qui se préparaient à la lutte, et l'idée d'évacuer sa frustration par l'effort physique le séduisit. Il avait envie de gagner, de prouver qu'il était plus fort que tous les autres.

Il attendit son tour parmi les compétiteurs, et quand ce fut à lui d'entrer en lice, il s'aperçut que Morwenna s'était approchée et qu'elle avait amené Lady Gwendoline avec elle. Il retira sa tunique et se retrouva torse nu. Son adversaire fit de même. Ce dernier était légèrement plus petit que lui, mais sa puissance crevait les yeux. Il dévisagea Robert comme s'il se demandait qui il était.

— Je ne t'ai jamais vu auparavant, remarqua l'homme alors qu'ils se tournaient autour.

Robert ne se donna pas la peine de répondre. À la place, il étudia la physionomie de son adversaire. S'il voulait gagner, il lui faudrait se déplacer rapidement et tenter de le déséquilibrer.

En périphérie de son champ de vision, il voyait toujours Morwenna et Gwendoline, qui s'étaient davantage approchées. Il se précipita en avant et percuta l'autre concurrent juste sous la taille. Ce dernier réussit à ne pas tomber, mais avant qu'il ne retrouve son équilibre, Robert le saisit au cou et le projeta à terre. Il s'était suffisamment entraîné à la lutte avec Piers pour savoir quelles prises étaient vraiment efficaces. Il ne lui fallut que quelques instants pour bloquer le bras de son adversaire derrière son dos et, ainsi, l'immobiliser complètement. Il remporta le combat.

Lady Gwendoline sourit et applaudit, tout comme les autres spectateurs. Robert croisa son regard et lui rendit son sourire, avant de remarquer l'expression soucieuse de Morwenna. Elle la dissimula rapidement et se mit à sourire très légèrement après que Robert eut lâché son adversaire, qui ne put que reconnaître sa défaite.

Il remporta son deuxième combat, puis son troisième. Mais à ce moment-là, Lady Gwendoline était allée observer d'autres épreuves. Finalement Robert fut déclaré vainqueur du tournoi de lutte, et cela lui donna confiance. Quand Morwenna lui tendit un linge afin qu'il s'essuie, il se pencha pour lui parler. Elle semblait nerveuse, et elle rougit légèrement quand il murmura :

— Que s'est-il passé à la chasse ?

Lorsqu'elle entendit cela, son visage devint plus rouge encore.

— Je pense que tu connais la réponse mieux que moi.

Elle voulut s'en aller, mais Robert la rattrapa par le bras.

— J'ai attendu des heures sous le chêne.

Elle s'arrêta et se tourna vers lui.

— Que veux-tu dire ? Je te l'ai envoyée.

— J'ai attendu, mais elle n'est jamais venue. Et quand

je suis parti à sa recherche, je n'ai trouvé que son père et les autres hommes. J'ai dû rester caché.

Morwenna pâlit et se mordit la lèvre.

— Donc… tu n'as pas fait la connaissance de Lady Gwendoline hier matin ?

Elle eut l'air de vouloir ajouter quelque chose, mais elle s'interrompit, sans qu'il puisse deviner à quoi elle pensait.

— Non, j'ai supposé qu'elle était allée rejoindre son père.

— Ou qu'elle s'était perdue, ajouta Morwenna, songeuse. J'aurais dû l'accompagner, mais il valait mieux que votre rencontre paraisse fortuite.

Elle prit un air préoccupé.

— Il faut que je retourne d'où je viens. Mais continue les épreuves, et si j'en ai l'occasion, je te présenterai à elle.

Elle tourna les talons, mais Robert la rappela.

— Attends.

Elle lui adressa un regard interrogateur.

— J'ai besoin de savoir ce que tu veux vraiment, Morwenna. Est-ce que tu veux vraiment essayer d'épouser l'un des compétiteurs ?

Elle parut décontenancée.

— Quel autre choix s'offre à moi ?

Il fut pris de court par sa question.

— Je ne sais pas… Brian et toi, vous pourriez…

— Nous pourrions quoi ? Continuer à errer dans tout le royaume, à la recherche d'un endroit où nous établir ?

— J'allais dire que vous seriez toujours chez vous ici.

Il ne voulait pas qu'elle se sente délaissée ni abandonnée. Et même s'il ne doutait pas qu'elle trouverait facilement un mari, encore faudrait-il que ce soit un choix délibéré de sa part et non pas un geste de désespoir.

— Tu penses vraiment que j'aurai envie de vivre ici et de vous voir tous les deux ensemble ? lança-t-elle.

Puis elle s'en alla, le laissant abasourdi.

Il ne saisissait pas bien ce qu'elle avait dit, ou, plus précisément, pourquoi elle l'avait dit. On aurait cru qu'elle était... jalouse, ce qui lui semblait à la fois inconcevable et incompréhensible.

Il était venu à Penrith pour obtenir la main de Lady Gwendoline, mais il n'avait agi que par devoir. Il voulait récupérer les terres appartenant à sa famille, et, pour cela, il était nécessaire qu'il épouse la fille du comte. Ni les émotions ni les sentiments n'entraient en ligne de compte.

Il était certain jusqu'à présent que Morwenna l'avait compris. Mais ce qu'elle lui avait asséné avant de tourner les talons le faisait réfléchir. Il venait de prendre conscience qu'il ne supporterait pas de la voir sourire à un autre homme, ou pire, de la voir être touchée par un autre homme. À cette idée, Robert serra les poings. Pourtant cette jalousie irrationnelle n'avait aucun sens. Cela faisait deux ans qu'il vivait en compagnie de Morwenna, et il n'y avait rien entre eux. En quoi cela devrait-il le déranger qu'elle choisisse un époux ? Il n'avait aucun droit sur elle. Pour l'instant, il devait rester concentré sur son objectif et épouser Lady Gwendoline.

Tout en sachant cela, Robert ne parvint pas à chasser son humeur sombre ni ses préoccupations.

Pour se distraire, il rejoignit les prétendants qui se préparaient pour une épreuve de course à pied. Mais pendant qu'il attendait le départ, il se surprit à repenser à Morwenna. C'était vraiment une très belle femme, douée d'une personnalité fougueuse.

Il la regarda et, de loin, il la vit esquisser un petit sourire. Dans le soleil couchant, ses cheveux bruns se paraient de reflets dorés. La vision qu'elle offrait était à couper le souffle.

Tu penses vraiment que j'aurai envie de vivre ici et de vous voir tous les deux ensemble ?

Ses mots étaient comme un coup en pleine figure. Contre

toute attente, elle tenait à lui. Et maintenant que Robert connaissait la vérité, cela faisait surgir en lui des images indues. Il se remémora son corps élancé et sa façon de se mouvoir avec l'épée qu'il lui avait donnée. Il se revit en train de tenir ses mains et de guider chacun de ses mouvements.

Et ces yeux verts l'avaient fixé avec une attente qu'il avait été trop aveugle et stupide pour percevoir. Après ces deux années, Morwenna faisait partie intégrante de sa vie, à tel point qu'il ne savait pas ce qu'il ferait sans elle.

Ce qui posait problème.

Les pensées se bousculaient, incontrôlables, dans la tête de Morwenna. Au départ, elle n'avait pas prévu de révéler ses sentiments à Robert, et si elle pouvait en juger par son air abasourdi, il n'avait pas soupçonné une seule seconde qu'elle aurait pu être jalouse.

L'humiliation lui dévorait les joues. Elle aurait voulu courir se réfugier dans la chambre de Gwendoline et se cacher sous une couverture. Pourquoi avait-elle parlé ? Elle n'avait aucune raison de le faire, et maintenant Robert devait l'avoir prise en pitié.

Elle se força à revenir parmi les autres et à dissimuler sa gêne. Elle ne pouvait pas se permettre de s'apitoyer sur son sort quand il y avait un plus gros problème : le prétendant mystérieux de Gwendoline. Morwenna avait cru que son amie avait passé du temps en compagnie de Robert la veille, mais elle s'était trompée. C'était quelqu'un d'autre que la lady avait rencontré dans la forêt. L'un des gentilshommes avait dû arriver avant les autres, mais lequel ? Gwendoline avait avoué l'avoir embrassé et s'être sentie transportée de joie. Cela n'augurait pas bien des chances de Robert.

Et c'était mal de sa part de s'en réjouir. Très mal.

Morwenna chassa ces pensées inavouables et se dépêcha

de rejoindre son amie qui assistait aux épreuves de tir à l'arc. Elle parvint à sourire et l'interrogea :

— Avez-vous retrouvé votre mystérieux prétendant ?

— Non, pas encore, souffla Gwendoline. Mais il va venir. J'en suis certaine.

Morwenna regarda les hommes bander leur arc et viser avec concentration. Même si la plupart atteignaient la cible, aucune flèche ne se planta en son centre.

— Moi-même je ferais mieux que cela, murmura Gwendoline.

Morwenna dissimula un sourire. Elle n'avait jamais vu son amie tirer à l'arc, mais elle n'avait aucun mal à imaginer qu'elle puisse être très forte dans cette discipline.

— Donc, ce n'était pas l'un d'eux, résuma Morwenna. Pendant un moment, j'ai cru qu'il pouvait s'agir de l'homme qui a gagné les épreuves de lutte.

— Non, ce n'était pas lui. Mais j'ai vu la façon dont vous le mangiez des yeux… et la façon dont il vous dévisageait lui aussi. C'est vraiment un très bel homme. Et très fort.

— Voulez-vous faire sa connaissance ? demanda Morwenna. Je peux arranger cela.

— Non, répondit la lady d'une voix rêveuse. J'attends l'inconnu de la forêt. Et par ailleurs, je ne voudrais pas être une menace pour votre bonheur.

Avec un regard entendu, elle ajouta :

— C'est lui, n'est-ce pas ? Celui que vous convoitez ?

Morwenna se sentit de nouveau rougir.

— Peu importe ce que je veux. C'est à vous de choisir la première.

Mais Gwendoline secouait déjà la tête.

— Je ne ferais jamais une chose pareille. S'il est celui que vous aimez, alors je vous le laisse.

— Ce n'est pas lui, s'obligea-t-elle à dire, même si les mots lui laissaient un goût amer dans la bouche. Mais je l'ai déjà vu, et j'ai entendu dire grand bien de lui. Vous devriez réfléchir : il ferait un époux plus qu'acceptable.

Elles s'approchèrent des archers, mais les pensées de Morwenna demeuraient chaotiques. Il fallait qu'elle découvre l'identité de l'homme de la forêt. Elle observa chacun des archers avec attention, mais aucun ne lui parut familier. Gwendoline les scruta de près un à un elle aussi, mais il était clair qu'elle ne s'intéressait qu'à une seule personne, et que cette personne n'était pas là.

De l'autre côté de la grand-cour, les épreuves d'épée avaient commencé. Morwenna demanda à Gwendoline :

— Quand vous l'aurez repéré, vous m'avertirez ?

— Bien entendu. Et j'aurai besoin de votre aide afin que mon père me laisse le choisir.

Elles s'avancèrent et Morwenna vit Robert en train d'enfiler sa cotte de mailles pour son premier duel. Il avait apporté sa propre épée et, pendant qu'il attendait son tour, il étudiait les mouvements des autres concurrents. Morwenna l'imita et, pendant un certain temps, ils se contentèrent de suivre des yeux le combat en cours.

À un moment cependant, leurs regards se croisèrent, et elle vit que Robert était inquiet. Il n'avait jamais affronté d'hommes comme eux : des combattants aguerris qui avaient participé à de vraies batailles. L'un des participants possédait une épée comme elle n'en avait jamais vu. Elle venait sans doute d'Orient, et l'homme devait être un ancien croisé.

Même s'il ne s'agissait que de jeux, elle comprenait l'appréhension de Robert. Était-il prêt à se battre contre ces hommes ? Elle n'en était pas certaine. Et visiblement, lui non plus.

— Voulez-vous les regarder ? demanda Gwendoline.

Morwenna acquiesça.

Elles restèrent donc, et Robert se prépara pour son

premier duel. Son adversaire leur tournait le dos et il portait un capuchon qui couvrait son visage. Il revêtit sa propre armure et choisit une arme parmi celles qui étaient à disposition.

Quand il s'approcha du cercle où devait avoir lieu le duel, Morwenna aperçut son visage et retint son souffle.

— C'est lui, lâcha Gwendoline. L'homme de la forêt.

Morwenna vit le choc sur le visage de Robert, mais il le cacha bien vite derrière un masque affichant une farouche détermination. Elle pressentit que ce combat serait féroce et qu'il irait bien au-delà de la compétition amicale.

Car l'adversaire de Robert n'était autre que son demi-frère Piers.

Robert tourna autour de Piers qui esquissait un léger sourire.

— Que fais-tu ici ?

Son demi-frère répondit à la question en abattant son épée en direction du cou de Robert, qui para le coup. Piers se pencha alors vers lui et lui dit à voix basse :

— J'ai eu envie de faire la cour à Lady Gwendoline. C'est une vraie beauté, n'est-ce pas ?

Dans un accès de fureur, Robert le repoussa. Piers savait ce que cette compétition signifiait pour lui. Pourquoi choisir d'y participer ? Essayait-il de faire valoir ses droits sur Penrith ?

Robert s'était trompé en pensant qu'ils étaient parvenus à une trêve, grâce à ces deux années où ils s'étaient rapprochés.

— Ne t'approche pas d'elle, grogna-t-il. C'est une lady de très haute lignée.

— En effet, répliqua Piers. Et j'ai tout autant que toi le droit d'être ici.

Il coupa court à la conversation en reprenant le combat. Leurs épées s'entrechoquaient bruyamment, faisant retentir un fracas métallique dans toute la grand-cour. Son frère semblait se battre contre l'injustice d'être né bâtard. Mais Robert ne pouvait pas le laisser devenir une menace pour lui. Penrith lui appartenait, c'étaient ses terres qui avaient été accaparées par un comte qui terrorisait les habitants. Il fallait qu'il arrive à s'attirer les faveurs de Lady Gwendoline, car c'était sa seule chance d'aider ceux dont il se sentait responsable.

L'épée de son frère effleura son menton. Robert sentit le sang chaud couler dans son cou et riposta en se jetant en avant. Tout autour de lui, il entendait la clameur de la foule et il aperçut Morwenna et Gwendoline qui les regardaient. Il n'avait pas le choix : il fallait qu'il vainque Piers. Il tourna autour de son demi-frère et attaqua, frappant aussi fort qu'il le put.

Il savait néanmoins qu'il avait mal abordé cet affrontement. Il aurait dû faire preuve de stratégie, exploiter les faiblesses de Piers, puisqu'il les connaissait si bien. Mais le voir devant lui avait fait resurgir toute la colère et la frustration qu'il pensait avoir surmontées. Il se laissait purement et simplement guider par ses émotions et le résultat était ce déchaînement de coups.

Piers para toutes ses attaques et se servit de sa force pour le repousser. Robert faillit perdre l'équilibre, mais se rattrapa *in extremis*, avant de reprendre son assaut.

Le combat semblait ne jamais vouloir prendre fin. Alors qu'il sentait sa cotte de mailles peser sur ses épaules, Robert se demanda combien de temps encore ils allaient pouvoir tenir. La sueur inondait le visage de Piers, tandis que le bras de Robert commençait à trembler et à devenir douloureux.

Ce fut alors qu'il entendit une femme crier :

— Arrêtez ! Ce combat est terminé.

Il se tourna vers l'endroit d'où provenait la voix et esquiva de justesse une dernière attaque de son frère.

Lady Gwendoline se pressa vers eux, suivie par Morwenna.

— Je déclare qu'il n'y a ni vainqueur ni vaincu. Vous vous êtes tous les deux vaillamment battus et nous allons en rester là.

À son air inquiet, il était clair qu'elle savait qu'il s'agissait de bien plus qu'une simple compétition.

— Vous dînerez tous les deux avec moi et Lady Morwenna.

Robert rengaina son épée, et Piers tendit la sienne à l'un des autres participants. Ils retirèrent leur armure et se joignirent aux deux femmes. Robert ne manqua pas de remarquer le sourire de Piers lorsque Lady Gwendoline prit son bras pour le conduire jusqu'au donjon.

Il pesta intérieurement.

Morwenna s'approcha et murmura :

— Il faut que nous parlions.

— Pourquoi Piers est-il ici ? Et que veut-il ?

Elle crispa sa main sur le bras de Robert.

— Je pense que tu le sais déjà.

La réponse de Morwenna ne fit qu'accroître sa contrariété, car en effet, il savait. Même après tout ce temps, Piers continuait de convoiter tout ce que voulait Robert. Et maintenant il avait des vues sur Lady Gwendoline et Penrith.

— Je ne le laisserai pas faire.

Les enjeux étaient trop importants. Il fallait qu'il reprenne la main sur Penrith pour le bien de ses habitants. Ce n'était pas seulement une compétition pour obtenir la main de Lady Gwendoline, c'était une lutte pour remporter Penrith. Et son demi-frère ignorait tout de la façon dont gouverner un fief.

Morwenna interrompit sa marche et se tourna vers lui. Elle sourit avec chaleur, sans doute pour donner le change, car ses mots furent durs comme de la pierre.

— Si tu veux remplacer Piers dans le cœur de Gwendoline,

alors tu dois t'élever au-dessus de ta colère et traiter la fille du comte avec gentillesse. Sois le meilleur des hommes.

Les paroles de Morwenna lui firent prendre conscience qu'il était en train de tomber dans le piège tendu par son frère. Piers voulait qu'il soit furieux et qu'il réplique, car cela le ferait paraître impatient, amer et irascible.

— Tu as raison, reconnut-il.

— Une grande chance vient de t'être offerte, poursuivit-elle calmement. Tu es invité à t'asseoir à la table de Lady Gwendoline et, donc, à lui parler.

Alors qu'il marchait à ses côtés en direction des escaliers du donjon, Robert remarqua l'abattement qui accablait son regard. Elle faisait des efforts pour afficher un sourire, mais ce dernier semblait forcé.

— Morwenna, murmura-t-il, en ralentissant l'allure de ses pas. Ce que tu as dit tout à l'heure...

Elle évita son regard et l'interrompit aussitôt.

— Cela n'a aucune importance. J'ai toujours su qu'un jour ou l'autre tu reviendrais ici. Et épouser Gwendoline est vraiment le meilleur moyen pour toi d'aider Penrith et ses habitants.

Il aurait voulu trouver les mots justes, car il détestait l'idée de la faire souffrir. Mais que dire ? Son raisonnement n'était jamais allé au-delà de son désir impérieux de récupérer son fief. Il n'avait jamais réfléchi à ce qui se passerait ensuite.

Quand elle lui avait fait comprendre qu'il lui serait difficile de rester à le regarder vivre avec Gwendoline, il avait été gêné par l'idée qu'elle puisse être malheureuse à cause de lui. Morwenna avait raison. Après qu'il aurait épousé l'héritière, il serait cruel de l'inviter à demeurer à Penrith.

Elle ralentit pour l'attendre.

— Je vais chercher quelqu'un à épouser, Robert. Et une fois que j'aurai choisi un mari, je quitterai Penrith pour commencer une nouvelle vie ailleurs.

Il hocha la tête.

— Choisis quelqu'un qui te mérite, Morwenna. Quelqu'un qui n'essayera pas de te forcer à mener une existence dont tu ne veux pas.

Cela faisait deux années qu'il la connaissait, et il ne pouvait nier qu'il avait développé des sentiments surprotecteurs à son égard. Même s'il savait que le mariage était pour elle une solution pragmatique, l'idée qu'elle s'unisse à un autre homme le mettait hors de lui.

Elle se tourna vers lui et, pendant un bref moment, ils se regardèrent dans les yeux. Dans ceux de Morwenna, Robert vit de la tristesse, mêlée à un soupçon de convoitise. Cela le remua au plus profond de lui-même, car il ne pouvait ignorer sa propre réaction. Cela avait toujours été là, juste sous la surface. Pendant un instant, il se prit à imaginer ce qui aurait pu se passer entre eux si les circonstances avaient été différentes.

Il repensa à l'odeur de sa peau, à la douceur de sa main dans la sienne. Et un terrible poids l'accabla. L'idée de devoir lui aussi la voir avec un autre homme était décidément un calvaire.

Ils pénétrèrent dans le donjon sans se regarder. Une longue table avait été dressée sous un dais et plusieurs serviteurs attendaient, adossés aux murs, avec des pichets de bière à la main. Lady Gwendoline et son père leur firent signe d'approcher, mais il devint vite évident que le comte n'allait pas autoriser sa fille à s'asseoir entre deux de ses prétendants.

Il fit en effet installer Gwendoline puis Piers à sa droite, et Morwenna puis Robert à sa gauche. Malheureusement, constata Robert, il ne lui serait pas possible de parler à Lady Gwendoline pendant le repas. Mais au moins Piers ne pourrait se dérober aux questions du comte.

Lady Gwendoline présenta son demi-frère sous le nom

de Piers de Grevershire. Et quand elle l'interrogea à son tour, Robert, bien sûr, mentit également :

— Mon nom est Robert d'Inglewood.

Il avait décidé qu'il serait mieux de conserver son prénom, au cas où, par mégarde, il aurait échappé à quelqu'un. L'absence de réaction du comte le rassura.

Une fois qu'ils furent assis, le comte se tourna vers Morwenna.

— Appréciez-vous votre séjour parmi nous ? demanda-t-il.

— Je vous sais gré de votre hospitalité, my lord, répondit-elle en hochant la tête.

Mais alors qu'un serviteur lui servait gibier rôti, saumon et pain, son air tendu n'échappa pas à Robert. Elle adressa un bref regard inquiet à Gwendoline, mais la jeune femme semblait captivée par Piers.

— Nous n'avons aucune nouvelle de votre famille pour l'instant, continua Lord Penrith. Et même si j'ai accédé bien volontiers aux requêtes de Gwendoline concernant votre présence parmi nous et la possibilité pour vous de choisir un prétendant parmi ceux qu'elle écartera, ce n'est pas à moi d'arranger vos noces. Si vous trouvez un homme qui vous agrée, dites-lui d'aller s'adresser à votre père.

Robert vit Morwenna pâlir sous le regard scrutateur de Lord Penrith.

— Ne vous inquiétez pas pour moi, my lord.

Ses mots auraient dû apaiser la crainte du comte, mais Robert se rendit compte qu'il fixait la gorge de Morwenna.

— J'ai vu que vous portiez ce pendentif à votre arrivée. Puis-je le voir de plus près ?

Elle voulut l'enlever, mais le comte tendit la main et ses doigts effleurèrent le buste de la jeune femme alors qu'il soulevait le collier pour l'inspecter. Morwenna tressaillit et Robert eut du mal à contenir sa rage. Il avait envie de repousser brutalement le comte et de lui ordonner d'ôter ses mains de là. Il se contenta de serrer les poings sous la table.

— Quel motif original, fit remarquer le comte. J'ai l'impression d'avoir déjà vu cet emblème, mais où ? Cela m'échappe... D'où tenez-vous ce bijou ?

— Il appartenait à ma mère, répondit Morwenna. Mon père ne me l'a donné qu'il y a quelques années, mais ma mère est morte quand j'avais douze ans.

Le comte plissa les yeux.

— Je sais que j'ai déjà vu ce motif quelque part, répéta-t-il. Cela va me poursuivre jusqu'à ce que je me souvienne.

Il laissa le pendentif retomber et se tourna vers sa fille. Sous la table, Robert attrapa la main de Morwenna et la serra fort. Quand elle leva les yeux vers lui, il y perçut de la terreur. Même s'il n'avait pas totalement compris ce qui venait de se passer, il voulait qu'elle sache qu'il était là.

De l'autre côté de la table, il vit Piers en train de regarder Lady Gwendoline. Il semblait mal à l'aise, et même si Robert n'entendait pas leur conversation, il était certain que son demi-frère allait devoir répondre aux questions insistantes du comte.

Dans un murmure, Morwenna dit :

— Il faut que je m'en aille, Robert. Est-ce que tu peux trouver un moyen de m'aider ?

— Il est encore trop tôt, la mit-il en garde. Je peux essayer de te faire sortir un moment, mais il faudra revenir.

— J'ai du mal à respirer.

Son visage devenu très pâle n'avait pas perdu son expression de terreur.

— Il me faut juste un moment, au calme, pour me reprendre. Il y a tant de monde qui me regarde.

— D'accord.

Robert s'éclaircit la gorge pour interrompre la conversation du comte. Quand il eut toute son attention, il déclara :

— My lord, excusez-moi, mais Lady Morwenna ne se sent pas bien. M'accordez-vous la permission de l'accompagner dehors quelques instants ? Respirer un peu d'air frais devrait lui faire du bien.

— Vous ne me paraissez pas spécialement indisposée, dit le comte en observant Morwenna avec irritation.

— Il fait si chaud, je me sens mal, répondit-elle. Pourriez-vous m'autoriser à sortir un petit moment, je vous prie ?

Le comte semblait contrarié, mais il donna sa permission d'un geste de la main en direction de Morwenna. Robert lui offrit son bras, qu'elle accepta volontiers. Ils se frayèrent un chemin parmi les convives et dès qu'ils furent dehors, elle inspira profondément. Mais cela ne semblait pas assez. Quelque chose l'avait effrayée, et Robert voulait la laisser parler en toute liberté.

Puisque la plupart des invités se trouvaient à l'intérieur, il la conduisit vers la porte de la barbacane. Il y avait une petite entrée destinée aux gardes et un escalier qui menait aux remparts. Morwenna le suivit jusqu'en haut, et elle resta un moment immobile à contempler le paysage s'assombrissant. Le soleil bordait l'horizon et le vent fouettait ses joues.

Robert ne demanda pas si elle allait bien, car il connaissait déjà la réponse. L'intérêt soudain du comte l'avait terrorisée à partir du moment où elle n'avait pu se soustraire au contact qu'il lui avait imposé.

— Je n'aurais pas dû venir ici, murmura-t-elle. Je pensais qu'il suffisait de porter une robe et un collier en or pour passer pour une lady. Mais je ne suis pas à ma place ici, au château. Ce n'est pas moi.

Elle ferma les yeux, et prit à nouveau une grande inspiration. Elle resta silencieuse un long moment, avant de fixer l'horizon.

— Le comte sait que je mens. Et il joue au chat et à la souris avec moi dans le but de me confondre.

— Si tu veux, tu peux partir avec Brian ce soir, proposa Robert. Retournez à l'abbaye, où les moines vous accueilleront le temps qu'il faudra.

Elle ne répondit pas, et il l'obligea à lui faire face.

— Ou bien, si tu restes, je jure de te protéger, Morwenna. Comme je l'ai toujours fait. Tu ne dois pas avoir peur.

— Mais tu ne pourras pas me protéger éternellement. Et il n'est pas question ici d'un combat à l'épée.

Elle avait raison. Il se battait pour ses terres et pour ses gens. Mais, plus encore, il menait une bataille invisible pour conquérir cette précieuse estime de soi qui lui faisait défaut depuis si longtemps. Depuis qu'il avait trahi ses terres et ses gens, précisément. Et cette bataille, il était tout bonnement impossible qu'il ne la remporte pas.

— Il se peut que je ne sois pas toujours auprès de toi, concéda-t-il. Mais une fois que j'aurai épousé Lady Gwendoline et que je régnerai sur Penrith, je t'aiderai, je te le jure. Quels que soient tes besoins.

Mais sa promesse sembla la rendre plus malheureuse encore.

— Je ne suis plus sous ta responsabilité, Robert.

Il essayait de la rassurer, se dit Morwenna. Mais en vérité, elle vivait dans la terreur depuis qu'elle était arrivée au château. Le comte prenait un malin plaisir à jouer avec elle. Il savait qu'elle mentait, c'était l'évidence même. Il attendait simplement qu'elle se trahisse. Oui, mais dans quel but ?

Même si Robert prétendait vouloir l'aider, il ne pouvait rien faire sans menacer sa position auprès de Gwendoline. Et puis il y avait Piers, qui tentait de tirer sa propre épingle du jeu.

— Je vais trouver un moyen de me sortir de cette situation, déclara-t-elle à Robert. C'est ma faute si je suis ici. Tu m'as suffisamment mise en garde contre les dangers qui me guettaient.

Dans ses yeux, elle vit qu'il était inquiet pour elle. Il mettrait sûrement son point d'honneur à la protéger, mais jusqu'à une certaine mesure. Penrith passait avant elle.

— Est-ce que tu te sens mieux à présent ? demanda-t-il. Veux-tu retourner au donjon ?

Elle ne répondit pas tout de suite. Alors il posa la main sur sa joue, et son contact fut comme du feu. Pensait-il la réconforter ? Elle saisit sa main, à la fois pour s'accrocher à lui et pour le prier d'arrêter.

— Cela devrait aller, dit-elle.

Mais il ne retira pas sa main et continua de l'observer.

— Si je ne te connaissais pas, je croirais que tu es une lady de haut rang. Tu fais parfaitement bien illusion, Morwenna. Si tu veux trouver un époux, je suis certain que tu pourras choisir l'homme que tu désires.

Oui, n'importe lequel sauf lui.

Elle recula d'un pas. Pourquoi n'était-il pas capable de la voir comme une femme ? Ses mots la blessaient, car elle avait l'impression qu'il n'avait aucune idée de l'étendue de son amour. Elle regrettait de lui avoir dit la vérité. Il essayait de la consoler comme il le pouvait, car il ne partageait pas ses sentiments et ne les partagerait jamais.

J'aimerais pouvoir choisir l'homme que je désire, songea-t-elle, mais sans l'exprimer à voix haute.

Puis elle se tourna pour descendre l'escalier. Robert marchait derrière elle, sans doute pour s'assurer qu'il ne lui arrive rien de fâcheux. Quand ils atteignirent l'entrée du donjon, elle entendit une voix :

— Lady Morwenna.

Elle se retourna et reconnut l'un des hommes qui avaient participé au tournoi un peu plus tôt dans la soirée. Il était mince et vigoureux et Morwenna se rappelait qu'il avait terminé à la deuxième place de l'épreuve de tir à l'arc.

Elle lui adressa un signe de tête pour ne pas paraître impolie, mais n'engagea pas la conversation. Elle n'avait absolument aucune envie de nouer une relation, quelle qu'elle soit, avec un autre homme.

Robert était resté en arrière et il était en train de parler avec un serviteur. Morwenna entra dans la grand-salle et longea les tables installées sur tréteaux jusqu'au dais. Heureusement, Lord Penrith était en train d'interroger Piers, et Gwendoline lui adressa un petit sourire alors qu'elle se rasseyait à sa place. Son amie semblait mal à l'aise, mais il n'était pas question qu'elle quitte la table. Robert pénétra dans la pièce à son tour, et plusieurs serviteurs l'arrêtèrent pour lui parler.

Ils le reconnaissent, comprit Morwenna.

Mais ils ne la reconnaissaient pas, elle. Elle se sentait comme une étrangère, comme si les beaux vêtements qu'elle portait l'avaient transformée en quelqu'un d'autre. Ce n'était cependant qu'une illusion. Elle savait très bien qu'elle ne pourrait jamais être la vraie dame d'un château.

Elle but une gorgée de vin, en regardant Robert, et tout à coup, elle se rendit compte qu'elle tentait d'échapper à sa propre existence, tout comme il l'avait fait. Il avait passé des années enfermé derrière les murs d'un château, coupé du monde extérieur. Sa propre vie avait été assez similaire, étant donné qu'elle avait constamment voyagé avec son père et son frère, sans jamais s'installer nulle part. Sans jamais se faire de vrais amis.

Morwenna se risqua à observer les gens autour d'elle et ce fut comme si elle portait sur eux un regard extérieur. Lady Gwendoline était au centre de toutes les attentions. Les hommes étaient fascinés par sa beauté. Lord Penrith régnait sur son fief et ses gens, et jouissait de sa situation enviable. Même Robert parlait à tous, comme s'il cherchait un moyen de récupérer ce qu'il avait perdu.

Et elle, que faisait-elle ? Elle le laissait croire qu'il pourrait obtenir la main de Lady Gwendoline alors qu'elle savait très bien qu'elle avait embrassé Piers. Les chances de Robert de conquérir le cœur de l'héritière étaient de plus en plus ténues, et Morwenna ne lui en avait rien dit.

Elle avait vécu sa vie dans l'ombre, prise à son propre piège. Mais il fallait que cela change. Elle ne pouvait plus se cacher derrière son bouclier invisible, attendant les bribes de l'affection de Robert. Il avait pris la décision de courtiser Lady Gwendoline, et l'heure était venue pour Morwenna de cesser de mener cette vie où elle était entièrement tributaire de lui et des sentiments qu'elle éprouvait pour lui.

Il finit par la rejoindre à table, en s'excusant d'avoir tardé.

— Ce n'est rien, dit-elle.

Puis, avant de changer d'avis et de ne plus oser, elle lui demanda :

— Pourrions-nous parler seul à seul un peu plus tard ? Je pense avoir besoin de ton aide pour quelque chose.

Elle avait décidé de lui dire la vérité puis de s'en aller. Il faudrait donc qu'elle trouve le courage de lui dire adieu, même si cela lui brisait le cœur.

Il hochait déjà la tête.

— Si tu le souhaites.

Il baissa la voix et ajouta :

— Rejoins-moi aux cuisines. Ce sera plus sûr.

Elle hocha la tête à son tour. Elle redoutait la conversation qui s'annonçait, mais elle ne devait en aucun cas s'y dérober.

Quand le banquet prit fin, Lord Penrith invita les gagnants à le rejoindre. Il présenta à sa fille les vainqueurs de chaque épreuve, dont Robert et Piers. Lady Gwendoline se montra très agréable vis-à-vis de chacun d'entre eux, mais Morwenna vit que son regard s'attardait sur Piers. Il captivait son amie, sans doute parce qu'ils s'étaient embrassés dans la forêt.

— Ma fille s'est prononcée en faveur de cinq hommes, annonça le comte. Ils resteront à Penrith. Elle choisira son époux parmi eux, après m'en avoir demandé la permission.

Ensuite, un à un, il nomma les cinq hommes. Robert et Piers avaient été tous les deux retenus, de même que l'archer que Morwenna avait croisé à son retour. Il y en avait aussi deux autres : celui qui avait gagné la course à pied et celui qui avait gagné l'épreuve de lance.

Morwenna remarqua que le comte n'avait rien dit à son sujet, ce qui était un soulagement. Ses pensées étaient trop accaparées par Gwendoline pour qu'il s'occupe d'elle, et c'était tant mieux.

Sur ordre du comte, les musiciens se mirent à jouer.

— Venez, et dansons, proposa Gwendoline à Piers.

Elle adressa un signe de tête à Morwenna et Robert.

— Joignez-vous à nous, voulez-vous ?

Les hommes poussèrent les tables pour faire de la place, et nombreux furent ceux qui se mirent à danser. Il y avait plus d'hommes que de femmes, et Morwenna passa de cavalier en cavalier, dans un tourbillon effréné. Elle avait la tête qui tournait mais elle ne bouda pas son plaisir, même s'il avait un goût doux-amer.

Quand Robert dansa avec elle, elle perçut avec acuité sa paume dans son dos, ainsi que la chaleur de son regard. Son cœur traître se gonfla d'un désir qui jamais ne pourrait être assouvi.

Ne te fais surtout aucune illusion, se morigéna-t-elle.

Il la voyait uniquement comme une amie. Lady Gwendoline était un moyen pour parvenir à une fin, une façon pour lui de se réapproprier pacifiquement Penrith. Mais lorsque le regard de Robert glissa sur Gwendoline, quelque chose se glaça en Morwenna.

Elle s'excusa durant la danse suivante, en prétextant qu'elle avait soif. Elle retourna à table et leva son verre pour boire, sans cesser d'observer les danseurs.

— Lady Morwenna.

Elle vit l'archer revenir vers elle, mais cette fois, elle choisit de lui laisser sa chance.

— Oui ?

— Je m'appelle Gareth de Watcomb. Je suis heureux de pouvoir enfin vous parler. J'attendais ce moment depuis le début de la soirée.

Il semblait légèrement maladroit et hésitant dans le choix de ses mots.

— Vous êtes vraiment très belle. Pardonnez-moi, mais je... je n'ai pas beaucoup d'expérience avec les femmes. Je ne sais pas bien ce qu'il faut dire.

Ses tentatives pour se montrer charmant le rendaient touchant. Morwenna décida donc de l'encourager à poursuivre.

— Vous vous débrouillez bien, je vous assure. Et je suis heureuse de faire votre connaissance.

— J'ai vu que la chaleur vous avait incommodée tout à l'heure, reprit le jeune homme. Voulez-vous faire quelques pas dehors pour prendre un peu l'air ?

Morwenna hésita un instant, avant de se dire qu'avec tous les gardes qui surveillaient la grand-cour, elle ne risquait absolument rien.

— Je veux bien.

Pour traverser la grand-salle, Gareth lui proposa son bras, qu'elle accepta. Ils contournèrent ainsi les danseurs pour se diriger vers la porte.

Dehors, la lune, déjà haute dans le ciel, éclairait les alentours. Morwenna prit une grande inspiration. L'air frais chargé d'agréables parfums nocturnes emplit ses narines et ses poumons. À ses côtés, Gareth resta un moment silencieux. Puis il demanda :

— Quelles qualités recherchez-vous chez votre futur époux, si ce n'est pas indiscret ?

C'était la première fois que quelqu'un lui posait cette question. Alors que ses premières pensées furent pour Robert, Morwenna fit l'effort de réfléchir.

— Je voudrais quelqu'un de doux et de gentil, finit-elle par dire. Quelqu'un dont je rechercherais la compagnie à tout moment, quelqu'un qui sache me faire sourire.

Elle avait peu eu l'occasion de sourire ces derniers temps. Après la mort de son père, sa vie n'avait été qu'une succession de désastres. Mais le moment était peut-être venu de tourner la page et de commencer une existence nouvelle. Elle osa adresser un sourire à Gareth, qui le lui rendit.

— Puis-je vous confier un secret, my lady ?

— Si vous le souhaitez.

— J'espère que Lady Gwendoline ne me choisira pas. Je préférerais être votre choix à vous.

Morwenna rougit et ne sut que répondre.

— Merci.

Ce fut tout ce qu'elle parvint à articuler. Il était très perturbant de se retrouver au centre de l'attention d'un homme, et les regards de Gareth l'intimidaient.

À moins que ce ne soit sa propre maladresse qui la gênait...

Il continua à lui parler, mais Morwenna fut distraite par la vue d'une femme qu'elle n'avait pas croisée depuis deux années. C'était une femme plus âgée qu'elle, dont les cheveux bruns étaient coiffés en une longue tresse négligée. Cette apparition ébranla Morwenna. Il s'agissait de Lena, la dernière compagne de son père. Morwenna s'était trompée en la croyant morte, et Brian ne l'avait pas mentionnée, sans doute parce qu'il ne l'avait pas rencontrée depuis leur arrivée à Penrith.

Son père s'était rapproché de Lena après son veuvage, mais il ne l'avait jamais épousée. Elle savait parfaitement bien qui était Morwenna, en revanche, c'est-à-dire rien de plus que la fille d'un pauvre meunier. Un sourire entendu passa sur son visage avant qu'elle ne se tourne pour pénétrer dans le donjon.

Avait-elle l'intention de tout révéler au comte ? La panique s'empara de Morwenna lorsqu'elle prit conscience du danger qui la menaçait, puisque la supercherie qu'elle avait imaginée était susceptible de s'effondrer à tout instant désormais.

En même temps, avait-elle réellement pensé pouvoir faire illusion longtemps ? Elle avait fait semblant de croire que ce que Gwendoline lui proposait était réalisable mais au fond d'elle-même elle avait toujours su qu'elle ne pouvait pas prétendre à mener une existence de lady.

— My lady ? demandait Gareth.

Elle s'obligea à se concentrer sur celui qui l'accompagnait, se rendant compte qu'elle n'avait rien entendu de ce qu'il avait dit précédemment.

— Pardonnez-moi. J'ai eu l'impression de voir quelqu'un que je connaissais. Mais bien sûr, c'est impossible.

Les mises en garde de Brian lui revinrent en mémoire. Il voulait qu'elle quitte Penrith, et Morwenna commençait à penser qu'il avait raison. Mais pas avant d'avoir parlé à Robert. Il lui suffit d'ailleurs d'y songer pour se sentir nerveuse.

— Je vous posais des questions sur l'endroit où vous vivez, continua Gareth. Est-ce loin d'ici ?

— Pas très loin, répondit-elle prudemment. Mais parfois il me semble au contraire que c'est loin.

— Avez-vous des frères ou des sœurs plus âgés que vous ?

Bien que la question parût anodine, elle le soupçonna de vouloir savoir si elle était ou non une héritière.

— J'ai un frère cadet, l'informa-t-elle. Et vous ?

— J'ai quatre frères aînés.

Ce qui signifiait qu'il n'hériterait de rien, ou presque. Dans ce cas, il n'était pas étonnant qu'il leur fasse la cour, à Lady Gwendoline ou à elle. En même temps qu'une épouse, il espérait sans doute obtenir un fief.

— Voulez-vous que nous continuions notre promenade ? demanda Gareth.

— Non, je crois que je préfère rentrer, je vous remercie.

Elle le laissa la raccompagner jusqu'au donjon et, une fois à l'intérieur, elle vit Lena servir du vin au comte. Morwenna ignorait si elle avait parlé à Lord Penrith, mais elle devait se préparer au pire.

Elle reprit sa place, et Gwendoline vint s'asseoir à côté d'elle.

— Vous ne donnez pas l'impression de beaucoup vous amuser, Morwenna.

Elle se força à sourire.

— C'est que je n'ai jamais vu autant d'hommes rassemblés. C'est un peu... oppressant.

— Avez-vous déjà rencontré Piers de Grevershire ? s'enquit Gwendoline. Il est très beau, mais... je ne sais à peu près rien à son sujet.

C'est le demi-frère bâtard de Robert, eut envie de répondre Morwenna, ce qu'évidemment elle ne fit pas.

Elle songea alors qu'elle pourrait intervenir et rendre ainsi service à Gwendoline. De toute façon, cela faisait un moment qu'elle avait envie d'aller trouver Piers.

— Voulez-vous que j'essaie de me renseigner ?

— Ce serait très aimable de votre part. Venez, je vais vous présenter.

Elle conduisit Morwenna jusqu'à Piers, qui était en train de boire du vin. Quand il leva ses yeux bleus, son regard se fit méfiant.

— Voici Lady Morwenna, dit Gwendoline. Et voici Piers de Grevershire.

Morwenna ne le quitta pas des yeux, mais elle inclina la tête.

— Je suis heureuse de faire votre connaissance… my lord.

Elle buta sur ces deux derniers mots, car ni lui ni elle n'étaient nobles.

— Morwenna aimerait danser, avança Gwendoline.

Piers inclina à son tour la tête et tendit la main. Ce serait l'occasion de parler en tête à tête. Mais alors elle vit Robert qui, non loin de là, la fixait. Il semblait furieux qu'elle soit avec Piers. Elle l'ignora et Piers prit sa main pour la conduire parmi les autres danseurs.

— On dirait que je ne suis pas le seul à me travestir, déclara-t-il. Mais cela te va très bien, Morwenna.

— Merci.

Cela la surprit qu'il se montre si courtois, et cela l'incita à lui retourner le compliment.

— À toi aussi.

Il était meilleur danseur qu'elle ne l'aurait pensé, et elle se demanda où il avait appris. Quant à elle, elle était une exécrable danseuse, et elle essayait tant bien que mal d'imiter les mouvements et les pas qu'elle observait tout autour d'elle.

— Que fais-tu ici, Piers ?

Il sourit, mais du sourire carnassier d'un mercenaire.

— À ton avis ?

— À part jouer les fauteurs de trouble, je ne vois pas, répondit-elle. Comme à ton habitude, du reste…

Il la fit tourner sur elle-même.

— Ce n'est pas faux. La danse, c'était ton idée, n'est-ce pas ?

Morwenna acquiesça.

— J'ai dit à Gwendoline que je découvrirais tout ce qu'il y avait à savoir à ton sujet.

Entendant cela, il se mit à rire.

— J'ai toujours aimé ton honnêteté, Morwenna. Et que vas-tu lui dire ?

— Cela dépend de ce que tu veux qu'elle imagine. J'espère pouvoir lui dire la vérité. Donc, je réitère ma question : quels sont tes projets ? Espères-tu épouser l'héritière et mettre la main sur le comté de Penrith, comme tu l'as toujours voulu ?

Piers lui adressa un sourire crispé.

— Si je le peux, oui.

Au moins, il jouait franc-jeu. Elle aurait dû lui en vouloir, mais elle ne pouvait s'empêcher d'être séduite par sa sincérité et sa confiance en lui.

— Pourquoi tiens-tu tant à ces terres, Piers ? Pourquoi ne pas en conquérir d'autres ?

— Parce que c'est ici que je suis né. Et Lord Penrith m'a obligé à vivre dans ce château, au milieu de tout ce qui ne serait jamais à moi.

Morwenna perçut alors une pointe de colère dans sa voix.

— C'était pour me rabaisser, et Degal l'a fait sciemment. Donc, mon vœu le plus cher, c'est de m'approprier ce qui aurait dû être à moi. Ainsi, j'aurai enfin vengé ma mère et fait payer à Degal ce qu'il lui a fait subir.

— Qu'a-t-il fait ? demanda Morwenna, qui n'avait jamais eu vent de cette histoire.

— Elle est morte à cause de lui, répondit-il sur un ton qui trahissait une blessure loin d'être refermée.

— On ne peut pas faire payer les morts, dit Morwenna d'une voix douce. Il est trop tard, cela ne changera rien.

— Au contraire : régner sur Penrith changerait ma vie, affirma Piers.

Il lui prit la main puis ils se mêlèrent aux autres danseurs.

— Et si en plus, j'obtiens la main d'une tres belle jeune femme, je ne m'en plaindrai pas.

— Lady Gwendoline est bonne et généreuse. Ne fais pas d'elle l'instrument de ta vengeance, ce serait injuste et cruel.

— Ce n'est pas du tout mon intention.

Il lui fit décrire un cercle autour de lui, et elle vit que Robert approchait déjà. Il semblait avoir envie d'en découdre avec Piers.

Elle allait devoir s'interposer entre eux, mais avant cela, elle demanda :

— Que veux-tu que je dise à Gwendoline ?

— Rien du tout, répondit-il. Reste en dehors de tout cela.

— Ne lui brise pas le cœur, insista Morwenna. Tu sais très bien que cela ne pourra pas se terminer par un mariage. Elle est de naissance noble… contrairement à nous. Et si tu sais que tu vas la faire souffrir à la fin, alors oublie-la tout de suite.

— Quelle véhémence, fit remarquer Piers en attrapant son menton. Mais tu te trompes. J'ai l'intention d'obtenir ce que je veux, cette fois. *Tout* ce que je veux.

Ce fut alors que Robert les interrompit. Morwenna l'empêcha de faire une scène en prenant ses deux mains dans les siennes. Elle le fit reculer et l'incita à poser les mains sur sa taille, pour faire comme si elle était en train de changer de cavalier.

— Ce n'est pas en te querellant que tu conquerras Lady Gwendoline.

Elle l'emmena un peu plus loin et ajouta :

— J'ai déjà parlé avec Piers.

— Je connais mon frère, rétorqua Robert. Les mots n'ont aucun effet sur lui, et je ne le laisserai pas saboter mes plans.

Morwenna marqua un temps d'arrêt en se demandant ce qu'il voulait dire par là.

— Il faut que je retourne auprès de Gwendoline, assénat-elle. Je te retrouve plus tard, comme convenu.

Elle tourna les talons et faillit heurter de plein fouet Lord Penrith. Aussitôt, elle exécuta une révérence devant lui.

— My lord.

Il tendit son bras.

— Faites quelques pas avec moi, voulez-vous, Lady Morwenna.

Elle n'avait pas d'autre choix que d'obéir. Son cœur cognait à tout rompre dans sa poitrine, mais elle sourit comme si tout allait bien. Le comte lui fit traverser la grand-salle et fit remarquer :

— Il semble que vous ayez fait forte impression sur les hommes que j'ai invités à Penrith. Je suppose que ce doit être très… différent de ce à quoi vous êtes habituée.

Il sait.

Il l'enjoignait à rester à sa place. Lorsqu'elle entendit ces menaces sous-jacentes, les craintes de Morwenna redoublèrent. Elle répondit néanmoins d'une voix calme :

— Je vous sais gré de m'accueillir sur vos terres jusqu'à ce que je puisse rentrer chez moi. Et, bien entendu, j'espère tout autant que vous que Lady Gwendoline trouvera parmi ses prétendants un homme digne de devenir son époux.

Je sais où se trouve ma place et je ne ferai rien qui puisse compromettre ses chances.

Le comte acquiesça.

— Je me souviens de l'endroit où j'ai déjà vu ce pendentif. Il est curieux qu'il soit en possession de quelqu'un comme vous.

Morwenna ne comprit pas où il voulait en venir.

— Comme je vous l'ai dit, ce bijou appartenait à ma mère. J'ignore d'où elle le tenait. Un héritage familial, peut-être.

Le comte prit un air supérieur.

— J'en doute fort, étant donné que ce pendentif a jadis appartenu à la reine Aliénor.

5

Robert attendit Morwenna dans les cuisines pendant plusieurs heures, sans qu'elle se montre. À sa grande surprise, cependant, Henri l'archer vint le trouver, accompagné de deux autres villageois. Il referma la porte derrière eux d'un air sombre.

— Que se passe-t-il ? demanda Robert.

— Nous avons besoin de votre aide, répondit un homme blond.

Henri lui fit signe de s'asseoir, mais Robert refusa. Il était impatient que son compagnon continue, mais ce fut le troisième, un grand homme barbu, qui parla :

— Nous savons que vous êtes là pour obtenir la main de Lady Gwendoline. Et si vous l'épousez, vous redeviendrez le comte de Penrith.

Robert hocha la tête.

— J'ai en effet l'intention d'obtenir la main de Lady Gwendoline.

— Vous devez absolument remporter le tournoi, insista Henri. Même si cela signifie battre votre propre frère.

L'archer lança un regard à l'homme blond.

— Nous avons besoin de votre aide, Robert, répéta-t-il. Les hommes de Penrith se comportent de façon de plus en plus cruelle chaque jour.

Avant que Robert ne puisse demander des éclaircissements, Henri ajouta :

— La fille de Bertrand a été... attaquée par les soldats de Lord Penrith.

— Ils se sont emparés d'elle, dit le dénommé Bertrand d'une voix lugubre. Et elle n'a pas eu le choix. J'ai vite compris ce que ces hommes lui avaient fait subir. Ils l'ont souillée.

Robert sentit son estomac se révulser.

— Est-elle retenue prisonnière ?

Bertrand secoua la tête.

— Ils l'ont relâchée tôt ce matin. Depuis, elle ne cesse de pleurer. Je veux les envoyer six pieds sous terre, tous autant qu'ils sont, maugréa-t-il, le regard assassin.

Il désigna de la tête l'homme barbu, et poursuivit :

— Landon a perdu son fils l'an dernier. Il a été tué par l'un des gardes.

— Je suis désolé, dit Robert à voix basse.

— Vous avez fui, l'accusa Landon. Et nous avons besoin que vous soyez de nouveau là, et bien là. Il faut que vous preniez le contrôle de Penrith.

Il avança vers Robert, les poings serrés.

— En vous cachant parmi nous, nous avons fait notre part du travail. Mais je le jure devant Dieu, si vous vous comportez de nouveau en lâche...

— Je ne vous trahirai pas ni ne vous décevrai, promit-il. Je le jure sur ma vie. Je ferai tout ce qui est en mon pouvoir pour vous libérer de ce tyran.

Henri échangea un regard avec les autres hommes.

— Alfred doit mourir, Robert. Et peu nous importe que vous vous empariez de Penrith par des voies pacifiques ou en faisant couler le sang.

Leur souffrance était si évidente et communicative que Robert acquit la certitude qu'il ne connaîtrait pas le repos avant d'avoir repris ses terres.

— Je tiendrai promesse, affirma-t-il.

Et, en son for intérieur, il espérait trouver un moyen de venger la fille de Bertrand.

Alors que les hommes s'apprêtaient à repartir, Henri ajouta une dernière chose :

— Soyez attentif, Robert. Comment pourrez-vous conquérir le cœur de Lady Gwendoline si vous passez tout votre temps en compagnie de Morwenna ?

— Morwenna m'aide, répondit-il, tout en comprenant la mise en garde de l'archer. Et nous ne sommes rien de plus que des amis.

Il vit dans le regard d'Henri que ce dernier n'était pas tout à fait convaincu.

— Je veux bien vous croire, déclara-t-il néanmoins. Mais sachez ceci : si vous ne vous battez pas à nos côtés, nous mènerons notre propre rébellion. Si vous n'êtes pas parvenu à reprendre Penrith d'ici à la fin des moissons... alors il y aura bel et bien un bain de sang. Du sang que vous aurez sur les mains.

Un frisson glacé parcourut l'échine de Robert, qui se raidit.

— Non. Si vous menez votre propre combat, le sang sera sur vos mains à vous, pas sur les miennes.

Il fixa les hommes un par un et avança d'un pas.

— Je ferai tout ce qui est en mon pouvoir pour reprendre ces terres. Mais je ne reçois d'ordre de personne. Pas même de vous.

Sur ce, Henri tourna les talons et s'en alla.

Robert vit arriver Morwenna, qui portait toujours ses beaux habits, comme si elle ne voulait plus se déguiser. Il s'en inquiéta. Ne craignait-elle plus le danger ? Pourquoi ? Malgré sa préoccupation, cependant, le regard d'avertissement que lui adressa Henri après avoir croisé la jeune femme ne lui échappa pas.

Il savait que l'archer avait raison. Il devait ignorer

l'attirance qu'il ressentait pour Morwenna et courtiser Gwendoline s'il voulait vraiment obtenir sa main. Il avait l'impression que des chaînes invisibles l'attachaient à des responsabilités qu'il fuyait, mais il n'avait pas le choix. Ses gens souffraient, et il fallait qu'il prenne ses distances avec Morwenna.

En silence, ils rejoignirent ensemble le garde-manger. Une fois qu'ils furent en sécurité à l'intérieur, il vit que Morwenna était agitée, et qu'elle semblait aussi avoir peur de quelque chose.

— J'ai mis du temps à pouvoir te rejoindre. Il fallait que je parle à Gwendoline.

— À cause de Piers, devina Robert.

Elle acquiesça.

— Elle l'apprécie vraiment, et elle voulait savoir ce que j'avais appris à son sujet.

— Et que lui as-tu dit ?

Même s'il essayait de ne rien laisser paraître, cela le contrariait au plus haut point que Piers se permette de contrecarrer ses plans.

— Je lui ai dit la vérité. Que je pensais qu'elle lui plaisait.

— Comment peux-tu penser une chose pareille ? demanda Robert, qui n'était pas du tout d'accord avec elle. La seule chose qui intéresse Piers, c'est conquérir Penrith par tous les moyens possibles. Il se moque complètement de Gwendoline.

— Tu te trompes, objecta Morwenna. Il a passé toute la soirée avec elle. Il l'écoute, et j'ai vu la façon dont il la regardait.

— Donc tu te ranges de son côté maintenant ? Pourquoi est-ce que j'ai cru que tu allais m'aider ? murmura-t-il.

— Je ne me range du côté de personne. Mais vous avez les mêmes objectifs : vous voulez tous les deux ce fief, et vous êtes déterminés à tout faire pour atteindre ce but. La seule différence, c'est que Gwendoline préfère Piers à toi.

Il n'arrivait pas à croire qu'elle ose les comparer. Robert, lui, voulait reconquérir Penrith pour aider ses habitants, tandis que Piers essayait de s'approprier quelque chose qui ne lui appartenait pas.

— Si elle le préfère, c'est parce qu'elle l'a rencontré en premier. C'est tout.

— Non, ce n'est pas la seule raison. Tu n'as fait aucun effort pour la connaître. Piers s'est donné du mal pour l'approcher et, ensuite, il a montré qu'il s'intéressait à elle.

— J'ai attendu dans la forêt pendant des heures, protesta Robert. Et je me suis battu contre les autres prétendants pour avoir une chance d'obtenir sa main.

— Mais à part cela, tu as passé très peu de temps avec elle. C'est inutile de continuer à l'admirer de loin, d'autant plus que Gwendoline et Piers ont eu à plusieurs reprises l'occasion de parler ensemble.

Robert ne comprenait pas pourquoi Morwenna défendait Piers.

— Ce serait un désastre si c'était Piers qui l'épousait. Il n'a aucune idée de la façon dont gouverner un fief. Et étant de naissance illégitime, il n'a aucun droit sur ces terres.

Elle l'observa un moment, le visage triste.

— Pas plus que je n'ai le droit d'être une lady, Robert. Je suis issue du bas peuple. En théorie, je n'ai même pas le droit de partager la chambre de Lady Gwendoline.

Il eut tout à coup honte de ce qu'il avait dit.

— Mais tu n'essayes pas de t'approprier quelque chose qui ne t'appartient pas.

— Ah non ? Si je décide d'épouser l'un des prétendants, ne tenterai-je pas de briguer un titre de lady auquel, à cause de ma naissance, je ne peux prétendre ?

Pourtant Morwenna ressemblait à tout sauf à une servante,

surtout dans la robe de soie qu'elle portait. La blancheur de sa peau faisait ressortir la luminosité de ses yeux et ses cheveux noirs mettaient en relief la douceur de ses traits. Jusque-là, Robert ne s'était jamais autorisé à se l'avouer, mais il la trouvait magnifique. Elle s'était facilement fait prendre pour une aristocrate. Elle n'aurait aucune difficulté à trouver un époux.

La jalousie enfonça son aiguillon dans sa chair. Il savait que Morwenna ne serait jamais à lui, mais il ne voulait pas non plus qu'elle en épouse un autre. Son honneur ne tenait qu'à un fil, et malgré tous ses efforts pour chasser la colère irrationnelle qui s'était emparée de lui, il ne parvenait pas à contrôler ses émotions.

Il repensa aux accusations d'Henri, selon lesquelles il passait trop de temps avec Morwenna. Robert ne le niait pas. Et même s'il répétait qu'ils n'étaient que des amis, il était certain qu'entre eux, il pourrait y avoir davantage que cela. Elle le captivait, il était fasciné par sa façon de bouger, par la douceur de ses lèvres.

À contrecœur, il s'imposa de se tenir à distance. Il n'avait pas le droit d'en espérer davantage. Ni d'oublier les raisons pour lesquelles il était venu à Penrith.

— Tu aurais dû naître noble, Morwenna.

Elle porta la main à la chaîne en or qu'elle arborait autour du cou, celle qui avait appartenu à la mère qu'elle avait perdue.

— Cela n'aurait rien changé. Je suis qui je suis.

Il ne comprenait pas ce qu'elle voulait dire par là.

— Tu mérites une meilleure vie que celle qui a été la tienne. Je souhaite que quelqu'un puisse t'offrir cela.

Il se força à prononcer ces mots, qui furent comme une brûlure dans sa bouche.

— Et quel homme choisirais-tu pour moi ? l'interrogea-t-elle sur un ton qui insinuait des choses lui échappant.

— Je ne sais pas, répondit-il avec sincérité. Tu es la seule à pouvoir en décider.

Elle se leva du sac de blé sur lequel elle était assise et se rapprocha de lui. Robert vit de la tristesse dans ses yeux, et il se demanda quelle en était la cause.

— À ton avis, pourquoi ai-je voulu te retrouver ici ce soir ?

Sa voix tremblait légèrement. Robert ne savait que dire ni que faire, mais quand elle posa les mains sur ses épaules, il comprit. Pendant tout ce temps, il s'était entraîné aux côtés de cette femme, qu'il avait vu se transformer pour acquérir agilité et force. Elle l'avait suivie jusqu'ici, acceptant de l'aider dans son combat. Elle le regardait, et dans ces yeux, il vit un désir capable de tout balayer. Son but et sa raison.

Morwenna était une beauté sauvage et indomptée. Et il se sentait de plus en plus fasciné par elle, au point de la vouloir pour lui et pour lui seul. Mais il ne fallait pas. Elle n'appartenait qu'à elle-même, et il n'avait aucun droit sur elle.

— Pourquoi ? s'enquit-il.

— Parce que je vais partir et ne plus jamais te revoir. Je voulais te dire adieu.

Elle prit ses mains, qu'elle serra dans les siennes.

À ce moment précis, un glissement se produisit en lui. Robert ignorait ce que cela signifiait, mais c'était comme si toute pensée rationnelle avait d'un coup délaissé son cerveau. Tout ce qu'il savait, c'était qu'il ne pourrait pas la laisser partir. Pas encore. Il était bien sûr persuadé qu'il n'existait aucun avenir commun pour eux, mais malgré ce qu'Henri et les autres avaient dit, elle comptait énormément pour lui.

Morwenna voulut reculer, mais il garda ses mains dans les siennes. Il scruta ses traits, se demandant quand il la reverrait. Même s'il ne pouvait choisir la femme qu'il devait épouser, il lui restait ce moment volé avec Morwenna. Le dernier.

— Robert, murmura-t-elle.

— Ne dis rien.

Il l'attira à lui et l'embrassa. Il goûta la douceur sucrée de ses lèvres, ce qui fit naître en lui un désir qu'il n'avait jusque-là pu qu'imaginer. Peut-être était-ce là depuis longtemps, mais il ne s'était jamais autorisé à y penser. Maintenant il libérait le feu qui couvait en lui depuis deux années. Il laissa ses instincts s'exprimer, et la plaqua contre le mur.

Morwenna noua les bras autour de son cou, et quand elle s'accrocha à lui, il sentit ses hanches se presser contre son bassin. Son corps répondit au sien, même s'il n'avait pas le droit de la toucher. Et pourtant, il était emporté par la tempête du désir, vers un lieu délaissé par la raison. C'était la première fois qu'une femme lui faisait un tel effet.

Elle laissa échapper un halètement, et, pendant qu'elle reprenait son souffle, Robert posa les lèvres sur sa gorge, merveille de douceur. Il était dans un état d'excitation extrême. Il avait la sensation de se noyer en elle et il buvait, buvait, sans jamais se sentir rassasié. Son cerveau le prévint qu'il s'égarait. Il avait le devoir et l'obligation de faire la cour à Lady Gwendoline.

Pourtant son attirance pour Morwenna était plus forte que tout. Il l'embrassa encore, avec fougue. Elle frissonna, et il voulut lui faire partager le plaisir brûlant qui grondait en lui. Il s'en remit une nouvelle fois à son instinct, et ses mains lâchèrent la taille de la jeune femme pour parcourir son buste. Ses doigts effleurèrent ses seins et elle répondit en s'agrippant à ses cheveux.

Il la caressa doucement, même s'il ne savait pas bien quoi faire. Il n'avait jamais touché Morwenna de cette façon, et il ne voulait pas lui faire mal par ignorance. Des deux mains, il partit à la découverte de son corps, en guettant la façon dont elle réagissait à son contact. Comme elle ne le repoussait pas ni ne se dérobait à lui, il prit ses seins dans ses paumes et les caressa avec ses pouces. Ses mamelons se dressèrent et elle laissa échapper un gémissement. Elle ferma les yeux et, d'un air pâmé, bascula la tête en arrière.

Seigneur, comme il avait envie de sentir sa peau nue contre la sienne, de prendre son mamelon dans sa bouche et de goûter sa saveur. Il la poussa doucement, prêt à l'allonger sur un sac de blé.

— Robert, attends.

Le corps de Morwenna se consumait de désir. Jamais elle ne se serait attendue à cela de la part de Robert. La stupeur s'était emparée d'elle quand il l'avait embrassée, bientôt chassée par une réaction d'une violence qu'elle n'aurait pas pu soupçonner. Cela la terrifiait, car elle se demandait si elle s'était trompée au sujet de Robert. Éprouverait-il, contre toute attente, des sentiments pour elle ?

Elle se noyait sous le flot de ses émotions tandis que son corps réclamait quelque chose qu'elle n'aurait su nommer. C'était pour cela qu'elle l'avait prié d'arrêter.

Il recula aussitôt.

— Pardonne-moi, Morwenna. Je ne voulais pas te faire souffrir.

C'était pourtant ce qu'il avait fait, mais pas comme il semblait le penser. Ce n'était ni son contact, ni ses baisers enflammés. C'était la chaleur de sa voix et sa passion, suffisantes pour faire voler son cœur en éclats. Les larmes lui montèrent aux yeux, mais c'était parce qu'il lui avait offert un cadeau inattendu.

L'espoir.

— Ne t'inquiète pas.

Elle réajusta sa robe, et remarqua au passage à quel point sa chair était devenue sensible.

— C'est juste que... jamais je n'aurais imaginé que tu m'embrasserais.

Elle ferma les yeux, pour se soustraire au rejet qu'elle craignait de voir dans ses yeux.

— Robert, pourquoi as-tu fait cela ?

Un silence gêné s'installa, et il la fixa comme s'il était incapable de trouver les bons mots.

— Je ne sais pas, finit-il par reconnaître. Je ne voulais pas que tu partes sans… sans que…

Malgré ses efforts, il ne put terminer sa phrase.

— Y a-t-il quelque chose entre nous ?

Elle n'aimait pas cette question qui la faisait paraître misérable et pitoyable, à sa merci, mais elle avait besoin qu'il lui dise la vérité. Devait-elle renoncer définitivement à lui et choisir un autre chemin, ou pouvait-elle encore espérer ?

Robert prit un air grave.

— Nous sommes amis, Morwenna. Et nous le serons toujours, j'espère.

— Mais jamais tu ne pourras épouser la fille d'un meunier, n'est-ce pas ?

Les mots étaient lourds, douloureux, mais il fallait qu'elle les prononce.

Il ferma les yeux à son tour puis vint s'asseoir à côté d'elle.

— Je ne suis pas libre de mes décisions, Morwenna. Les habitants de Penrith souffrent à cause de Lord Alfred. Il est de mon devoir de les secourir. Ne me demande pas de choisir. Pas après que je les ai trahis une première fois.

Morwenna ressentit cette réponse comme un poids et elle sut qu'il avait dit la vérité.

— Et si Gwendoline épousait Piers plutôt que toi ?

— Son père ne va pas tarder à découvrir qui il est vraiment. Si, jusque-là, personne n'a parlé de moi à Alfred, c'est parce que les habitants savent que j'ai l'intention de les aider. Mais très bientôt, les langues vont se délier au sujet de Piers.

Elle prit une grande inspiration.

— Aujourd'hui j'ai vu la dernière compagne de mon père. Lena.

Elle marqua un temps d'arrêt, avant d'avouer :

— Je pense qu'elle a dit qui j'étais à Lord Penrith, même si, à mon avis, il avait déjà deviné des choses au sujet de mon passé avant cela. C'est pour cette raison que je dois partir tant qu'il en est encore temps, avant qu'on ne me chasse.

Selon elle, il lui était maintenant impossible d'épouser l'un des prétendants. D'ailleurs, elle-même ne voulait plus se marier. Ce ne serait pas juste vis-à-vis de son futur époux, car elle le comparerait sans cesse à Robert.

— Où vas-tu aller ?

Elle haussa les épaules.

— Brian finira par trouver un endroit. Et en attendant, nous errerons de lieu en lieu.

Robert prit un air soucieux.

— L'idée que vous partiez seuls, tous les deux, ne me plaît guère. C'est beaucoup trop dangereux.

— Ici aussi c'est devenu dangereux.

Elle songea tout d'abord à révéler à Robert ce que Lord Penrith avait dit au sujet du pendentif, mais quelque chose l'en empêcha. Quelle importance de connaître la provenance de ce bijou. Sa mère n'était plus là pour lui expliquer toute l'histoire, donc Morwenna ne pourrait jamais être sûre de rien concernant ses origines.

— Adieu, Robert. J'espère que Gwendoline saura te rendre heureux.

Il était physiquement très douloureux de prononcer ces mots, mais Robert avait prêté serment de ne pas abandonner Penrith et il n'y avait donc aucun avenir pour eux. Elle devait renoncer à lui.

Ses émotions étaient vives, brûlantes. S'être laissée prendre au piège de l'espoir lui tordait le ventre.

— Au revoir, murmura-t-elle.

Elle voulut partir, mais il saisit sa main et la retint.

Il glissa une main autour de sa taille et l'autre dans ses cheveux, pour lui donner un dernier baiser. La bouche de Morwenna captura la sienne dans une tempête de regrets. Elle s'accrocha à lui, sans faire attention aux larmes qui baignaient ses joues, et l'embrassa de toute son âme. Quand il glissa la langue dans sa bouche, la sensation causée par ce contact la submergea. Son corps réclamait qu'il la touche et elle se cambra pendant qu'il embrassait sa gorge et la serrait contre lui.

— Je ne veux pas que tu partes, murmura-t-il tout contre sa bouche.

Le cœur de Morwenna cognait à tout rompre.

— Alors viens avec moi.

Il ferma les yeux, mais elle connaissait déjà sa réponse. Elle ne pouvait pas rester ici, et elle ne voulait pas lui demander d'abandonner les habitants de Penrith.

En soupirant, elle lâcha :

— Tel est notre destin.

Elle se pencha pour effleurer ses lèvres une dernière fois.

— Ne cherche pas à me revoir.

Elle quitta le garde-manger le cœur brisé, mais ce ne fut qu'à l'extérieur de la cuisine qu'elle laissa éclater ses sanglots. Elle ne tenta pas de les contenir cette fois. Au contraire, elle laissa ses larmes couler, et pleura pour tout ce qui ne serait jamais.

Alors qu'elle regagnait le donjon, elle entendit des bruits de pas de plus en plus proches. Elle tourna la tête et reconnut Gareth, le vainqueur de l'épreuve de tir à l'arc. Elle essuya ses yeux et ralentit. Il voulait sans doute l'escorter. Mais à sa grande surprise, elle vit qu'il semblait en colère. Son visage était crispé et il serrait les lèvres. D'instinct, Morwenna fit un pas de côté. Il s'était passé quelque chose.

— Vous vous êtes bien jouée de nous, n'est-ce pas, *Lady* Morwenna ?

Avant qu'elle ne puisse faire le moindre mouvement, il saisit son bras droit. Elle essaya de se dégager, mais il était bien plus fort qu'elle.

— Laissez-moi tranquille.

Elle haussa la voix, espérant que Robert allait l'entendre et venir la secourir. Puis elle feignit la faiblesse alors que sa main gauche se refermait sur son couteau. Elle ignorait pourquoi Gareth se montrait aussi agressif, mais elle n'allait certainement pas devenir sa victime.

— Vous faisiez semblant d'être une lady vertueuse, et pendant tout ce temps-là, vous fricotiez avec un autre homme, lança-t-il.

La colère s'empara de Morwenna. Comment avait-elle pu croire que cet homme était doux et gentil, alors qu'il était tout le contraire ? Il n'avait fait que jouer un rôle, comprit-elle. Il avait simplement prononcé les mots que, d'après lui, elle voulait entendre.

— Lâchez-moi tout de suite, ou bien je crie.

Elle continua de parler fort, mais personne ne semblait se préoccuper de son sort. Elle jeta un regard autour d'elle. Pas de Robert en vue. Elle se raidit. Elle n'aurait sans doute qu'une seule chance de se défendre, et pas deux. Évidemment, elle voulait seulement blesser Gareth, et non pas le tuer, mais elle ignorait si un simple petit coup de couteau lui permettrait de s'échapper.

— Oh non, vous ne crierez pas, dit-il en tendant le bras pour couvrir sa bouche.

Aussitôt, Morwenna dégaina son couteau et porta un coup au visage de Gareth. La lame entailla sa peau et il la lâcha, tout en jurant et en portant la main à sa joue. Morwenna n'attendit pas et courut vers les soldats qui gardaient le donjon. Elle poussa un soupir de soulagement quand ils l'encerclèrent.

Gareth se lança à sa poursuite, mais s'arrêta au pied des marches. Elle lui adressa un regard empli d'une glaciale fureur et rengaina son couteau. Puis elle entra dans le donjon, escortée par les gardes. Quand l'un d'entre eux referma les portes derrière elle, elle les remercia.

— Je vais regagner mes appartements à présent.

Le deuxième garde secoua la tête.

— Nous sommes là pour vous conduire auprès de Lord Penrith. Le comte souhaite vous interroger.

L'interroger ? À quel sujet ? Malgré sa peur, Morwenna obéit. À ce moment précis, elle aurait aimé pouvoir se réfugier dans la chambre qu'elle partageait avec Gwendoline. Elle suivit néanmoins les gardes jusqu'à une petite pièce située dans le prolongement du dais. Elle passa devant Brian, qui parut s'alarmer de la voir là, encadrée par deux gardes. Bien qu'elle ne sache pas ce qui l'attendait précisément, elle lui adressa un regard suffisamment suppliant pour que son frère comprenne qu'elle avait besoin d'aide. Discrètement, il lui rendit son regard, avant de se retrancher dans la pénombre de la pièce. Il avait compris. Il allait avertir Robert.

Le comte était assis devant un feu, les pieds sur un repose-pieds. L'arrivée de Morwenna ne sembla pas perturber sa quiétude, et, d'un geste, il ordonna aux gardes de reculer. Ils fermèrent la porte, devant laquelle ils se postèrent.

— Je pensais que vous dormiez à cette heure, fit-il remarquer. Il est dangereux pour une femme de sortir seule la nuit.

Son regard s'arrêta sur la main gauche de Morwenna, tachée du sang de Gareth.

— Merci d'avoir envoyé vos gardes, murmura-t-elle, bien que ceux-ci l'aient informée que ce n'était pas dans le but de la protéger que le comte les avait réquisitionnés pour la retrouver. J'avais envie de respirer un peu l'air frais de la nuit.

Il devait se douter qu'elle mentait, mais il ne lui était rien venu d'autre à l'esprit. Il se leva et se positionna face à elle.

— Croyais-tu vraiment que je ne finirais pas par découvrir ta véritable identité, Morwenna ? demanda-t-il avec un léger sourire. Tu aurais dû rester là où tu te trouvais.

Elle ne répondit pas et comprit que Lena avait tout raconté. Elle se sentit rougir, sous l'effet combiné de la gêne et de l'appréhension.

— J'ai l'intention de m'en aller demain matin, lança-t-elle. Je vous remercie de m'avoir offert l'hospitalité, mais il est temps pour moi d'aller rejoindre ma famille.

— Tu n'iras nulle part, répliqua le comte. Tu vas rester ici jusqu'à ce que je sache pourquoi la fille d'un meunier a volé un collier ayant appartenu à la reine.

— Je n'ai rien volé ! protesta Morwenna. Je tiens ce collier de ma mère.

— J'ai fait prévenir le souverain, qui va certainement envoyer ses hommes, poursuivit Lord Penrith d'une voix calme. Cette affaire doit passer aux mains de la justice. Notre seigneur et roi décidera du sort de la voleuse.

Il leva une main et les deux gardes s'avancèrent, saisissant chacun un des bras de Morwenna.

L'horreur s'empara d'elle lorsqu'elle comprit qu'elle était prisonnière, ignorant si Brian ou Robert allaient pouvoir faire quelque chose pour elle.

6

— Qu'allons-nous faire ? se lamenta Brian. Elle est retenue prisonnière désormais.

Un sentiment de torpeur s'abattit sur Robert. Il n'arrivait pas à croire que Morwenna ait été jetée au cachot par le comte. Brian lui avait expliqué que Penrith l'accusait d'avoir volé le collier qu'elle portait.

La première réaction de Robert fut de vouloir la libérer sur-le-champ, par la force s'il le fallait. Pendant un moment, il se représenta mentalement toutes les pièces du château. Il fut capable de visualiser chacune d'entre elles, il ne restait qu'à savoir dans laquelle elle pouvait être enfermée.

Mais en même temps, songea-t-il, la faire évader pourrait se montrer très périlleux, et il risquait de se retrouver captif à son tour. Il valait mieux que Brian infiltre leur défense en demeurant auprès des soldats.

— Il nous faut davantage d'informations, dit-il au jeune homme. Découvre où elle est enfermée et préviens Lady Gwendoline. Elle pourra peut-être faire quelque chose pour Morwenna, avant que nous ne la sortions de là. De mon côté, je vais me renseigner auprès des habitants de Penrith et voir ce que je peux apprendre au sujet de ce collier.

Brian réfléchit un moment, avant de demander :

— Penses-tu que c'est à cause de cela que les soldats du

roi sont venus nous capturer il y a deux ans ? Étaient-ils à la recherche de ce pendentif ?

— Je l'ignore.

Ce n'était pas impossible, néanmoins. Pour quelle raison auraient-ils tenté de s'emparer de Brian et Morwenna, si ce n'était pour les interroger ? Quelque chose d'important semblait entrer en jeu, même si Robert n'avait aucune idée de ce dont il pouvait s'agir.

— Surtout, essaye de prévenir Morwenna que nous allons la sortir de là.

Une sombre détermination prit racine en lui. Il avait supplié Morwenna de ne pas lui demander de choisir entre Penrith et elle. Il avait déjà abandonné ses gens une fois par le passé, et il avait juré qu'il ne recommencerait pas. Pourtant, il lui était impensable d'abandonner à son tour Morwenna à son triste sort. Non, il allait trouver un moyen de la libérer sans mettre en péril leur sécurité à tous les deux.

— Je vais rejoindre Henri, et voir ce qu'il pourra m'apprendre.

Il n'était pas certain que l'archer puisse le renseigner, d'autant plus que le meunier n'était arrivé à Penrith que quelques années auparavant, alors qu'il était déjà veuf. Mais cela valait la peine de poser la question.

— Moi je retourne au donjon, proposa Brian. Et je vais tenter de lui apporter à manger.

Dans le garde-manger, il attrapa des pommes séchées et un morceau de pain.

— Très bien. Tu me diras où ils l'ont emprisonnée.

Il le suivit dehors et prit la direction des portes. Les gardes ne le laisseraient sans doute pas passer, il allait donc devoir ruser pour pouvoir filer.

— Brian, attends. J'ai besoin que tu distraies les gardes pour que je puisse m'en aller d'ici.

Le jeune homme hocha la tête.

— Entendu. Je vais de ce pas les interroger au sujet de Morwenna.

Il fit demi-tour vers les cuisines et réapparut quelques instants plus tard, avec une cruche de bière.

— Cela leur déliera peut-être la langue.

Robert resta un peu en retrait derrière Brian qui se dirigea vers les portes. Dissimulé dans l'ombre, Robert n'entendit pas ce que Brian dit aux soldats, mais il attendit que ces derniers se rapprochent du jeune homme. Il en profita alors pour se faufiler dehors.

Pendant qu'il se hâtait vers la maison d'Henri, il ne pouvait pas s'empêcher de repenser au baiser de Morwenna. Même s'il s'agissait d'un baiser d'adieu, il en avait été remué jusqu'au plus profond de lui-même. Morwenna avait été là pour lui au cours des deux années écoulées telle une amie fidèle, quelqu'un à qui il pouvait tout confier. Il avait considéré cette amitié comme allant de soi, sans jamais s'interroger sur les sentiments que Morwenna pouvait nourrir à son égard.

Mais ce qui le troublait le plus, c'était d'avoir pris conscience qu'il tenait vraiment à elle, d'une façon qu'il n'aurait pas soupçonnée. Elle avait réussi à faire tomber ses défenses et à s'immiscer en lui jusqu'à ce qu'il ne puisse plus concevoir de ne jamais la revoir.

Il ne savait pas ce que l'avenir leur réservait ni s'il allait parvenir à reprendre possession de Penrith, mais il ferait tout ce qui était en son pouvoir pour libérer Morwenna.

Morwenna frissonna dans l'obscurité du donjon. Cela faisait deux jours qu'elle était retenue prisonnière dans les souterrains et qu'on lui interdisait de porter autre chose que sa chemise. Lord Penrith avait envoyé Lena récupérer la robe de Gwendoline, et son collier. On ne lui avait pas non plus rendu la robe de sa mère, ce qui signifiait qu'elle avait tout perdu. Le petit sourire narquois affiché par Lena n'avait fait qu'accroître sa mortification.

Les murs étaient recouverts d'une couche de salpêtre humide, et Morwenna était attachée par des fers aux poignets et aux chevilles. Même si c'était l'été, elle ne sentait que l'air glacé des souterrains, et elle ne parvenait pas à se réchauffer. Cela ravivait de bien mauvais souvenirs, lorsqu'elle avait été emmenée dans la carriole avec ses compagnons d'infortune, deux ans auparavant. Elle se rappelait le froid glacial, la peur, le soldat en train de déchirer sa robe, sa main sur sa poitrine. Elle frémit.

Si elle ne sortait pas d'ici, elle serait à la merci des soldats du comte. Qu'est-ce qui les empêcherait de la violer ? Rien du tout.

Elle ne comprenait pas pourquoi le comte avait porté à son encontre tant d'accusations infondées. Certes, elle avait menti au sujet de sa famille, mais il aurait très bien pu se contenter de la chasser de Penrith. L'emprisonner pour cela semblait exagéré.

Un courant d'air glacé balaya le cachot et elle remonta ses genoux contre sa poitrine pour essayer – en vain – de se réchauffer.

Mais pire encore que le froid, il y avait l'isolement.

Gwendoline n'était pas venue la voir. Pas une seule fois. Au fond d'elle-même, Morwenna avait espéré qu'elles étaient devenues suffisamment amies pour que la jeune lady vienne au moins lui rendre visite et lui parler. Mais peut-être son père le lui avait-il interdit.

Pourquoi le comte avait-il sous-entendu que le collier avait été volé à la reine ? Elle ne pouvait pas le concevoir. Il était plus probable que le bijou ait été offert à sa mère, mais comment le prouver ? Quelque chose dans cette histoire devait lui échapper.

Jusqu'à la mort de sa mère, survenue quelques années plus

tôt, elle ne connaissait même pas l'existence du pendentif, ni de la robe d'ailleurs. Et les incohérences semblaient nombreuses. Même si son père avait toujours prétendu que sa mère était issue d'une famille noble, l'attitude d'Eldreth n'avait jamais ressemblé à celle de Gwendoline. Elle avait obéi à son mari sans jamais remettre en question son autorité, comme si elle le craignait. Ce n'était pas le comportement d'une femme habituée à commander aux autres.

Était-il possible que son père lui ait menti au sujet du collier et de la robe ? Avait-il été un voleur ? Morwenna rejeta cette éventualité, car si tel avait été le cas, il n'aurait pas conservé ces deux objets de valeur, qu'il se serait empressé de vendre.

Elle entendit soudain des bruits de pas et tressaillit. Par réflexe, elle alla chercher refuge contre le mur. Une peur irrationnelle la saisit, car dans l'obscurité, elle ne pouvait voir qui approchait. La flamme d'une torche l'aveugla momentanément avant qu'elle ne puisse mettre un visage sur ses visiteurs : c'était le comte, accompagné d'une femme et de deux soldats.

Il lui fallut encore un moment pour que ses yeux s'habituent à la luminosité. Elle finit par reconnaître la sage-femme de Penrith, Nelda. Celle-ci lui adressa un regard compatissant, mais Morwenna ignorait ce qu'elle faisait là.

— J'ai parlé avec les villageois, afin d'obtenir des informations au sujet de ta mère, commença le comte.

Morwenna ne comprenait pas pourquoi il s'était donné tant de mal. Pourquoi se soucier de sa mère ? Il lui avait déjà repris la robe et le collier.

— Personne ne se souvient d'elle, à part Nelda, continua-t-il.

— Mais nous sommes arrivés ici après la mort de ma mère, précisa Morwenna. Nelda ne peut pas l'avoir connue, à moins que…

— J'ai croisé Eldreth au cours de mes voyages, il y a

de nombreuses années, expliqua Nelda. J'ai longtemps été sage-femme, et je l'ai aidée après qu'elle a perdu son premier bébé.

Morwenna sursauta presque en entendant cela.

— Je ne savais pas.

La sage-femme se tourna vers le comte.

— Eldreth a failli mourir durant l'accouchement. J'ai dit à Geoffrey qu'elle ne pourrait plus jamais avoir d'enfant.

Morwenna ne comprenait pas pourquoi Nelda évoquait le passé ni pourquoi le comte s'était donné tant de mal pour amener cette femme jusqu'ici. Quel était le but de tout cela ?

Elle allait poser la question, quand Nelda ajouta :

— Vous pouvez imaginer ma surprise quand je l'ai vue l'année suivante avec une enfant de trois ans et un nourrisson.

— C'est impossible, souffla Morwenna.

Elle se rendait compte de ce que Nelda sous-entendait, mais elle ne pouvait pas concevoir que ce soit la vérité. Cela ne pouvait signifier qu'une chose.

La sage-femme répondit à ses interrogations muettes.

— J'ignore où Eldreth et Geoffrey vous ont trouvés, toi et ton frère, mais vous n'étiez pas les enfants d'Eldreth. Après la naissance du bébé mort-né, elle ne pouvait plus en avoir.

Morwenna s'immobilisa, les mains sur le ventre. Le déni s'empara d'elle. Elle ne pouvait croire ce que prétendait Nelda.

— Mais alors, si ce n'était pas Eldreth… qui était ma mère ?

La sage-femme regarda le comte.

— My lord, je suis prête à le jurer sur ma vie. De plus, bien que je ne connaisse pas la provenance de ce collier, il n'a jamais pu appartenir à Eldreth. Elle n'était qu'une laitière.

Le comte sourit.

— Je te remercie de m'avoir raconté tout cela, dit-il à la sage-femme. Tu peux partir à présent.

La femme fila sans demander son reste, ne laissant que le poids des mots qu'elle venait de prononcer.

Vous n'étiez pas les enfants d'Eldreth.

Morwenna avait envie de protester, de clamer haut et fort que cette femme mentait ou qu'elle se trompait. Et pourtant... Eldreth n'avait jamais été très maternelle ni tendre. Certes, elle s'était occupée d'eux, mais les avait-elle jamais aimés ?

Morwenna se sentait perdue, d'autant qu'elle ne comprenait toujours pas ce que le comte cherchait à prouver. Croyait-il que Brian et elle avaient été volés à leurs véritables parents ? Et en quoi cela le concernait-il ?

Elle attendit qu'il se décide à parler. Alors qu'il se contentait de la fixer, elle commença à chanceler. Elle ignorait si la vérité pourrait servir sa cause, mais elle n'avait pas d'autre choix.

— Je ne sais pas ce que tout cela signifie, my lord. Mais je suis profondément désolée de m'être fait passer pour quelqu'un que je ne suis pas. Si vous me laissez partir, je ne remettrai jamais les pieds à Penrith. Vous ne me reverrez plus, je le jure.

— Pourquoi cette mascarade ?

Il avança d'un pas, et l'observa comme s'il essayait de graver ses traits dans son esprit. Cela la mit si mal à l'aise qu'elle détourna les yeux. Elle ne pouvait pas lui parler de Robert, aussi dit-elle la première chose à laquelle elle songea.

— Je... je voulais savoir ce que cela faisait d'être une lady, mentit-elle. Juste pendant quelque temps.

— Tu es née vilaine et tu mourras vilaine, déclara le comte. Tu dois avoir conscience de ta place et des personnes à qui tu dois te soumettre.

Avait-il l'intention de la faire exécuter pour la punir de l'avoir trompé ? Elle ne pensait pas avoir commis un crime d'une telle gravité, mais peut-être voulait-il faire d'elle un exemple. Elle ressentit une peur panique, et une violente nausée s'empara d'elle.

— J'implore votre clémence, my lord.

Le supplier d'épargner sa vie était le seul choix qui lui restait. Personne ne pouvait la sauver désormais.

— Ta vie est entre les mains du roi, répondit-il. C'est lui qui décidera des suites à donner à ce vol.

Morwenna éprouva un immense soulagement. Elle n'allait pas mourir, là, tout de suite, des propres mains du comte. Néanmoins, il fallait qu'il sache la vérité.

— Je n'ai jamais rien volé, je le jure.

— Tu as porté ce collier, fit-il remarquer, tout en te faisant passer pour l'égale de ma fille.

— J'ignorais d'où ma mère tenait ce bijou, protesta-t-elle. Je croyais qu'il appartenait à sa famille.

— Tu seras punie pour tes mensonges, continua le comte, et pour la blessure que tu as infligée à Gareth de Watcomb.

Elle ne rétorqua pas que c'était le jeune homme qui l'avait attaquée en premier. Un seul mot déplacé pouvait lui être fatal. Alors elle ferma les yeux et essaya de dominer sa peur. Même si elle voulait croire que Robert et Brian pouvaient la délivrer, cela paraissait désormais impossible. Les soldats patrouillaient jour et nuit dans cet endroit. Elle ne pouvait se libérer des chaînes qui l'entravaient.

Il avait dû prendre sur lui afin de ne pas révéler sa présence à Morwenna. Robert s'était déguisé et avait pris la place de l'un des gardes, afin d'inspecter de près son cachot. Comme il l'avait espéré, elle avait été si distraite par le comte qu'elle ne s'était pas rendu compte qu'il était là.

Mais maintenant il savait où elle était retenue prisonnière et dans quelles conditions. Avec Brian, ils avaient commencé à échafauder un plan pour la libérer, mais un nombre infini de choses étaient susceptibles de mal tourner. Il aurait volontiers sollicité l'assistance de Lady Gwendoline, mais, d'après lui, elle ne pourrait rien faire.

Piers serait en mesure de les aider, lui. Son demi-frère pourrait faire diversion pendant que Brian et lui sortaient Morwenna de sa prison. Cependant Robert connaissait déjà le prix que Piers réclamerait en échange de son concours. Il lui demanderait de renoncer à Penrith. Et Robert n'y était pas encore prêt.

Il avait étudié les chaînes de Morwenna durant la conversation qu'elle avait eue avec le comte. Il avait été stupéfait d'apprendre qu'elle et Brian n'étaient pas les enfants du meunier, mais il était resté concentré sur son but. Trouver un moyen de l'aider à s'enfuir. Il avait bien observé les fers, compté le nombre de gardes et retenu la place que chacun occupait. Il savait de quels outils il aurait besoin pour délivrer Morwenna et où il pouvait se les procurer.

La nuit suivante, à minuit, il essayerait de la faire évader. Il pensait que le comte avait décidé de la punir publiquement le lendemain à l'aube, donc il fallait qu'il se glisse bien avant à l'intérieur du donjon, habillé en garde. Le plus simple serait bien évidemment qu'ils parviennent à s'enfuir en secret.

Mais d'abord, il voulait parler à Brian. Il parcourut les couloirs en pierre situés sous le château. Il avait exploré chaque parcelle du donjon et il était certain désormais que l'incendie n'avait pas détruit les tunnels. Depuis la cave à vin, il existait une issue qui menait vers l'extérieur. Robert continua sa marche jusqu'à ce qu'il voie Brian, qui l'attendait à l'endroit où débouchait l'escalier en pierre.

— Accompagne-moi, dit-il à voix basse.

Tous les deux étaient déguisés en soldats, et Robert espérait que personne n'aurait l'idée de venir les examiner de près.

— Elle est enchaînée et le comte a l'intention de lui infliger un châtiment. Je vais la libérer avant qu'il n'en ait le temps.

Ils se dirigèrent vers l'une des extrémités du premier mur d'enceinte.

— Ce soir, je veux que tu te procures les clés de la cave à vin auprès de Wilfred. Tu iras ouvrir la porte pour nous, et tu prendras bien soin de ne pas la refermer en partant. Je vais faire sortir Morwenna de sa prison.

— As-tu besoin de mon aide pour la délivrer ? s'enquit Brian à voix basse.

— Non, ce dont j'aurais besoin, c'est que tu trouves des chevaux. Tu en attacheras un au mur d'enceinte, côté extérieur bien sûr. Ensuite, tu enfourcheras toi-même l'autre et tu fileras vers l'abbaye. Tu préviendras mon oncle de notre arrivée, et tu lui demanderas de se préparer à nous cacher.

Une fois qu'ils se seraient réfugiés au monastère, Robert aurait un peu de temps pour réfléchir à l'endroit où conduire Morwenna.

Il savait qu'en la sauvant, il compromettait ses chances d'épouser Gwendoline. Mais jamais il ne pourrait abandonner Morwenna dans de telles circonstances. L'idée de la souffrance qu'elle endurait était comme une lame acérée pénétrant dans sa chair. Elle ne méritait pas sa condition de prisonnière, et il serait prêt à n'importe quoi pour la sortir de là.

Et une fois qu'elle serait en sécurité quelque part, il reviendrait à Penrith, seul. Une sourde douleur s'insinua en lui, même s'il était certain que c'était la meilleure chose à faire. Il fallait qu'il étouffe les sentiments interdits qu'il nourrissait à l'égard de Morwenna et qu'il la laisse partir. Ils s'étaient déjà dit adieu, et il faudrait simplement recommencer.

— Je pourrais attendre auprès des chevaux, proposa Brian. Au cas où vous auriez besoin d'aide.

— Non. Cela attirerait trop l'attention. Nous avons une chance de nous enfuir d'ici si nous partageons le même cheval, Morwenna et moi, mais si quelqu'un voit deux chevaux, cela deviendra suspect, et j'ai peur que les gardes ne se lancent à notre poursuite.

C'était trop risqué et Robert ne voulait rien tenter qui soit susceptible de menacer la vie de Morwenna.

Il pressentait que les enjeux de cette affaire étaient énormes. Il y avait quelque chose d'étrange autour de ce collier. Toutefois, Robert ne voulait pas dire à Brian ce qu'il avait découvert en écoutant le comte et la sage-femme. Pas tout de suite, en tout cas. Il fallait que Brian continue de croire à tout ce qu'il pensait savoir au sujet de sa naissance et de son passé, au moins jusqu'à ce que Morwenna puisse lui révéler elle-même la vérité.

Le jeune homme réfléchit un moment puis lâcha :

— Et Piers ?

Piers représentait une complication, mais Robert se demandait dans quelle mesure il ne pourrait pas faire de son frère un allié dans cette tentative d'évasion. Il étudiait la question en tout cas.

— J'hésite encore. Si nous réussissons à nous enfuir sans son concours, cela sera certainement moins risqué pour ta sœur. Et pour lui.

Brian inclina la tête.

— Je vais aller chercher les clés de la cave tout de suite, mais je vais attendre la nuit pour m'occuper des chevaux.

Il se tourna pour regarder Robert dans les yeux.

— Je ne te laisserai pas tomber, quoi qu'il arrive.

Robert posa la main sur l'épaule du jeune homme.

— Je le sais bien.

Car la vie et la sécurité de Morwenna en dépendaient.

La nuit venait de tomber quand deux soldats pénétrèrent dans son cachot. Le cœur de Morwenna se mit à cogner dans sa poitrine pendant qu'ils attachaient ses deux poignets ensemble avec des liens en cuir et la libéraient de ses fers. Elle avait envie de leur demander où ils l'emmenaient, mais elle avait déjà deviné qu'il y avait un rapport avec le châtiment qu'elle était censée subir. La terreur s'empara d'elle, mais elle s'efforça de la maîtriser.

Où donc étaient Brian et Robert ? Ou même Piers ? Savaient-ils au moins qu'elle était retenue prisonnière ?

Elle aurait donné n'importe quoi pour voir l'un d'entre eux, mais personne n'était venu. Le poids de sa réclusion pesait lourdement sur elle, et elle se sentait accablée par un sentiment puissant de solitude.

— Où m'emmenez-vous ? finit-elle par demander.

Mais les gardes ne répondirent pas. Morwenna craignait un châtiment public, mais à sa grande surprise, ils la conduisirent jusqu'à une plus petite pièce, située à l'arrière du donjon. S'était-elle trompée ? Gwendoline avait-elle intercédé en sa faveur ?

Ses espoirs s'évanouirent lorsqu'elle aperçut Lord Penrith en train d'attendre. Une paire de menottes était fixée par une chaîne au mur du fond. Une violente nausée la prit lorsqu'elle vit une petite table sur laquelle était posé un fouet. Elle connaissait donc sa punition. Des coups de fouet.

Un troisième soldat était présent dans la pièce et Morwenna sentit le poids de son regard sur elle. Les deux gardes qui l'encadraient la tirèrent en avant, et elle se débattit rageusement. Même si elle savait que cela ne servirait sans doute à rien, elle pria pour trouver un moyen de s'échapper.

Mais les soldats levèrent ses bras et lui passèrent aux poignets les menottes accrochées au mur. Puis ils fendirent l'arrière de sa tunique d'un coup de poignard, dénudant son dos. En tombant, le vêtement exposa sa poitrine à leurs regards. Morwenna rougit d'humiliation, car elle ne pouvait pas se couvrir.

— Vingt coups de fouet, proclama le comte. Pour la

punir du crime d'avoir fait semblant d'être une lady. Et pour l'entaille au visage de Lord Watcomb.

Morwenna trembla en entendant la sentence. Le supplice du fouet la terrifiait.

— Je vous en supplie, my lord, implora-t-elle. Ayez pitié de moi. Je quitterai Penrith et jamais je n'y reviendrai, je vous le jure.

Le comte garda le silence un moment, puis il déclara :

— Tu implores ma clémence après avoir partagé la chambre de ma fille, porté ses robes et mangé à ma table ?

— C'était une erreur, reconnut-elle dans un souffle. Je sais que je vous ai trompés tous les deux.

— En effet, renchérit-il. Mais je suis un homme clément, et en tant que tel, je vais te laisser le choix. Je suis prêt à réduire la sentence à dix coups de fouet.

Morwenna ne lui faisait pas confiance, car il semblait y avoir une condition. Son pressentiment se révéla exact quand Lord Penrith ajouta :

— Après ta punition, je t'abandonnerai à mes hommes, afin qu'ils fassent de toi ce dont ils ont envie.

Il rit tout bas.

— Ou bien, si tu ne veux pas de leurs attentions, tu peux conserver la sentence originelle des vingt coups de fouet.

Morwenna ferma les yeux, incapable de retenir ses larmes.

— Vingt, murmura-t-elle.

Mais quand elle entendit le soldat s'emparer du fouet, elle comprit que cela ne changerait rien. Après dix ou vingt coups, elle serait à leur merci quoi qu'il arrive.

Et lorsque le fouet frappa sa peau nue, elle ne put retenir le cri qui jaillit de sa gorge.

— Je croyais que tu avais dit que son châtiment aurait lieu à l'aube, lança Brian, alarmé. Il faut que nous les arrêtions.

Le hurlement de Morwenna avait glacé Robert d'effroi

et avait rendu caducs tous ses projets pour la faire évader. Son instinct lui hurlait de se précipiter à son secours sur-le-champ et de tuer quiconque osait lui faire du mal.

Guidés par le cri poussé par Morwenna, ils avaient traversé les couloirs jusqu'à l'endroit où, selon toute vraisemblance, elle était détenue. Mais alors que Robert avait envie de se précipiter en avant avec Brian, son cerveau lui enjoignit de réfléchir. S'il prenait la mauvaise décision, ils pourraient le payer de leur vie. Et si Morwenna mourait parce qu'il s'était montré trop impulsif, il ne se le pardonnerait jamais.

Pendant un moment, il passa en revue dans son esprit toutes les possibilités qui s'offraient à lui, alors que Brian, lui, était prêt à enfoncer la porte derrière laquelle sa sœur était mise au supplice.

— Allons-y, le pressa Brian.

Mais Robert retint le jeune homme par le bras.

— Attends. Avant toute chose, il nous faut un plan.

— Nous n'avons pas le temps de bâtir un plan, rétorqua Brian. Il est en train de la tuer pendant que tu restes là, à essayer de réfléchir à ce qu'il faut faire.

L'accusation fut d'autant plus difficile à supporter qu'elle confortait ses pires craintes. Néanmoins, Robert tint tête à Brian.

— Si tu fais irruption dans cette pièce, les soldats vont te tuer sur-le-champ, et cela ne mettra pas fin aux coups de fouet. Ils sont en surnombre par rapport à nous. Il nous faut d'autres hommes pour nous aider.

Un autre hurlement transperça le silence, et Brian lui adressa un regard d'une infinie noirceur.

— Nous sommes deux, et nous sommes capables de nous battre. Nous sommes suffisamment forts.

Robert n'était pas de cet avis. Brian s'était entraîné avec les soldats du comte, mais jamais il n'avait affronté des hommes déterminés à le tuer.

— Va chercher Piers, ordonna-t-il. Avec lui en plus, nous pouvons réussir.

— Il ne se battra pas pour Morwenna, répliqua Brian. Elle ne compte pas pour lui.

Le fouet claqua de nouveau, et Brian se précipita vers la porte.

Robert le força à faire demi-tour et le plaqua contre la paroi du couloir.

— Mais pour moi, elle compte beaucoup. Et si tu enfonces cette porte maintenant, ils nous tueront tous les deux.

— Tu n'es rien qu'un lâche, lança Brian. Tu as déjà abandonné Penrith une fois. Je ne vais pas te laisser abandonner ma sœur.

Il serra le poing et frappa Robert avec violence. Robert n'avait pas anticipé le coup, et il chancela un moment avant que Brian ne fasse irruption dans la pièce.

Que Dieu leur porte secours. Il n'était plus possible de l'arrêter à présent.

Brian dégaina son épée et se précipita vers l'homme qui maniait le fouet. Le soldat se tourna, surpris, mais les deux autres encerclèrent Brian et pointèrent leur arme vers lui. Hélas, Robert n'avait pas le temps de venir en renfort.

Ils n'allaient pas pouvoir s'en tirer. Et à moins que Robert n'agisse tout de suite, ils allaient mourir tous les deux.

Alors que les soldats étaient distraits par Brian, Robert dégaina sa dague et fondit sur le comte. D'un seul mouvement, il prit le comte en otage et posa sa lame contre sa gorge.

— Dites à vos hommes d'arrêter, ordonna-t-il avec calme.

Alors que Lord Penrith ignorait son ordre, Robert s'adressa directement aux soldats :

— Laissez-le partir.

Au début, les soldats ne parurent pas l'avoir entendu. Le comte se débattit, et Robert entailla légèrement sa gorge.

— À votre place, je ne bougerais pas.

Il maîtrisa le comte, en maintenant fermement sa dague contre son cou.

— Assez ! cria Lord Penrith.

Mais ses hommes avaient déjà fait Brian prisonnier. Deux soldats le tenaient par les bras, tandis qu'un troisième pointait son épée en direction de sa gorge.

— Dites à vos hommes de relâcher la jeune femme et son frère, reprit Robert sans perdre son sang-froid.

Le comte garda le silence jusqu'à ce que Robert presse de nouveau sur sa lame. Alors le comte s'écria :

— Vous n'êtes rien qu'un bâtard, et vous osez faire la cour à ma fille. Je savais que vous n'étiez pas digne d'elle.

Robert répéta l'ordre qu'il avait lancé, en gardant toujours son calme.

— J'ai dit, laissez-les partir.

Mais le comte n'écoutait pas.

— Vous ne me ferez rien, déclara-t-il. J'ai cinquante hommes prêts à vous éventrer et à placer votre tête sur une pique en guise d'avertissement.

— Pourquoi est-ce que je ne vous ferais rien ? demanda Robert. Le vrai héritier de Penrith, c'est moi. Les hommes du roi ont peut-être tué mon père, mais le comte légitime, c'est moi, et personne d'autre.

Sur ce, l'homme se figea.

— Vous n'oseriez pas faire une chose pareille.

— Êtes-vous prêt à prendre ce risque ?

Robert regarda les soldats, sachant qu'ils avaient été témoins du mécontentement des habitants.

— Les serfs ne semblent pas très satisfaits de votre façon de régner sur Penrith. Il n'en faudrait pas beaucoup pour qu'une rébellion éclate.

— Que voulez-vous ? demanda Penrith.

— J'avais l'intention d'épouser votre fille Gwendoline

pour récupérer mes terres. À présent, j'exige que vous libériez Morwenna et son frère.

— Et au moment où je le ferai, mes hommes vous égorgeront, répondit le comte. Je serai débarrassé de vous. À mon tour de vous demander si vous êtes prêt à prendre ce risque.

Robert fixa le corps brisé de Morwenna, le sang ruisselant le long de son dos nu. Sa chemise pendait à sa taille, et il enrageait de voir ce qu'ils lui avaient fait subir. La fureur l'aveuglait et fit naître en lui un ardent désir de vengeance. Elle ne méritait rien de tout cela. Mais il ne pouvait pas se permettre de laisser ses émotions le gouverner. S'il faisait un seul faux mouvement, ils pouvaient mourir tous les trois.

— C'est un risque que je prends, déclara-t-il. Détachez Morwenna et rendez-la à son frère.

Il appuya sur sa lame et, sous ses mains, le sang du comte se remit à couler.

Enfin, Penrith lança :

— Vous l'avez entendu. Faites ce qu'il dit.

Un soldat ouvrit les menottes qui maintenaient les bras de Morwenna au-dessus de sa tête. Dès qu'elle fut libérée, elle s'effondra à terre. Horrifié par la brutalité d'une telle punition, Robert dut se faire violence pour ne pas trancher la gorge du comte.

— Maintenant, relâchez son frère, reprit-il calmement. Brian, emmène Morwenna loin d'ici.

— Et toi ? demanda le jeune homme en fixant Robert, les yeux affolés. Nous... nous ne pouvons pas partir et te laisser là.

— Vous n'avez pas le choix, répondit Robert. Va la mettre en sécurité.

Alors que Brian ne bougeait pas, il ajouta avec plus de véhémence :

— Ne fais pas en sorte que ce sacrifice soit vain. Emmène-la loin d'ici.

Brian semblait anéanti, et il ferma les yeux en inclinant la tête. Les soldats reculèrent pendant que Brian retirait son manteau pour en couvrir sa sœur, qu'il souleva dans ses bras. Il se dirigea vers la porte et se retourna.

Il paraissait bouleversé, car il savait que Robert ne pouvait pas retirer la lame de la gorge du comte. Et au moment où il partirait, tout serait terminé.

— Ferme la porte, dit Robert à Brian, et emmène-la.

Il ne voulait pas que les soldats sachent dans quelle direction ils allaient partir. Il avait déjà montré à Brian le passage souterrain qui, depuis la cave à vin, menait dehors, et il espérait qu'il parviendrait à l'atteindre avant que les soldats ne le rattrapent.

Le temps sembla se figer, et il lui fut étrange de contempler la mort en face. Jamais Robert n'avait imaginé qu'il se retrouverait un jour ainsi pris au piège, et il devait réfléchir à un moyen de s'échapper.

Ses chances de survie étaient presque nulles. Mais il connaissait ce donjon mieux que personne, et c'était là son seul avantage.

À l'instant où Brian referma la porte, les soldats se précipitèrent vers lui.

7

Cela faisait deux jours que son père la maintenait enfermée dans sa chambre. Il refusait de lui en expliquer la raison, et Gwendoline était furieuse contre lui. Un jour, il lui accordait le droit de choisir son futur époux, et le lendemain il renvoyait tous ses prétendants et la séquestrait. La compétition avait pris fin sans qu'aucun vainqueur ne soit désigné. Pourquoi ? Elle n'avait rien fait pour mériter une telle injustice.

Morwenna avait disparu, ce qui était extrêmement bizarre. Il avait dû se passer quelque chose. Quand Gwendoline avait interrogé les servantes qui lui apportaient à manger, elles s'étaient contentées de secouer la tête.

Personne d'autre ne lui rendait visite. C'était insupportable, et elle avait occupé presque tout son temps à broder rageusement en réfléchissant à un moyen de s'enfuir. Il y avait eu, jadis, un passage secret partant de sa chambre, mais son père l'avait fait condamner, afin qu'il n'y ait d'autre issue que la porte. Elle avait pensé que Piers l'aiderait, mais lui aussi avait disparu. Il n'était venu lui parler qu'une seule fois, mais elle avait eu peur qu'il ne se fasse prendre et renvoyer.

Avant de s'éclipser, cependant, il avait pris soin de glisser un ruban sous sa porte. Le ruban qu'elle avait perdu cette nuit-là...

À l'évocation de ce souvenir, Gwendoline sentit son visage s'empourprer.

Le soir même, à l'heure du dîner, la porte s'ouvrit et elle vit enfin un visage familier.

— Piers, souffla-t-elle.

Il s'était déguisé en garde, mais elle l'aurait reconnu dans n'importe quel accoutrement et n'importe quelle circonstance.

Il referma la porte et Gwendoline se mit à courir vers lui, avant de s'arrêter subitement. Elle n'avait aucun droit de l'étreindre, bien qu'elle le trouve beau et qu'elle lui soit reconnaissante d'être venu la sauver.

Mais, malgré son hésitation, Piers posa la nourriture et la prit dans ses bras, en la serrant très fort. Elle s'accrocha à lui pour savourer cette démonstration d'affection défendue.

Elle eut tout à coup très chaud aux joues, mais elle se maîtrisa et demanda :

— Que se passe-t-il ? Pourquoi mon père me retient-il prisonnière ?

Le visage du jeune homme se ferma, sans qu'elle puisse saisir ce que cela signifiait. Puis il dit :

— Votre père ne veut pas que vous sachiez qu'il a jeté Morwenna au cachot. Elle n'était pas... celle pour qui vous la preniez.

— C'est la fille du meunier, déclara Gwendoline. Je le sais depuis quelques jours.

Piers sembla stupéfait qu'elle l'ait appris, mais c'était l'une des servantes qui lui avait donné cette information. Depuis, elle comprenait mieux pourquoi Morwenna lui avait paru si peu sûre d'elle.

— Est-ce vous qui l'avez rapporté au comte ?

Elle secoua la tête.

— Non car, à dire vrai, j'aime beaucoup Morwenna. Et même si elle est fille de serf, qu'est-ce que cela change ? Ne mérite-t-elle pas de pouvoir épouser un homme de valeur ? Pourquoi les circonstances de sa naissance affecteraient-elles son avenir ?

Une émotion indéfinissable passa sur le visage de Piers avant qu'il ne la chasse. Il lui prit les mains, et demanda :

— Voulez-vous l'aider ?

Gwendoline sourit.

— Bien sûr que je veux l'aider.

— Il va nous falloir un cheval, déclara Piers. Pouvez-vous vous en occuper ?

— Je... je ne pense pas. Je suis censée être prisonnière, je vous le rappelle.

Il jura tout bas, avant de réfléchir un moment.

— Morwenna a-t-elle laissé certaines de ses affaires ici ? Elle avait avec elle des vêtements ayant appartenu à son frère.

Gwendoline se dirigea vers la malle et en sortit le baluchon de Morwenna. Lorsqu'elle l'ouvrit, elle trouva la tunique et les braies dont parlait Piers.

— Dois-je me déguiser en homme ?

Il acquiesça.

— Dites au maître palefrenier que vous venez chercher un cheval pour le comte. Il ne vous posera aucune question.

Piers extirpa un chapeau mou des affaires de Morwenna et en couvrit la tête de Gwendoline.

Il y cacha ses cheveux, qu'elle portait tressés. Il la regarda fixement et elle fut incapable de deviner ce à quoi il pouvait penser. Mais lorsqu'il posa la main sur sa joue et que son pouce effleura sa peau, cette caresse lui fit l'effet d'une douce brûlure. Il lui avait déjà volé quelques baisers, et elle avait très envie de sentir de nouveau sa bouche contre la sienne. Elle n'avait jamais éprouvé quoi que ce soit qui ait ressemblé de près ou de loin à l'attraction irrésistible qu'il exerçait sur elle. Mais il flottait aussi dans l'air une tension d'un tout autre ordre, une troublante gravité, et Gwendoline eut tout à coup le pressentiment qu'elle ne reverrait peut-être jamais le jeune homme.

Il la dévisageait comme s'il essayait de graver ses traits dans sa mémoire.

— Conduisez le cheval à la porte de la barbacane, dit-il. Faites bien attention de ne pas vous faire voir.

Elle posa la main sur celle de Piers.

— Allez-vous la faire évader ?

Il prit un air distant.

— Je vais faire ce que je peux. Il s'est passé quelque chose tout à l'heure. Des soldats fouillaient partout. Il se peut que Robert l'ait libérée, mais d'après ce que j'ai pu entendre, les choses ont mal tourné.

Gwendoline lui adressa un regard pénétrant.

— Vous promettez de vous montrer prudent ?

Il acquiesça. Mais de nouveau quelque chose dans l'expression qui se lisait sur son beau visage suggérait qu'il s'agissait là de leurs adieux.

— Me reviendrez-vous ?

En guise de réponse, il plaqua sa bouche contre la sienne et l'embrassa avec fièvre. Elle lui rendit son baiser, en l'étreignant autant qu'elle le put. Il y avait un côté sauvage et indompté chez Piers qui, elle l'avait déjà compris, n'était pas homme à suivre les règles. Et quel que fût son plan, elle avait la certitude qu'il était très risqué.

— Je vais vous attendre dans le couloir pendant que vous vous changez, expliqua-t-il. Ensuite, je tournerai bien la clé, et personne ne saura que vous êtes partie.

Il sortit et referma la porte derrière lui. Le cœur battant,

Gwendoline retira sa robe. Quoi qu'il se passe cette nuit, elle ne doutait pas que ce serait dangereux.

Elle avait hâte.

Robert savait qu'il allait mourir. Il s'était battu contre les trois gardes. Il avait gravement blessé les deux premiers, qui s'étaient effondrés à terre, avant d'être touché à son tour par le troisième. Un coup d'épée avait profondément entaillé son bras gauche et il avait reçu un coup violent à la tête. Il lui avait fallu puiser dans toutes ses ressources pour reculer en chancelant vers le couloir. Ensuite, il s'était faufilé dans le noir jusqu'à une barrique derrière laquelle il s'était caché, pendant que les gardes le cherchaient. En espérant qu'ils ne le trouvent pas avant qu'il ne l'atteigne, il s'était traîné jusqu'à l'entrée du passage secret qui menait dehors. Au prix d'efforts surhumains dont il ne se serait plus cru capable, il avait fait rouler deux tonneaux devant l'entrée du passage afin de la rendre invisible.

La notion du temps lui échappait totalement. Il avait perdu beaucoup de sang et éprouvait toutes les peines du monde à avancer. Sa tête était atrocement douloureuse et même si, à présent, il n'était peut-être plus très loin de la sortie, cela ne changerait rien. Il ne pouvait plus aller bien loin.

Il priait Dieu pour que Brian ait réussi à emmener Morwenna loin de Penrith. Du moment qu'ils étaient sains et saufs, rien d'autre n'avait d'importance. Il les imagina en train de chevaucher à travers bois, et avec un peu de chance, ils arriveraient bientôt à l'abbaye.

En ce qui le concernait, il allait probablement mourir en se vidant de son sang ici même. Il gisait déjà sur le sol et il n'avait plus la force de continuer à avancer. Dans un ultime sursaut, il rampa à terre, se forçant à bouger. À chaque mouvement, il repensait aux erreurs qu'il avait commises et à la vie qu'il ne vivrait jamais. Il avait prévu de reprendre Penrith, quoi qu'il lui en coûte. Il avait juré qu'il aiderait les habitants à retrouver leur liberté. Tout cela était à jamais compromis.

Il songea à Morwenna tout en se traînant à terre. Le souvenir de leurs baisers le hanterait jusqu'à sa mort. Elle avait été son amie, sa camarade, et à présent, alors qu'il était en train de vivre ses derniers instants elle était le seul et unique objet de ses pensées. Il revit ses longs cheveux fous et ses yeux verts. Elle s'était immiscée en lui, et lui avait fait entrapercevoir ce qui aurait pu avoir lieu.

Après ce qui lui sembla être une heure à peu près, il finit par atteindre le bout du tunnel et rampa jusque sous les buissons. L'herbe était humide et il roula sur le dos pour contempler le ciel nocturne. Les étoiles scintillaient et il demeura là immobile un moment, à se demander combien de temps il lui restait avant que la mort ne vienne le prendre.

Il n'avait que ce qu'il méritait. Il aurait dû mourir la nuit de l'attaque deux ans plus tôt. Dieu avait eu pitié une fois de lui, mais pas deux. Son seul regret, c'était de ne pas avoir compris ce que Morwenna ressentait pour lui… ni ce qu'il ressentait pour elle. Il s'était concentré sur Penrith, restant sourd et aveugle à ses propres désirs. Et désormais il était trop tard.

Tout autour de lui, il entendait le bruit des soldats qui le cherchaient. Ils trouveraient sans doute son corps dans une heure ou deux. Robert ferma les yeux. Les cognements des sabots sur le sol se rapprochaient. Il ne voyait pas ce qui se passait, mais lorsqu'il essaya de soulever sa tête et ses épaules, il retomba, terrassé par la douleur. Il y eut des voix mêlées, mais rien ne lui parvint distinctement. Alors qu'il tentait de se cacher sous les ronces, tout sembla se précipiter autour de lui.

Puis il vit la lueur d'une torche. Pendant un instant, la lumière l'aveugla, et une immense lassitude s'empara de lui.

Ils l'avaient trouvé, finalement.

Une semaine plus tard

Morwenna reprenait lentement conscience. Son dos la faisait atrocement souffrir, mais c'était la douleur que subissait son cœur qui était la plus insupportable. Robert était mort. Il s'était sacrifié pour les aider, et elle ne se le pardonnerait jamais.

Elle n'aurait jamais dû essayer d'être quelqu'un qu'elle n'était pas. Peu importait qui avait pu être sa mère ou qui était sa famille. Tout ce qui comptait, c'était qui elle était, elle. Et elle n'était rien ni personne. Elle avait osé rêver d'aimer Robert, et maintenant il n'était plus là.

Elle se mit à pleurer. Elle s'en voulait tant. Elle avait eu l'impudence d'aspirer à quelque chose qui n'était pas pour elle, et Robert l'avait payé de sa vie.

Elle ignorait ce qu'ils allaient faire à présent, mais elle était submergée par cette douleur qu'enduraient son cœur et son corps. Tout ce qu'elle était capable de faire, c'était fixer le mur en pierre.

— Morwenna.

Elle ne se tourna pas en entendant la voix de son frère. Les autres pouvaient dire ce qu'ils voulaient, cela ne changerait pas la situation.

Comme elle ne répondait pas, Brian s'approcha et s'agenouilla à côté de sa paillasse. Pendant un moment, elle ne put supporter de le voir. Dans sa main, il tenait le collier en or qui avait appartenu à leur mère.

— Je l'ai repris au comte la veille de ton supplice.

Elle ne prit pas le bijou, car sa simple vue lui faisait

repenser au comte. C'était à cause de cet objet qu'elle avait été fouettée. Ce collier en or avait représenté son rêve d'être quelqu'un d'autre. Elle avait porté les vêtements d'une aristocrate et avait mené une autre vie durant une semaine.

Brian posa le collier sur la couverture, mais elle n'y toucha pas. Elle ne voulait plus jamais le revoir, car c'était le symbole de son échec.

Son frère plaça la main sur la sienne.

— Tu n'as rien à craindre ici, à l'abbaye. Frère Douglas m'a informé qu'il te conduirait chez les sœurs au couvent.

Il parlait comme s'il avait l'intention de l'envoyer loin de là.

— Brian, que veux-tu dire ? Pourquoi m'envoyer au loin ?

Brian affichait un air sombre.

— C'est mieux ainsi.

Morwenna fit l'effort de se soulever de la paillasse, avant de se rappeler que sa chemise était fendue en deux dans le dos. Quelqu'un avait appliqué sur ses blessures un cataplasme qui sentait horriblement mauvais.

— As-tu dans l'idée d'aller quelque part ? s'enquit-elle.

— Je sais que tu m'en veux pour ce qui est arrivé à Robert.

Son frère croisa les mains d'un air sombre.

— Il m'avait averti que nous n'étions pas assez de deux pour te libérer. Il m'a demandé d'attendre et d'aller chercher Piers, mais à la place, j'ai enfoncé la porte. Et maintenant il est mort parce que je n'ai pas voulu l'écouter. Quoi que je fasse, je ne pourrai jamais expier cette faute.

Les mots de Brian ravivèrent une blessure déjà béante. Malgré elle, Morwenna ne put retenir ses larmes.

— Et tu penses que le fait de partir arrangera les choses ? Tu crois que je pourrais te pardonner de m'avoir abandonnée ?

— Morwenna, moi-même je ne peux me pardonner. J'ai l'intention de partir en Terre sainte avec les croisés. Je... je me battrai au nom de Dieu et peut-être serai-je absous au moment de ma mort.

Elle le regarda dans les yeux.

— Si tu pars, je ne te reverrai jamais.

Le visage de son frère resta fermé.

— C'est le sort que je mérite, Morwenna.

— Et moi, ai-je mérité de perdre l'homme que j'aimais et maintenant de perdre mon seul et unique frère ? demanda-t-elle. Si tu pars, je n'aurai plus personne.

Un flot d'émotions se déversa en elle, et cette fois, elle ignora les cataplasmes et les herbes : en plaquant sa chemise contre elle, elle se redressa.

— J'ai causé la mort d'un homme à cause de mon impulsivité. Je ne peux vivre avec ce poids, Morwenna. Je méritais de mourir à sa place.

Il était accablé par la culpabilité d'avoir survécu, et Morwenna devait trouver un moyen de le ramener à la raison. Elle essaya de réfléchir à ce qu'elle allait pouvoir lui dire.

— Je sais que tu penses que tu dois mourir, commença-t-elle. Mais ce n'est pas vrai, Brian. Tu as commis une erreur, certes, mais il y a d'autres moyens d'expier cette faute.

— Comment ? Tout ce que voulait Robert, c'était reprendre Penrith.

Il secoua la tête.

— Je ne peux rien faire qui aille dans ce sens.

— Penrith, cela n'a jamais vraiment été chez nous, acquiesça-t-elle.

— Nous n'avons jamais été chez nous nulle part. Père nous a sans cesse fait bouger d'endroit en endroit au fil des années.

Ce fut alors que Morwenna songea à une chose susceptible de détourner Brian de son projet radical.

— Brian… je crois qu'il n'était pas notre père.

Il fronça les sourcils.

— De quoi parles-tu ?

Elle attrapa le collier et le tendit devant elle.

— S'il avait été notre père, il aurait pu vendre ceci. Ainsi que la robe.

Brian lui prit le bijou des mains et l'examina avec attention. Pendant ce temps, Morwenna continua :

— Le comte a fait venir la sage-femme pendant qu'il m'interrogeait. Sur le moment, je n'ai pas compris pourquoi.

Le souvenir de sa punition la fit se raidir, mais elle s'obligea à poursuivre.

— La sage-femme a affirmé que notre mère ne pouvait pas avoir d'enfant. D'après elle, Eldreth nous a volés à nos vrais parents.

— C'est impossible, s'exclama Brian.

— En es-tu sûr ? Elle n'a jamais eu d'autre enfant.

Plus elle y réfléchissait, plus cela faisait sens. Bien que leurs parents aient vécu en tant que mari et femme pendant des années, il n'y avait jamais eu d'autre grossesse.

— Et sinon, pourquoi déménager tous les ans ou tous les deux ans ?

Étant donné qu'ils ne s'étaient jamais posés au même endroit longtemps, Morwenna avait été tellement habituée à perdre ses amis qu'elle avait fini par trouver plus simple de rester isolée sans se lier à personne.

Elle reprit le collier des mains de Brian.

— Le comte prétend que ce bijou a jadis appartenu à la reine Aliénor, Brian.

— Nous ne sommes pas de sang royal, protesta-t-il.

— Je le pense aussi. Mais comment Eldreth est-elle entrée en sa possession ? L'ont-ils volé ?

Brian pâlit et son visage se ferma, comme s'il ne voulait rien croire de tout cela.

— Je ne sais pas. Le comte s'est peut-être trompé au sujet du collier. Ce n'était peut-être pas celui de la reine. Ils l'ont peut-être trouvé quelque part. Ou bien ils l'ont acheté.

— Tu ne peux pas croire à ce que tu dis, répliqua Morwenna. Notre père n'avait pas le moindre argent.

Brian se contenta de hausser les épaules. En soupirant, il reconnut :

— C'est juste. Où qu'il se le soit procuré, s'il l'a gardé, c'était pour une raison précise.

Morwenna était perdue. Elle était surtout épuisée, et peu lui importait de connaître la provenance de ce bijou. Elle se rallongea sur la paillasse.

— Brian, je ne sais plus qui nous sommes. Mais si tu pars, il ne restera plus personne pour moi, vu que j'ignore qui était notre vraie famille.

Elle tendit la main et il s'agenouilla à côté d'elle. Puis il lui prit la main et la porta à son front.

— Nous formerons toujours une famille, Morwenna.

Brian serra fort sa main et elle caressa ses cheveux. Il demeura un moment agenouillé auprès d'elle comme s'il attendait sa bénédiction silencieuse.

Puis il tendit à son tour la main pour toucher tendrement son visage.

— Dors bien, ma sœur.

— Te verrai-je demain matin ? demanda-t-elle.

Brian garda un visage impassible et ne répondit rien.

La lumière aveuglante du matin réveilla Robert. Il protégea ses yeux et se rendit compte que son bras gauche était bandé. Sa tête était toujours douloureuse, mais il était vivant. Il ne se souvenait pas de la façon dont il avait quitté Penrith. Derrière lui, il entendit des pas et quand il se tourna, il eut la surprise d'apercevoir son demi-frère.

— Tu es réveillé à ce que je vois.

Piers lui tendit un morceau de pain.

Robert le regarda, incrédule. Il n'aurait jamais cru Piers susceptible de lui sauver la vie. Son frère aurait très bien pu le laisser mourir et ensuite faire valoir ses droits sur Penrith. Il était perturbant de savoir qu'il lui devait tout désormais.

— J'ai imaginé que tu devais avoir des ennuis quand j'ai vu les soldats chercher partout, dit Piers en s'accroupissant pour lui parler.

— Pourquoi m'as-tu sauvé ?

Il avait beau réfléchir, Robert ne comprenait pas le geste de son frère.

— J'aurais sans doute dû te laisser te vider de ton sang, répondit Piers. Mais j'ai pensé que te sauver me donnerait un avantage sur toi, à faire valoir en temps voulu. Tu m'es redevable, Robert, et un jour je saurai m'en souvenir et je te réclamerai mon dû.

Voilà, cette morgue ressemblait davantage à son frère. Robert fit un effort pour se redresser et s'asseoir sur sa couche de fortune. Piers avait bandé son bras avec un linge, et quand Robert porta la main à sa tête, il y sentit un autre bandage.

Il y avait un feu tout près, et ils semblaient se trouver dans une espèce de grotte ou de caverne. Robert ne reconnut pas l'endroit. Son estomac se mit à gronder de faim, et il s'attaqua au pain que Piers lui avait donné.

Les souvenirs commencèrent à lui revenir. Il se remémorait principalement la douleur et l'épuisement. Il revoyait vaguement Piers en train de le hisser à dos de cheval, et se rappelait une cavalcade dans la nuit qui lui avait arraché maints gémissements de souffrance, jusqu'à ce qu'il n'en puisse plus et perde connaissance.

Robert mangea tout le pain puis son frère lui tendit une bouteille de bière. Il la porta à ses lèvres, et ne se rendit compte à quel point il avait soif qu'après avoir vidé son contenu d'une traite.

— Où sommes-nous ?

— Pas très loin de Colford. Je ne t'y ai pas emmené tout

de suite, car les soldats fouillaient les environs de l'abbaye. Je pense que tu es en état d'y aller maintenant.

Même si Robert avait toujours très mal au bras, sa tête le faisait moins souffrir.

— Depuis combien de temps sommes-nous ici ?

— Nous sommes dans cette cachette depuis deux jours, répondit son frère. Mais cela fait cinq jours que je t'ai trouvé en train de te vider de ton sang.

Robert regarda Piers bouche bée.

— Que dis-tu ? Comment cela peut-il faire aussi longtemps ?

Avait-il été faible au point d'avoir perdu toute notion du temps ?

— Nous avons dû changer régulièrement d'endroit. Lady Gwendoline nous a aidés à échapper à son père.

Son frère lui raconta que la jeune lady avait été séquestrée dans sa chambre pendant que Morwenna était interrogée puis jetée au cachot, ce qui expliquait qu'elle n'avait pu ni intervenir, ni communiquer avec personne.

Robert remarqua le ton que son frère employait lorsqu'il parlait de Lady Gwendoline. Il était sur la défensive, comme s'il essayait de la protéger.

— Et Morwenna et Brian ? s'enquit Robert. Que sont-ils devenus ?

C'était cette question et celle-là seule qui le taraudait depuis son réveil.

— Morwenna se trouve déjà à l'abbaye de Colford, dit Piers. Je vais te conduire auprès d'elle. J'ai vu Brian faire route vers le sud avec plusieurs moines. J'ignore où ils se rendent, mais je suis certain qu'ils te croient tous mort.

— Je ferai prévenir Brian, répondit Robert.

Son oncle pourrait l'y aider. Pour l'instant, sa plus grande préoccupation concernait Morwenna.

— Est-ce que tu veux bien m'emmener à l'abbaye, maintenant ? demanda-t-il.

Il avait besoin de la voir, de s'assurer qu'elle allait bien.

— Nous devons attendre un peu qu'il fasse nuit. Le comte nous cherche toujours.

Robert essaya de se lever, mais au moment où il fut debout, le sol se mit à tanguer sous ses pieds. Il posa les mains sur la paroi en pierre jusqu'à ce qu'il retrouve son équilibre. Au bout de cinq jours, il était sûr qu'il serait prêt à prendre la route, mais visiblement ses blessures étaient plus sérieuses qu'il ne l'avait cru. Cela l'affligeait de constater à quel point il était faible.

— Tu as pris un coup sévère sur la tête, déclara Piers. Au début, je pensais même qu'ils t'avaient brisé le crâne. Et tu as perdu beaucoup de sang.

Il lui tendit un morceau de viande séchée, et une autre bouteille remplie, celle-ci, d'eau.

— J'imagine que tu meurs de faim. C'était compliqué de te forcer à manger alors que tu étais inconscient la plupart du temps.

Robert mangea la viande avec un appétit réveillé et excité par le goût salé du gibier. Piers lui donna un autre morceau de pain, qu'il dévora de la même façon.

— Tu m'as sauvé la vie, admit-il. Je t'en suis infiniment reconnaissant.

Son frère haussa les épaules.

— Je suppose que tu aurais fait la même chose pour moi.

Robert hocha la tête.

— En effet. Nous sommes nés de deux mères différentes, mais le même sang coule dans nos veines. Ce n'est pas anodin.

Leurs rapports n'avaient jamais été faciles, mais il voulait abolir la distance entre eux. Surtout maintenant.

Son frère avait l'air de vouloir ajouter quelque chose. Robert attendit et Piers finit par se lancer.

— Je t'ai sauvé la vie, mais il y a quelque chose que je veux en retour.

Tout sauf Penrith, eut envie de s'écrier Robert, mais il tint sa langue.

À la place, il regarda son frère dans les yeux.

— Que veux-tu ?

— La main de Lady Gwendoline, répondit Piers. Elle est à moi. Tu dois cesser de la convoiter.

Le ton brusque et possessif employé par Piers surprit Robert. Il avait cru que la fascination que son frère éprouvait pour Gwendoline était liée à Penrith, mais les choses semblaient plus profondes que cela. Il commençait à se demander si son frère n'était pas tombé amoureux de la jeune lady.

— Et Penrith ? s'enquit-il.

Le visage de son frère se ferma, et il regarda à son tour Robert dans les yeux.

— Je n'abandonnerai jamais Lady Gwendoline. Avec ou sans Penrith.

Robert se crispa en entendant cela, mais il savait qu'il devait tout à Piers, ce qui signifiait qu'il devait choisir ses mots avec soin. Penrith était bien plus important à ses yeux que Lady Gwendoline. Le problème, c'était qu'il ignorait comment reprendre possession de ses terres.

— Je ne ferai plus la cour à Lady Gwendoline, concéda-t-il. Mais tu vas devoir remporter une âpre bataille contre son père pour obtenir sa main.

Il était d'ores et déjà certain que les chances qu'avait Piers d'épouser Gwendoline étaient proches du néant.

— Notre affrontement a déjà commencé, dit Piers sans fournir davantage d'explications.

Sur ce, il alla seller les chevaux pour préparer leur voyage.

Robert but encore un peu d'eau. En vérité, il n'avait fait la cour à Gwendoline que dans l'espoir d'obtenir Penrith.

Ses sentiments pour la jeune femme n'étaient jamais allés au-delà de l'admiration pour son indéniable beauté. Même s'il s'était battu pour elle, Morwenna était demeurée seule maîtresse de ses pensées. Durant les épreuves, il avait toujours été conscient de sa présence, de ses yeux en train de l'observer. Et son vœu le plus cher était de la retrouver dès ce soir-là. C'était un besoin puissant, il voulait absolument voir si elle s'était remise des coups de fouet, il voulait absolument veiller sur elle et la protéger.

Piers s'interrompit dans ses préparatifs et se tourna vers lui.

— Je ne sais pas auquel de nous reviendra Penrith, ni même s'il nous reviendra d'ailleurs. Mais nous sommes conscients tous les deux, n'est-ce pas, que sans moi, tu serais mort à l'heure qu'il est.

Robert ne répondit pas tout de suite, car il n'était pas prêt à abandonner ses gens ni son combat pour les libérer de la tyrannie d'Alfred. Il n'avait pas oublié sa promesse solennelle.

Il finit par dire :

— Ni toi ni moi n'obtiendrons ce fief sans l'intervention du roi. Je pense que nous devrions nous en remettre à son jugement et le laisser choisir entre nous deux.

Le visage de Piers se durcit.

— Tu as une dette envers moi, Robert.

Les mots restèrent suspendus entre eux, telle la lame d'une épée avant que le coup ne parte. Robert savait que son frère avait raison, mais il ne pouvait renoncer à tout. Pas encore.

— La nuit est tombée, déclara-t-il. Allons à Colford et nous reparlerons de cela plus tard.

Il avança en titubant jusqu'aux chevaux, mais au moment où il essaya de grimper en selle, son frère soupira.

— Tu n'es pas assez fort.

Ce fut humiliant pour Robert de devoir se faire aider par Piers. Il fallait bien en passer par là, cependant, car il n'aurait pas été capable de marcher jusqu'à Colford. Ses blessures étaient en voie de guérison, mais celle qu'il avait subie à la tête était toujours douloureuse, même après cinq jours.

Bien qu'il fasse nuit, son frère ne prit pas la peine d'allumer une torche. Ce n'était pas nécessaire car les chevaux connaissaient le chemin, et Piers ne voulait sans doute pas risquer que quelqu'un les suive. Alors qu'ils traversaient la forêt, Robert avait du mal à cerner dans quel état d'esprit se trouvait son frère, mais il le sentait agacé.

Piers croyait-il qu'il allait lui céder Penrith sans lutter ? Il ne pouvait pas faire une chose pareille. Pas maintenant. Même si son frère avait des prétentions sur le domaine, sans la bénédiction du roi, rien ne serait possible. Si Alfred mourait, le roi Jean nommerait un autre de ses vassaux pour lui succéder. Les questions de succession étaient loin d'être simples, contrairement à ce que Piers pensait peut-être.

Mais le ressentiment de son frère couvait, et quelque chose lui disait que Piers ne trouverait le repos que lorsque tout serait à lui.

Ils arrivèrent à l'abbaye une heure plus tard. Son oncle, le père Oswald, les conduisit à une petite cellule contenant deux lits.

— Vous pouvez passer la nuit là, annonça-t-il.

— Mon oncle, il faut que je voie Morwenna, insista Robert.

Il ne pourrait pas dormir tant qu'il ne se serait pas assuré qu'elle allait bien.

— Tu pourras lui rendre visite demain matin, répondit Oswald. Pour l'heure, elle dort.

— Elle me croit mort. J'ai besoin qu'elle sache que j'ai survécu.

Mais surtout, il voulait la voir de ses propres yeux. Il

avait besoin de la regarder et de vérifier que ses blessures étaient en voie de guérison. Même ainsi, cela n'apaiserait pas son sentiment de culpabilité. Brian avait eu mille fois raison. Il avait passé trop de temps à concevoir un plan, au lieu d'agir. Et à cause de son inaction, Morwenna avait payé le prix fort.

Alors que son oncle hésitait, Robert ajouta :

— Si vous ne me conduisez pas jusqu'à elle ce soir, je fouillerai chaque cellule afin de trouver la sienne.

Son oncle échangea un regard avec Piers comme s'il comprenait tout à coup que Robert était sérieux.

— Très bien, je vais vous y emmener.

Il leur fit traverser un petit cloître et Robert dut s'appuyer sur un bâton de marche pour pouvoir avancer aussi vite qu'il le souhaitait.

Piers le suivit jusqu'à une cellule située tout au bout du monastère. À voix basse, il dit à Robert :

— C'est un moine qui s'est occupé de ses blessures, mais notre oncle l'abbé veut l'envoyer dans un couvent. Il préférerait que ce soient des sœurs qui la soignent.

Robert répondit doucement :

— Hors de question. Elle reste avec moi.

— Penses-tu que ce soit une bonne idée ? ajouta Piers, qui se rapprocha pour qu'Oswald ne les entende pas. Cela fait deux ans que Morwenna est amoureuse de toi, Robert. Si tu ne partages pas ses sentiments, mieux vaut que tu la laisses partir.

L'avertissement de son frère tempéra ses ardeurs, car il ignorait quelle était la teneur exacte de ses propres sentiments. Il savait que Morwenna tenait à lui, mais il ne s'était pas autorisé à réfléchir à ses propres désirs. Sa quête pour reconquérir Penrith l'avait à ce point accaparé qu'il s'était coupé de tout ce qui ne concernait pas ce problème.

Mais après avoir failli mourir, Robert ressentait le besoin de voir Morwenna autant qu'il ressentait le besoin de respirer.

— Je reste ici, insista-t-il.

— Pas moi, répliqua Piers. Je vais passer la nuit ici, mais demain à l'aube, je pars rejoindre Gwendoline.

Après une courte pause, il ajouta :

— Porte-toi bien, Robert. Mais n'approche pas Gwendoline.

Sur ce, son frère tourna les talons et repartit dans la direction opposée.

L'abbé frappa à une porte, mais le coup se perdit dans le silence. Oswald recula et dit :

— Elle n'a pas répondu. Si elle dort, nous ferions peut-être mieux de la laisser.

— J'ai besoin de lui parler, insista de nouveau Robert. Et je ne partirai pas d'ici avant de savoir si elle va bien.

La désapprobation se lut sur le visage de l'abbé, mais il ne s'opposa pas à cette requête.

— Je vais aller chercher le frère Anselme afin qu'il change son cataplasme. Vous disposerez de quelques instants pour vous parler, mais pas plus.

Sur ce point, l'abbé ne transigerait pas. Son visage affichait une ferme détermination, et Robert ne put que céder.

— Je n'en ai pas pour longtemps.

Il ouvrit la cellule et vit Morwenna couchée sur une paillasse, tournant le dos à la pièce. Les volets en bois étaient légèrement entrouverts, laissant passer un peu du clair de lune. Grâce à la lueur de la torche de son oncle, Robert put distinguer les horribles cicatrices sur le dos de la jeune femme. Les lignes entrecroisées faites par les coups de fouet lui firent serrer la mâchoire. Elle n'aurait jamais dû subir ce supplice.

— Je n'ai besoin de rien, murmura-t-elle, comme si elle croyait qu'un frère lui apportait à manger. Vous pouvez partir.

Robert referma la porte derrière lui et s'approcha. Il

posa sa canne et se baissa lentement pour s'agenouiller auprès d'elle.

— Et si je ne veux pas partir ?

Elle se tourna.

— Robert ?

Sa voix était incrédule, et dans un grand élan, elle se jeta à son cou. Elle pleura, blottie contre lui, et il la serra contre lui en faisant attention à éviter tout contact avec ses blessures.

— Brian m'a dit que tu étais mort.

— J'ai réussi à échapper aux soldats, mais j'ai été blessé.

Il ne voulait pas entrer dans les détails. Il y avait plus urgent : prendre son visage entre ses mains, par exemple.

— Je n'arrive pas à croire que tu sois ici.

Elle souriait entre ses larmes.

— Tu es vivant.

Les vêtements de Morwenna étaient en lambeaux, mais ses beaux cheveux bouclaient joliment autour de son visage et ses yeux verts étaient éclatants.

Robert appuya son front contre le sien. Il voulait l'embrasser, mais il n'était pas certain qu'elle en avait envie. Cela le rendait nerveux que son frère ait dit que Morwenna était amoureuse de lui. Il ne savait ni que faire ni que dire.

Ses lèvres étaient si douces dans son souvenir, et ses yeux étaient brillants de larmes. Tout ce qu'il avait à faire, c'était se pencher un peu plus, et sa bouche serait sur la sienne. Pourtant, quelque chose le retenait. Elle était belle et elle le regardait avec une attente muette dont il ignorait s'il pouvait la satisfaire.

Elle remonta la couverture sur elle, mais Robert avait pleinement conscience de ses épaules et de son dos nus. Même si ses blessures semblaient bien cicatriser, cela l'emplissait de rage de ne pas avoir été capable de faire cesser les coups de fouet.

— Je dois la vie à Piers, reconnut-il. Il m'a trouvé juste à la sortie du tunnel et m'a transporté jusqu'à une cachette. Sans son intervention, je serais mort cette nuit-là.

Morwenna le regarda dans les yeux.

— Si tu savais comme je suis heureuse que tu t'en sois tiré.

Elle l'étreignit de nouveau et il accueillit avec plaisir ses bras autour de son cou. Doucement, il ceignit sa taille, en faisant attention où il posait les mains.

— Que va-t-il se passer maintenant ? demanda-t-elle après l'avoir lâché. Tu... ne peux pas retourner à Penrith.

Le ton de sa voix trahissait ses doutes.

Il laissa une main sur sa taille.

— J'ai décidé de m'en remettre au jugement du roi. Il est le seul à pouvoir m'aider à récupérer mes terres.

Le visage de Morwenna se ferma comme si elle n'était pas d'accord avec lui.

— C'est très dangereux, Robert.

— Je n'ai pas le choix. J'ai prêté serment aux habitants de Penrith et je leur ai juré de revenir. Je ne peux pas les abandonner une fois de plus. Que ce soit dangereux ou pas, il faut que j'obtienne une audience royale.

Mais elle secouait déjà la tête.

— Penses-tu pouvoir passer un marché avec un homme qui a ordonné la destruction totale de Penrith ? objecta-t-elle à voix basse. Le roi voulait notre mort, Robert. Comment peux-tu l'oublier ?

— Nous n'en savons rien, rétorqua Robert. L'attaque contre Penrith était peut-être motivée par d'autres raisons, qui nous échappent.

— Les rois n'ont pas besoin de raisons. Ils font ce qu'ils veulent, insista Morwenna. Abandonne ce projet, Robert. Ta vie est trop précieuse.

Elle ne comprenait pas. Son échec l'avait empli d'une colère et d'une frustration énormes. Il ne s'était même pas battu cette nuit-là, deux ans plus tôt. Il avait été capturé avec les autres, et il avait regardé le feu tout ravager pendant que ses gens mouraient. Il avait toujours déçu son père, et il savait que sa couardise avait causé des morts.

— Mes gens m'ont demandé de me battre pour eux. Ils souffrent, et je ne peux pas me comporter en lâche. Pas une nouvelle fois.

— Tu n'as jamais été lâche, rétorqua-t-elle.

— Ah non ? Après notre évasion, je me suis terré pendant deux années. Je n'ai prévenu personne que j'étais vivant. Je ne vais pas demeurer éternellement à l'abri et refuser mon aide à ceux qui en ont tant besoin.

Morwenna ferma les yeux, et son visage se tendit.

— Je ne veux pas que tu meures, murmura-t-elle. Je ne peux pas rester sans rien faire, à attendre que cela se produise.

Comprenant son inquiétude, il se radoucit.

— Alors que veux-tu que je fasse, Morwenna ? l'interrogea-t-il.

Elle posa sur lui un regard empli de souffrance.

— Je veux que tu patientes. Si tu cherches à lui prouver ta loyauté, tu ne peux pas te présenter les mains vides devant le roi. Jean a besoin de lever une armée pour aller se battre en France. Apporte-lui de l'or, et il écoutera peut-être ta supplique.

— Je n'ai pas d'or, Morwenna.

Elle le savait tout aussi bien que lui.

— Alors prends le temps d'en trouver. Ne penses-tu pas que le roi croira en ta loyauté si tu lui apportes des richesses ? Il te récompensera peut-être, alors.

— Je ne crois pas pouvoir attendre aussi longtemps, Morwenna. C'est maintenant que les habitants de Penrith ont besoin de mon aide.

Elle se tut et il posa la main sur son épaule. Il ne voulait pas se disputer avec elle. Pas en cet instant. Il caressa sa peau en guettant sa réaction.

— As-tu l'intention de me laisser quand tu partiras ? demanda-t-elle.

— Ce n'est pas ce que je souhaite. Je préférerais t'emmener avec moi, mais à mon avis il serait plus sûr pour toi de rester ici.

Il voulait qu'elle soit bien protégée, et il y avait un risque pour qu'ils se fassent prendre par les hommes de Penrith s'ils voyageaient ensemble.

Elle attrapa sa main.

— J'irai où tu iras, Robert. Aussi longtemps qu'il le faudra.

Il serra sa main et reconnut :

— Je ne sais pas combien de temps prendra ce voyage, ni où trouver le roi. Mais nous allons devoir bientôt partir. Il faut que nous nous éloignions pour échapper aux hommes de Penrith. S'ils nous attrapent...

— Nous sommes morts, termina-t-elle. Mais comment voyager sans se faire repérer ?

— Je pense connaître un moyen. Il faudrait que nous nous habillions en moines ou en croisés.

Ils devaient chercher une femme, mais s'il la déguisait suffisamment bien, ils avaient une chance de passer inaperçus.

— On dirait que c'est mon destin de me travestir en homme.

Elle sourit avec malice.

— Mais oui, ce serait sans doute préférable.

Elle se tut pour fouiller dans ses affaires, et en sortit le collier en or qu'elle portait durant le banquet.

— Je veux aussi parler de ma mère au roi. Je croyais que ce bijou était à elle... mais Lord Penrith a prétendu qu'il avait appartenu à la reine Aliénor.

Robert examina le collier, mais il n'y avait aucun moyen de savoir si c'était vrai.

— Penses-tu qu'il disait la vérité ?

Morwenna hocha la tête.

— J'ai besoin de découvrir comment Eldreth l'a obtenu de la reine et qui elle était vraiment.

Elle le regarda dans les yeux.

— J'ai besoin de découvrir qui *je* suis vraiment.

Robert se rappela alors qu'elle ignorait qu'il était venu la voir pendant qu'elle était prisonnière.

— J'étais là le jour où Penrith a fait venir la sage-femme. J'ai entendu ce qu'elle a dit à propos de ta mère.

La jeune femme fronça les sourcils.

— Comment se fait-il que je ne t'aie pas vu ?

— Je me suis déguisé en soldat et mêlé aux gardes. J'essayais de repérer où et comment tu étais détenue afin de te faire évader un peu plus tard dans la nuit. Il aurait été trop risqué de te révéler ma présence.

Elle lui adressa un regard troublé.

— J'aurais aimé te voir, pourtant. Je pensais que tout le monde m'avait abandonnée et que personne ne viendrait me secourir.

Robert lui effleura la joue.

— Je ne t'abandonnerai jamais, Morwenna.

Puis il se pencha et l'embrassa. Il voulait qu'elle sache à quel point elle comptait pour lui.

Après s'être reculé, il promit :

— Nous ferons tout pour trouver les réponses à propos de ton passé.

Il avait besoin lui aussi de découvrir pourquoi son propre père avait été exécuté. Et il n'abandonnerait pas tant qu'il ne connaîtrait pas la vérité.

Il fut frappé par la vulnérabilité et le manque d'assurance de Morwenna.

— J'aimerais pouvoir croire que je suis davantage qu'une simple fille de meunier.

Dans ses yeux verts, Robert vit un mélange de crainte et d'impatience. Elle plaçait tous ses espoirs dans une hypothétique lignée familiale inconnue, dans une éventuelle alliance qui pourrait aider Robert à reprendre Penrith.

— Tu as toujours été plus que cela.

Il lui prit la main. Même s'il avait envie de lui révéler ce qu'il ressentait, il savait aussi qu'il n'avait rien à offrir à Morwenna. Pas avant d'avoir tranché la question Penrith. Il avait juré à Piers qu'il n'approcherait pas Gwendoline, et il tiendrait parole, mais il ne pouvait pas trahir les habitants.

— Nous ferons route vers le sud dès que tu te sentiras suffisamment bien pour voyager.

Elle hocha la tête et lâcha sa main. Robert l'observa un moment, et remarqua sa peau pâle ainsi que la finesse de la chemise qu'elle portait. Il regarda aussi avec plus d'acuité les hématomes et les cicatrices qui couvraient son dos.

La culpabilité s'empara de lui à la vue de ses blessures. Il aurait dû trouver un moyen de la secourir avant que la situation n'en arrive à ces extrémités. Son frère Brian s'était comporté de façon impétueuse, en agissant sans réfléchir. Mais cela avait eu pour effet de mettre un terme au châtiment horrible qui lui était infligé. Robert s'en voulait énormément de ne pas avoir fait quelque chose dès qu'il l'avait vue enchaînée. Ses atermoiements auraient pu être fatals à Morwenna. Ces blessures relevaient de sa responsabilité autant que de celle du comte.

— Comment te sens-tu ? demanda-t-il.

C'était une question idiote, et pourtant c'était la seule qui lui venait à l'esprit.

— J'ai mal, reconnut-elle, mais le frère Anselme m'a appliqué des cataplasmes qui me soulagent. Ce ne sont plus que des ecchymoses à présent.

— Tant mieux.

Une gêne s'installa entre eux alors que Robert réfléchissait, en vain, à ce qu'il pouvait dire de plus. En aucun cas des excuses ne pourraient suffire.

Elle posa les mains sur son visage.

— Je suis heureuse que tu sois là, Robert.

Pendant un moment, il se contenta de la fixer. Il essayait de trouver les mots justes, mais il n'y en avait pas. Tout à coup, la tendresse qu'il voyait dans ses yeux verts causa sa perte, et les mots devinrent superflus quand il se pencha pour lui voler un autre baiser. Ses lèvres étaient douces, et joliment offertes. Une poussée de désir l'inonda pendant qu'il prenait possession de sa bouche.

C'était ce qu'il voulait. Et d'une certaine manière, ce baiser exprimait les sentiments qu'il ne pouvait verbaliser. La serrer dans ses bras lui semblait la seule chose à faire, bien qu'il ne sache pas pourquoi. Et quand elle lui rendit son baiser, ce fut comme si elle avait embrasé ses sens. Ils étaient tous les deux vivants et, quoi qu'il arrive, ils survivraient encore.

Le besoin de la toucher devint irrésistible.

Morwenna se demanda si elle était en train de rêver. Robert était venu la chercher, et elle était en ce moment même dans ses bras. La joie et la peur se mêlaient en elle : le bonheur de le savoir en vie et la crainte de le perdre sous peu. Elle s'abandonna pourtant à ce baiser, sans retenue. Le sentir contre elle était merveilleux, même si elle avait conscience que cela ne pourrait durer. Il lui prit le visage entre ses mains et ils s'allongèrent côte à côte. Sa chemise bâillait depuis qu'elle avait été fendue par les soldats et que frère Anselme avait soigné ses blessures, mais peu importait. Et même si son corps était douloureux, les caresses de Robert étaient une distraction bienvenue.

— Morwenna, souffla-t-il. Je veux tuer Penrith pour le punir du mal qu'il t'a fait.

Les mains du jeune homme parcoururent son cou et son buste, pendant qu'il l'embrassait avec plus d'ardeur. Morwenna sentit son corps s'emplir de désir et ses seins se tendre tandis qu'il la caressait.

— Je m'en veux terriblement, reconnut-il en reculant. J'aurais dû intervenir dès le début, malgré les risques.

— Ce n'est pas ta faute, répliqua-t-elle. Et tu as bien essayé de l'arrêter.

Il plaça les mains sur ses épaules. Le plus légèrement possible, il fit glisser les doigts le long de ses flancs, en évitant son dos.

— Pas assez vite, déplora-t-il.

Dans sa voix, Morwenna perçut de la culpabilité et de l'amertume. Il lui prit le visage entre ses mains et déclara :

— Je ne commettrai pas cette erreur une deuxième fois.

Elle se mit à frémir d'envie lorsque le souffle tiède de Robert réchauffa sa gorge. Quand la bouche du jeune homme parcourut sa peau, elle défaillit presque.

— Je ne peux pas rester longtemps, confia-t-il. Mais il fallait que je te voie.

Quand il l'embrassa à la base du cou, sa chemise glissa de ses épaules et dénuda sa poitrine. Même si Morwenna savait qu'elle aurait dû se couvrir, une force qui s'était emparée d'elle et qui la dévorait l'en empêchait.

Robert marqua un temps d'hésitation, comme s'il lui demandait la permission de continuer. Comme elle ne bougeait pas, il fit glisser ses mains jusqu'à ses mamelons, qu'il effleura du bout des doigts. Le plaisir fulgurant qu'elle ressentit aiguisa ses appétits.

— Touche-moi encore, murmura-t-elle. Juste un peu.

Il obéit, en caressant ses seins puis en les prenant dans ses paumes. Morwenna enfonça les ongles dans ses larges épaules et elle gémit pendant qu'il titillait ses mamelons. Entre ses jambes, son sexe devint humide et elle ne comprit pas les sensations violentes qui se déchaînaient en elle. Elle était agenouillée devant lui, et il la couvrit de baisers, avant de s'interrompre une fois qu'il fut arrivé à sa poitrine. De nouveau, il attendit, et elle dirigea elle-même la bouche de Robert vers son mamelon. Quand il l'aspira doucement, le plaisir la saisit. Elle s'agrippa à sa tête, à peine capable de former une pensée claire pendant que la langue chaude et humide de Robert effleurait la pointe dressée de son sein.

— Est-ce que ça va ? dit-il à voix basse. Est-ce que tu préfères que je m'arrête ?

— Non, surtout n'arrête pas, répondit-elle en cambrant le dos.

Il prit son autre sein dans sa bouche, pendant qu'il continuait de caresser le premier, en passant le pouce sur son mamelon durci. Morwenna était submergée par une vague de désir, et son corps clamait « encore » par tous les pores. Elle ne connaissait pas l'amour charnel, mais elle voulait que Robert soit le premier et l'unique. Elle voulait sentir le poids de son corps sur le sien et elle voulait qu'il l'emplisse jusqu'à ce qu'ils ne fassent plus qu'un.

— Nous n'avons plus le temps, regretta-t-il. Les moines vont revenir d'un moment à l'autre.

Morwenna glissa les mains sous sa tunique et posa les paumes à plat sur son large torse. Elle explora sa peau nue, et fit la découverte émerveillée des courbes fermes de ses pectoraux. Puis sa main descendit et caressa le ventre musclé de Robert.

À sa grande surprise, ses doigts effleurèrent l'extrémité de son sexe, qui semblait à l'étroit dans ses vêtements. Elle était sur le point de s'excuser, mais il replaça sa main à l'endroit précis d'où elle l'avait ôtée.

— Tu peux me toucher partout où tu veux, souffla-t-il. Et de la façon que tu veux.

La respiration de Robert était aussi saccadée que la sienne, et quand sa langue caressa de nouveau son mamelon, Morwenna referma la main autour de son sexe. Il la guida, en lui montrant comment mouvoir sa main de haut en bas.

Pendant qu'elle le caressait, elle ressentit au plus profond d'elle-même comme une brûlure ou une démangeaison. Son corps tremblait et, sans comprendre, elle avait l'impression de s'approcher d'une sorte de pic. Mais quand quelqu'un frappa lourdement à la porte, elle sursauta, recula et, honteuse, s'allongea à plat ventre sur sa paillasse afin de dissimuler sa nudité.

La porte s'ouvrit et l'abbé entra, suivi par le frère Anselme.

— Morwenna, frère Anselme est ici pour changer ton cataplasme. Robert, il est temps pour toi de regagner ta cellule.

Morwenna sentit ses joues devenir écarlates. Elle était si gênée qu'elle aurait voulu disparaître. Les frères se doutaient-ils de ce que Robert et elle étaient en train de faire juste avant leur arrivée ? Elle espérait que non.

— Bonne nuit, Morwenna.

La voix de Robert était rauque, et dans son ton elle perçut cette frustration qui faisait écho à la sienne.

— Vous pourrez vous revoir demain matin, déclara le père Oswald. Ensuite, sœur Bertrice a promis de venir. Elle emmènera Morwenna au couvent qui se trouve non loin de Saint Michael's Well.

Morwenna ne fut pas étonnée d'apprendre la nouvelle. Depuis le début, sa présence semblait mettre l'abbé mal à l'aise, bien qu'il la connût déjà.

Mais Robert avait l'air contrarié par les déclarations de son oncle.

— Morwenna ne partira pas, asséna-t-il. Pas pour le couvent, en tout cas.

Elle fut stupéfaite d'entendre sa réponse, car elle ne s'attendait pas à ce qu'il intervienne. Étant donné sa tenue, elle ne pouvait pas s'asseoir pour faire face aux trois hommes et prendre part elle aussi à la discussion en cours, qui la concernait pourtant.

— Elle ne peut pas rester ici, continua l'abbé. Je l'y ai autorisée pour quelques jours, mais elle doit être soignée par des femmes.

Avant que Robert ne puisse répliquer, le frère Anselme les interrompit.

— Je vais m'occuper de ses plaies à présent. Si vous voulez bien vous retirer un instant, mon père.

L'abbé inclina la tête.

— Nous allons vous laisser.

À l'attention de Robert, il ajouta :

— Viens faire quelques pas avec moi.

Robert regarda Morwenna dans les yeux un moment, avant de quitter la cellule en compagnie de l'abbé. Elle rougit dans l'obscurité. Elle n'avait pas souhaité que les choses aillent si loin. Mais une ligne avait été franchie, et elle ne savait pas bien ce que cela signifiait. Elle n'avait jamais imaginé que Robert puisse la désirer. Mais maintenant que c'était le cas, elle ignorait totalement ce qu'elle allait faire.

Le frère Anselme s'approcha pour examiner son dos.

— Le cataplasme a été efficace : les chairs sont beaucoup moins enflées. Tu vas garder les cicatrices toute ta vie, mais tu vas guérir.

Il prépara un nouveau cataplasme avec les herbes qu'il avait apportées.

— Le père Oswald est inquiet des dangers qui vous menacent tous les deux. Lord Penrith te pourchasse avec acharnement, et nous avons pensé que tu serais davantage en sécurité au couvent.

Le calme de cette explication apaisa Morwenna. Les moines essayaient simplement de la protéger.

— Je vous remercie pour votre sollicitude, frère Anselme, répondit-elle, mais l'état de mes blessures me permettra très bientôt de reprendre la route. Il faut que je découvre ce qui est arrivé à ma famille. Robert m'a promis de m'aider à la retrouver.

Elle ne précisa pas qu'elle n'avait aucune idée de l'endroit où pouvaient demeurer ses véritables père et mère. Au fond d'elle-même, elle avait très envie de savoir s'il y avait une possibilité pour qu'elle soit issue de la noblesse. Si elle avait été volée à une autre famille, était-ce possible ?

Le collier de la reine lui fournirait des éléments de réponse, elle en était certaine. En tout cas, elle avait bien l'intention de lever le voile sur sa naissance. Elle ne pouvait pas rester cachée toute sa vie.

— À mon avis, tu ne devrais pas voyager seule avec un homme qui n'est pas ton mari, dit doucement frère Anselme.

Il avait parlé on ne pouvait plus franchement. Morwenna plaqua sa tunique contre elle et répliqua :

— Robert est un lord. Jamais il n'épouserait quelqu'un comme moi, et jamais je ne le lui demanderais.

— Tu ne te crois pas digne d'être épousée ? demanda frère Anselme.

La gentillesse du moine eut raison des défenses de Morwenna, et les larmes lui montèrent aux yeux. C'était un rêve qu'elle n'osait même pas envisager.

— Pas par un homme tel que Robert. Je sais quelle est ma place.

Elle sentait que, malgré ce qui s'était passé entre eux, si elle restait avec Robert, il viendrait un temps où il lui briserait le cœur. Ce n'était pas parce qu'il voulait d'elle en ce moment précis qu'il n'en désirerait pas une autre plus tard.

Mais elle avait l'intention de savourer ces moments, pour fugaces qu'ils soient. Son corps s'embrasa au souvenir de leur ardente étreinte, pendant qu'elle essayait de faire taire ses sentiments.

— Je vous remercie d'avoir soigné mes blessures, frère Anselme. Mais à partir de maintenant, je suis sous la protection de Robert.

Malgré tout, elle n'ignorait pas les risques qu'encourait son cœur.

Anselme pinça les lèvres avec réprobation, mais il n'ajouta rien.

Robert suivit son oncle jusqu'à une petite cellule. L'abbé lui fit signe de s'asseoir, et il obéit.

— Je veux t'avertir que tu ne peux pas rester ici, Robert. Cela fait plusieurs jours que le comte et ses hommes passent la région au peigne fin. S'ils te trouvent...

— Je sais, le coupa-t-il. Je ne vais pas rester longtemps. J'ai l'intention de partir demain matin avec Morwenna.

Même s'ils n'étaient pas complètement guéris ni l'un ni l'autre, leur état respectif leur permettait de voyager.

Son oncle ne semblait pas convaincu par ses projets, mais il ne les remit pas en question.

— Et ton bras, Robert ? Qu'en est-il de tes propres blessures ?

— Je ne suis pas encore tout à fait guéri, répondit-il, mais je peux me battre avec mon bras droit, et c'est l'essentiel.

La douleur, lancinante, était parfois pénible, mais c'était aussi un moyen pour lui de se rappeler qu'il avait survécu au pire combat de sa vie. Cela l'amena à se demander ce qui allait advenir de Piers. Son frère avait évoqué son intention de retourner à Penrith pour Gwendoline, mais si le comte apprenait que le prétendant de sa fille était un bâtard, il ordonnerait sa mise à mort. Et savoir que son frère courait un tel risque lui déplaisait au plus haut point, surtout après qu'il lui eut sauvé la vie.

— Frère Anselme peut examiner ton bras, si tu le souhaites, suggéra son oncle. C'est un excellent soigneur.

Robert était sur le point d'accepter, mais l'abbé n'avait pas terminé.

— Je ne pense pas qu'il soit sage de voyager avec Morwenna. Comme je l'ai déjà dit, sœur Bertrice a proposé de l'accompagner au couvent. Elle sera en sûreté là-bas. Son frère Brian s'est joint à un groupe de frères partis combattre en Terre sainte, continua l'abbé. Tu pourrais peut-être l'imiter. Dieu saurait quoi faire d'un guerrier tel que toi.

Robert n'avait aucune intention de laisser Morwenna au couvent. Il devait choisir ses mots avec soin, cependant, afin de ne pas froisser l'abbé.

— Le comte a fait subir à Morwenna de terribles souffrances, alors qu'elle n'était coupable de rien. Je ne vais pas l'abandonner maintenant.

Son oncle Oswald l'observa avec attention.

— Tu dois réfléchir à ce que ton père aurait voulu, lui conseilla le moine. Mon frère a commis beaucoup d'erreurs, mais il est resté un homme de devoirs jusqu'au bout.

— Je ne crois pas pouvoir reprendre Penrith sans l'aide du roi, reconnut Robert. J'ai l'intention d'aller le trouver et de solliciter une audience auprès de lui.

Il ignorait ce que dirait le roi Jean, mais il espérait que le monarque ferait preuve de clairvoyance et lui accorderait la possibilité de réhabiliter le nom de son père, comme il le méritait.

L'abbé laissa échapper un soupir.

— Il fait route vers le nord, en direction de l'Écosse. C'est ce que j'ai entendu dire, en tout cas.

— Alors nous allons faire route vers le sud, pour avoir une chance de pouvoir croiser son chemin.

— Je suppose que je ne peux rien faire pour t'en empêcher, même si je pense que tes efforts resteront vains, répliqua Oswald. La rébellion de ton père a été suffisamment grave pour lui coûter la vie. Je crains pour la tienne.

— C'est un risque à courir, et je l'assume, répondit Robert.

Même s'il savait qu'il n'était pas prudent d'emmener Morwenna avec lui, il pressentait qu'il ne la reverrait jamais s'il partait sans elle. Son besoin instinctif de la garder auprès de lui prenait le pas sur sa raison.

— Morwenna vient avec moi.

L'abbé secoua la tête.

— Si vous voyagez tout seuls tous les deux, vous risquez de vous faire capturer par le comte et exécuter.

Robert avait conscience de ce danger, mais il était persuadé que s'ils se déguisaient comme il le fallait tout se passerait bien.

— Il y a aussi un autre facteur à prendre en compte, continua son oncle. Si tu... éprouves des sentiments pour cette femme, tu pourrais être tenté de commettre le péché de chair en prenant sa vertu.

L'abbé rougit et dit avec douceur :

— À moins de vouloir l'épouser et renoncer à Penrith, tu ne devrais pas voyager seul avec elle, Robert.

Il comprenait ce que son oncle sous-entendait, mais il ne pouvait envisager d'épouser quiconque avant d'avoir pris une décision à propos de son fief. Néanmoins, il inclina la tête, et répondit :

— Morwenna a déjà accepté de voyager avec moi.

Il regarda son oncle dans les yeux.

— Je protégerai sa vie de la mienne.

La désapprobation de l'abbé était évidente.

— Plus vous restez, plus le risque encouru est important. Ils vont vous retrouver et assiéger l'abbaye.

Robert ignora la sombre prédiction de son oncle et conclut :

— Nous partirons à l'aube.

8

Le lendemain, Morwenna fit route vers le sud avec Robert à ses côtés. En guise de déguisement, ils portaient le capuchon et la robe de laine écrue caractéristiques des moines cisterciens. L'abbé Oswald leur avait fourni tout le nécessaire pour leur voyage, ainsi que plusieurs sacs de blé.

— Dans beaucoup de fiefs, les récoltes ont été très mauvaises cette année, avait-il prévenu. Vous pourrez peut-être troquer le gîte et le couvert contre du blé.

Puis il les avait bénis et leur avait conseillé d'éviter autant que possible les routes principales.

Ils chevauchèrent pendant de longues heures, s'arrêtant une seule fois près d'une rivière pour se reposer et manger, avant de continuer. Morwenna pensait à Brian et se demandait si elle le reverrait un jour. Même si elle avait prié le père Oswald de prévenir son frère, il n'y avait aucun moyen de savoir si leurs chemins se croiseraient.

Un silence paisible s'était installé entre les deux voyageurs. Morwenna s'interrogeait sur les projets de Robert. Elle l'avait incité à attendre avant de faire appel au jugement du roi, cependant elle n'était pas certaine qu'il l'écouterait. Reprendre Penrith était la première de ses préoccupations, mais Morwenna ignorait si sa quête serait couronnée de succès.

Elle jeta un coup d'œil dans son dos. Personne ne les suivait, et elle était soulagée de constater que pour l'instant, les hommes du comte ne les avaient pas retrouvés. Même s'ils étaient tous les deux armés, il n'y avait aucun doute sur le fait qu'ils ne pourraient pas affronter seuls toute une troupe de soldats aguerris.

Elle avait le corps perclus à force d'avoir passé de longues heures à cheval et son dos était douloureux. Le frère Anselme lui avait donné les herbes nécessaires à la préparation d'un nouveau cataplasme, mais elle aurait besoin de l'assistance de Robert pour l'appliquer. Ses blessures guérissaient, néanmoins, et elle avait bon espoir qu'un jour prochain, elles ne seraient plus qu'un très mauvais souvenir.

— Es-tu prête à t'arrêter pour la nuit ? demanda Robert. Il y a un affleurement rocheux en surplomb, nous pourrions nous y abriter.

— Penses-tu qu'il soit sans danger de faire du feu ?

Il hocha la tête.

— J'ai fait bien attention, et personne ne nous suit.

Il la conduisit vers la clairière et elle aperçut la paroi calcaire dont il avait parlé. Il l'aida à descendre de cheval et amena les deux bêtes à la rivière afin qu'elles puissent se désaltérer. Morwenna s'étira et se mit à ramasser du petit bois et de l'amadou pour le feu.

Robert laissa les chevaux brouter et la rejoignit.

— Si tu t'occupes d'allumer le feu, je vais essayer de pêcher notre dîner.

Il lui donna des silex et elle se pencha à côté de l'amadou qu'elle avait ramassé. Il fallut du temps pour que la mousse sèche s'enflamme, mais cela finit par fonctionner. Morwenna put y ajouter d'abord des brindilles et ensuite une bûche trouvée dans la forêt. C'était agréable et réconfortant de pouvoir s'asseoir devant un bon feu, ce qui ne l'empêcha pas de se lever pour aller chercher un petit récipient parmi les affaires fournies par l'abbé. Après l'avoir rempli d'eau, elle le posa près du feu pour faire chauffer son contenu. Il fallait qu'elle fasse tremper les herbes médicinales pour le nouveau cataplasme.

Robert revint avec deux poissons pêchés dans la rivière. Il les nettoya et les fit cuire. Ils mangèrent et, ensuite, Morwenna demanda :

— Comment va ton bras ? Frère Anselme m'a donné des herbes médicinales. Si tu veux, je peux m'occuper de ta blessure.

— J'ai encore mal, reconnut-il, mais la douleur est supportable.

Elle le soupçonnait d'avoir aussi mal qu'elle, même s'il ne l'avouerait pas. Elle plongea les herbes dans l'eau chaude et le pria de s'asseoir. Elle s'agenouilla à côté de lui et, pendant que les herbes trempaient, commença à ôter le bandage autour de son bras gauche.

— Que s'est-il passé après que Brian m'a fait sortir de Penrith ? l'interrogea-t-elle. Nous nous sommes enfuis, mais j'avais si peur que tu meures. Comment Piers t'a-t-il sauvé ?

— Je ne me souviens pas vraiment de tout, avoua Robert. J'ai blessé deux soldats, mais le troisième m'a entaillé le bras. Quelqu'un m'a frappé à la tête, et en toute honnêteté je ne sais pas comment j'ai réussi à pénétrer dans le passage souterrain. Piers m'a trouvé à la sortie du tunnel et il m'a sauvé la vie. Il m'a caché avec lui pendant près d'une semaine car les hommes de Penrith nous cherchaient. Je me suis réveillé dans une espèce de grotte, et ensuite il m'a conduit à l'abbaye.

Morwenna prit un linge propre qu'elle trempa dans l'eau chaude. Elle examina la blessure de Robert. Même si sa peau était encore rouge, les bords de la plaie s'étaient resoudés. Alors qu'elle nettoyait sa peau, il frémit légèrement.

Est-ce que je te fais mal ? s'enquit-elle.

Il secoua la tête, mais ses yeux bruns la tinrent captive en l'emplissant d'un désir diffus. Pendant qu'elle le soignait, elle prit conscience de ses propres battements de cœur et de la chaleur de la peau de Robert. Elle se souvint de ses mains larges en train de la toucher, en train de prendre ses seins dans leurs paumes, en train de caresser ses mamelons durcis.

Dieu qu'elle avait envie de cet homme.

Elle enroula un nouveau bandage autour de son bras et le maintint en place à l'aide d'une épingle. Il lui adressa un regard brûlant et lança :

— À ton tour.

Sous sa robe de moine, elle portait sa chemise déchirée. Elle tourna le dos à Robert et souleva l'habit en le faisant passer au-dessus de sa tête. L'arrière de sa tunique, ouvert, exposait ses blessures. Même si elle n'avait reçu que cinq coups de fouet, les trois premiers avaient suffi à déchirer sa chair, et la totalité de son dos était recouverte d'hématomes.

Robert garda le silence pendant un long moment.

— Je ne pourrai jamais te dire à quel point je suis désolé, Morwenna. Une chose pareille n'aurait jamais dû t'arriver.

— J'ai survécu, répondit-elle. Et toi aussi.

Il plongea un autre linge dans l'eau chaude et l'essora. Avec douceur, il lui lava le dos. Elle eut aussitôt la chair de poule, tout simplement parce qu'elle le sentait la toucher. Sous sa chemise, ses seins se tendirent et ses mamelons devinrent sensibles au frottement du tissu. Elle repensa à la bouche de Robert sur sa poitrine et à cet élancement sensuel entre ses jambes.

Si elle se tournait, l'étreindrait-il ? Ils étaient seuls, et elle voulait profiter de chaque moment passé en sa compagnie. Le châtiment qu'elle avait subi lui avait fait prendre conscience du caractère imprévisible et fugace de l'existence. Robert avait failli ne pas survivre ce jour-là, et elle était si heureuse qu'il soit toujours vivant.

Elle prit une grande inspiration et rassembla tout son courage.

— Robert...

Il suspendit aussitôt tout mouvement.

— Pardonne-moi. Je n'aurais jamais dû te toucher.

Ce n'était pas du tout ce qu'elle voulait dire.

— Tout va bien, ne t'inquiète pas, murmura-t-elle.

Une goutte d'eau glissa le long de son dos pendant que ses seins réclamaient des caresses à corps et à cris. Elle sentait l'envie silencieuse de Robert. Son regard était lourd et sombre, sa mâchoire crispée par le désir. Elle-même se raidit, ce qui fit glisser sa chemise le long de son épaule.

Quand elle leva à nouveau les yeux sur Robert, elle vit que les siens étaient irrésistiblement attirés vers le bas, où sa peau était nue. Elle voulait aller plus loin, et lui aussi. Au moins, ils étaient seuls et personne ne risquait de les interrompre. Pourtant, Robert semblait hésitant.

— À quoi penses-tu ? dit-elle doucement.

— À un millier de choses.

Sa voix était rauque, comme s'il était en lutte. Elle voulait abattre le mur invisible qui se dressait entre eux et forcer Robert à se départir de ce contrôle qu'il exerçait sur lui-même, jusqu'à ce qu'il se retrouve entre ses bras.

— Aux choses que j'ai envie de faire. Aux choses que je ne devrais pas faire.

Morwenna tendit les bras vers ses épaules, poussée par le désir d'avoir les mains et la bouche de Robert sur elle. Pendant longtemps, elle avait rêvé de ce moment d'intimité avec lui. Elle avait désespérément envie de lui, désespérément besoin de le sentir en elle. Et pourtant ils connaissaient tous les deux les conséquences d'un tel acte.

— Cesse de te torturer, tout va bien, murmura-t-elle,

en priant pour qu'il abolisse de lui-même la distance qui les séparait.

Pour l'heure, elle ne voulait surtout pas penser à toutes les raisons pour lesquelles ils ne devraient pas faire cela.

Mais Robert reposa le linge mouillé.

— Tu te trompes, Morwenna. Cela équivaudrait à profiter de toi. Je refuse de faire une chose pareille.

Elle se dressa en prenant appui sur ses genoux, sans faire attention à sa chemise qui glissait vers l'avant. Le regard de Robert s'embrasa de nouveau et elle tendit les bras pour prendre son visage entre ses mains. Elle caressa sa joue.

— Arrête de parler, Robert, et embrasse-moi.

— Si je commence, je ne m'arrêterai pas.

— Alors, commence.

Elle se pencha et posa ses lèvres sur les siennes. Il répondit en prenant possession lui-même de sa bouche. Il enfouit les mains dans ses cheveux et sa langue s'enchevêtra avec la sienne. Une envie brute saisit Morwenna, et elle eut conscience qu'il ne fallait surtout pas gâcher ce moment volé qui, peut-être, ne se représenterait plus jamais. Il l'embrassait comme si, même en le faisant éternellement, il ne pourrait jamais être rassasié d'elle, et elle s'accrocha à lui, comme si elle voulait que jamais il ne la lâche.

— Morwenna, je ne pense pas...

— C'est bien, répliqua-t-elle. Surtout ne pense pas.

Elle replaça sa bouche sur la sienne et glissa les mains sous la tunique de Robert. Ses muscles pectoraux étaient durs comme du fer. Elle explora son corps, découvrant les contours de son ventre et de son torse.

Le baiser de Robert devenait de plus en plus brûlant et intense. Morwenna, quant à elle, s'abandonnait totalement à cette montée des désirs. Quand il quitta sa bouche pour porter les lèvres à sa gorge, les sensations se déchaînèrent en elle. Elle ne put retenir un gémissement lorsqu'il poursuivit sa descente. Elle voulait la bouche de Robert sur sa poitrine, et ses mains partout sur son corps.

Elle avait si souvent rêvé de ce moment, de la sensation de leurs deux corps à l'unisson. Elle repoussa de toutes ses forces l'idée de son départ, incapable qu'elle était de penser à un futur dans lequel Robert ne lui appartiendrait pas. À la place, elle entendait profiter de ce cadeau qui lui était offert et qui, bien assez tôt, deviendrait son plus beau souvenir.

Il s'interrompit, les mains autour de la taille de Morwenna. Elle le regarda dans les yeux pour l'inciter à continuer. Pourtant, il resta immobile, à l'observer. Puis il fit glisser sa chemise jusqu'à sa taille, offrant son buste à la fraîcheur nocturne. Ses mamelons se durcirent et il ne la quitta pas des yeux pendant qu'il passait les doigts sur sa peau. Il effleura les pointes de ses seins et, aussitôt, une chaleur intense se propagea en elle, depuis son entrejambe.

Robert s'assit bien droit et en la tenant par les hanches, l'attira à lui afin qu'elle s'assoie sur ses genoux. Dans cette position, elle sentait contre elle son sexe long et dur, ce qui ne fit qu'accroître son propre désir. Quand il se frotta contre elle, son souffle se coupa. Elle s'accrocha à ses épaules, pendant qu'il la tenait par la taille et bougeait tout contre elle. Son esprit échauffé l'imagina en train de se glisser profondément en elle jusqu'à ce qu'ils ne fassent plus qu'un. Cette idée était à la fois excitante et inquiétante.

Si elle le laissait prendre son innocence, elle souffrirait encore plus quand il la quitterait. Par ailleurs, il y avait un risque non nul pour qu'elle tombe enceinte. L'idée d'attendre un enfant de Robert était à la fois douce et amère. À chaque fois qu'elle regarderait son enfant, elle penserait à lui.

Songer à cette éventualité faillit lui briser le cœur. Elle lui fit prendre conscience qu'elle avait déjà accepté de le perdre et de se retrouver seule, abandonnée. Elle n'était pas son égale, et son esprit la mettait en garde, afin qu'elle ne s'accroche pas à un rêve qui, jamais, ne pourrait devenir réalité.

Cependant, il y avait une part d'elle-même qui doutait. Elle aimait cet homme, mais cela valait-il la peine de se battre pour lui ? Pourrait-elle un jour conquérir son cœur ?

Il s'agissait d'une lutte d'un type différent, et au cours des deux années écoulées, Morwenna s'était répété que jamais elle ne remporterait cette bataille. En même temps, elle n'avait jamais essayé de faire en sorte qu'il tombe amoureux d'elle. Était-ce envisageable ?

Il l'embrassa de nouveau et elle sentit avec délice ses caresses intimes alors que seule une fine épaisseur de tissu séparait leurs deux corps. Elle devint humide, et fébrile, tandis que la langue de Robert, qui allait et venait dans sa bouche, faisait écho à ses désirs les plus secrets et profonds. Plus que tout, elle le voulait en elle.

— Tu me rends fou, dit-il tout contre ses lèvres.

Il prit ses seins dans ses paumes et caressa ses mamelons avec ses pouces.

Morwenna parvenait à peine à respirer. Il prit un sein dans sa bouche et, tout à coup, elle sentit une intense palpitation en elle. Elle frémit à son contact et quand le sexe dur de Robert frotta contre ses jambes, sa réaction fut aussi soudaine qu'ardente. Elle se mit à bouger contre lui, en l'implorant silencieusement de la faire enfin sienne.

Entre-temps, quelque chose s'était enclenché en elle et, tout à coup, son corps prit le contrôle de son esprit. Même si elle ne savait pas vraiment quoi faire, elle se fia à son instinct. Elle trouva son propre rythme en continuant de se frotter contre son érection. Elle tremblait, et elle eut l'impression que son corps se disloquait entre les bras de Robert jusqu'à ce qu'une vague de plaisir déferle en elle. Elle ne put rien faire d'autre que se cambrer et s'accrocher à lui, alors que son corps était emporté par cette sensation chatoyante.

Elle plaqua la tête de Robert contre son buste, tout en se balançant contre lui. Puis elle glissa la main entre leurs deux corps car elle ressentait le besoin pressant de le toucher. Quand elle entra en contact avec son sexe, il inspira profondément. Doucement, Morwenna le caressa à travers le tissu, en prenant le temps de l'explorer dans toute sa longueur. Peu à peu, elle se montra plus insistante et, au bout de quelques caresses appuyées, Robert se mit à frémir à son tour. Puis il poussa un sourd gémissement et perdit le contrôle.

Pendant un long moment, ils furent incapables de parler, ou, même, de bouger. Morwenna restait assise à califourchon sur ses genoux. Son corps était devenu souple, presque mou, et Robert la regardait dans les yeux. Il tenait ses hanches, et caressait ses reins.

Je vais me battre pour cet homme, se promit-elle. *Il doit bien y avoir un moyen.*

Robert ignorait quels mots prononcer. Même s'ils étaient encore vierges tous les deux, il avait été envoûté par la puissance du plaisir, donné et reçu. Il n'avait jamais imaginé pouvoir ressentir quelque chose d'aussi intense que quand il avait touché Morwenna. Grâce à elle, il avait pu entrevoir ce que signifiait faire l'amour, et la beauté de la chose l'avait bouleversé.

Il fallait qu'il procède avec prudence, car le simple fait de la voir lui donnait envie de s'allonger à ses côtés et de passer la nuit entière à apprendre ce qui lui donnait du plaisir. Cela avait été une découverte qu'il n'aurait jamais soupçonnée, même si son futur n'était fait que d'incertitude.

Il était sur le point de l'embrasser de nouveau quand il entendit des chevaux qui approchaient. Ce n'était pas le bruit tranquille qu'auraient fait des voyageurs, mais le cognement de sabots effréné produit par des montures lancées à toute allure.

— Sont-ils à notre recherche ? demanda Morwenna, le regard terrifié.

— Je ne sais pas.

Très vite, il lui tendit son habit de moine et passa le sien. S'il s'agissait des hommes de Lord Penrith qui les pourchassaient, ils n'avaient que peu de temps pour fuir. Robert étouffa le feu avec de la terre, et ils se retrouvèrent plongés dans l'obscurité.

— Nous devons partir. Allons-y.

Il était probable que leur feu ait déjà été repéré dans la nuit. Il fallait qu'ils chevauchent à bride abattue, pour semer leurs poursuivants et se cacher.

Morwenna ne discuta pas. Ils préparèrent leurs chevaux, et Robert les mena par un sentier étroit vers les profondeurs de la forêt. Ils seraient plus difficiles à suivre de cette façon, sans compter que les soldats seraient obligés d'avancer moins vite.

Puis tout à coup, il prit conscience que les soldats ne les poursuivaient pas du tout. Il entendit le bruit d'autres cavaliers et se rendit compte que les hommes n'avaient pas ralenti l'allure. Ils faisaient route vers l'ouest en traversant la clairière. Robert prit les rênes de Morwenna et força son cheval à s'arrêter. À voix basse, il lâcha :

— Ils en ont après d'autres que nous. Écoute.

Ils s'immobilisèrent tous les deux, et Robert regarda les soldats passer, de grandes torches à la main. Il reconnut les hommes de Lord Penrith et se demanda qui ils pouvaient chercher. La seule explication était qu'ils avaient une autre cible qu'eux en tête.

— Qui pourchassent-ils ? murmura Morwenna.

Robert avait une idée, mais il la garda pour lui.

— Je ne sais pas trop. Mais nous devrions rester ici jusqu'à ce qu'il n'y ait plus de danger.

Elle tendit le bras pour prendre sa main, qu'il serra dans la sienne. Il luttait contre ses instincts qui lui disaient de partir, mais en y réfléchissant ils étaient davantage en sécurité à cet endroit. Il garda la main de Morwenna dans la sienne pendant qu'ils attendaient, mais soudain ils entendirent un cri de femme.

Morwenna s'agrippa à sa main.

— Robert, nous devons les aider.

Même s'il comprenait, il n'avait pas l'intention de faire quoi que ce soit qui puisse la mettre en danger.

— C'est trop risqué.

— Mais s'il s'agissait de Lady Gwendoline ? Cela ressemblait à sa voix. Elle doit être en train de s'enfuir avec Piers.

Robert était quasiment certain qu'elle avait raison, mais le besoin de la protéger était plus fort.

— Nous devons d'abord nous assurer qu'il s'agit bien d'eux. Nous allons nous approcher. Es-tu armée ?

— Pas vraiment. J'ai un couteau, mais pas d'épée.

Ce n'était pas une très bonne nouvelle.

— Si j'essaie de récupérer l'épée d'un des soldats, est-ce que tu pourras surveiller mes arrières ? la questionna-t-il.

— Oui, répondit sans hésiter Morwenna.

— Nous ne ferons rien avant d'être sûrs qu'il s'agit bien d'eux, insista Robert. Et ensuite, il faudra que nous sachions combien de soldats les poursuivent, prévint-il. Suis-moi et nous allons essayer de les rattraper.

Alors qu'ils chevauchaient en direction des soldats, Robert s'interrogea sur le bien-fondé de leur intervention. Ce qu'ils s'apprêtaient à faire était-il bien sage ? Ni lui ni Morwenna n'étaient complètement guéris. Pourtant, Morwenna ne semblait pas douter. Elle voulait coûte que coûte se battre pour Piers ou Gwendoline.

Ils continuèrent vers l'orée de la forêt. Dans la clairière, ils virent deux cavaliers poursuivis par les soldats. La lune brillait et se reflétait dans le ruban argenté d'une rivière. Robert fit un signe de tête vers la droite.

— Si nous coupons par ces collines, nous pourrons les rattraper et arriver à hauteur des soldats.

Morwenna acquiesça, et ils restèrent à l'abri des arbres, mais obliquèrent à droite pour gravir la colline. Un étroit sentier grimpait, et Robert fit en sorte que les chevaux s'y engagent jusqu'à ce qu'ils parviennent au sommet. Depuis ce promontoire naturel, il put voir que les soldats gagnaient du terrain. Grâce à la lumière de leurs torches, il reconnut son frère et Lady Gwendoline.

— Es-tu prête à te battre ? demanda-t-il à Morwenna.

— Oui.

Il lança son cheval dans la descente, pendant qu'il élaborait un plan. Piers et lui pourraient affronter les soldats pendant que Morwenna protégeait Gwendoline. Si les soldats prenaient le dessus sur eux, il faisait confiance à Morwenna pour qu'elle surveille ses arrières. Même si dans l'absolu il préférait qu'elle ne se batte pas, si elle pouvait brandir un bouclier et une arme, cela suffirait peut-être.

Il avait compté neuf soldats. Il était risqué de les affronter, mais Morwenna avait raison. Ils ne pouvaient pas abandonner Piers et Gwendoline, pas après que son frère lui eut sauvé la vie. Si Gwendoline et Piers avaient fui ensemble, cela devait signifier que le comte s'était opposé à leur union. Mais Gwendoline connaissait-elle la vérité au sujet de Piers ? Robert n'en était pas si sûr.

— Je vais attaquer un soldat par-derrière pour lui prendre son arme, dit-il à Morwenna. Reste un peu en retrait avec les chevaux, et je te passerai l'épée.

Il mit pied à terre, mais avant qu'il ne puisse se lancer à

l'assaut du soldat, Morwenna le retint par le bras. Elle prit son visage entre ses mains et l'embrassa.

— Fais attention à toi et reviens-moi vite.

Il ne s'attendait pas à ce baiser mais il ne fit qu'affermir sa détermination.

— C'est promis.

L'opération serait dangereuse, certes, mais il avait l'intention de sauver son frère sans que ni l'un ni l'autre ne soit blessé.

Les soldats avaient encerclé Piers et Gwendoline. La jeune lady mit pied à terre et prit son arc et un carquois rempli de flèches, ainsi qu'un petit baluchon. Puis elle se plaça devant Piers, comme si elle voulait lui servir de bouclier, mais il la plaqua vite derrière lui.

Robert avançait toujours et il vit un soldat légèrement à l'écart des autres. Il se glissa sans bruit derrière lui, couvrit sa bouche et lui trancha la gorge. Puis il le laissa s'effondrer à terre. En silence, Robert le désarma et fit discrètement marche arrière jusqu'à la lisière de la forêt où il déposa l'arme pour Morwenna.

Ce fut alors que les autres hommes se rendirent compte de l'attaque et donnèrent l'alarme. Piers profita de cette distraction pour lancer à Gwendoline :

— Cours, vite !

Elle s'enfuit en direction des arbres.

Robert dégaina son épée et attaqua depuis le côté opposé. D'un coup d'épée net et précis, il eut raison d'un second soldat.

Piers avait son arme à la main et ils se battirent dos à dos.

— Tu es arrivé juste au bon moment, cher frère, murmura-t-il.

— Je te devais bien cela.

Les hommes de Penrith étaient bien entraînés, et Robert dut parer un violent coup dont les ondes de choc se propagèrent douloureusement dans son bras. Même si Piers parvint à se débarrasser de son propre assaillant, ils étaient toujours en infériorité numérique. Deux soldats supplémentaires vinrent en renfort, mais Robert et Piers accordaient de mieux en mieux leurs attaques et ils purent se défendre sans être blessés.

Alors que le combat durait, Robert vit deux hommes se mettre à courir vers les bois. Ils voulaient certainement s'emparer des femmes.

— Piers, dit-il pour l'avertir, pendant que la pointe de son épée était en train de transpercer la gorge de son adversaire.

— Je les vois.

Ce n'était pourtant pas le moment de se lancer à la poursuite de ces deux hommes, étant donné que trois soldats les encerclaient encore.

— Nous devons faire vite, ajouta Piers.

Robert fit tournoyer son épée et l'abattit, avant d'esquiver un coup, et de lever son bouclier. Il se précipita sur le premier homme et para l'attaque du deuxième. Les deux soldats s'entendirent pour l'attaquer de concert et, sous la pression qu'ils exerçaient sur lui, Robert se retrouva à devoir leur résister au péril de sa vie.

Pendant ce temps-là, les deux autres hommes avaient presque atteint la lisière du bois. Même si Morwenna était armée, Robert ne savait pas si elle serait capable de défendre Gwendoline contre deux attaquants.

Mais alors, du coin de l'œil, il vit l'un des soldats tomber à terre, une flèche en plein cœur. Gwendoline devait avoir tiré sur lui.

La flèche suivante, néanmoins, manqua le deuxième homme.

Piers triompha de son assaillant et fit tournoyer son bouclier, ce qui lui permit de frapper un autre soldat en plein front. Celui-ci chancela et Robert en profita pour lui asséner un coup d'épée fatal.

— Va rejoindre les femmes, ordonna-t-il. Prends ton cheval.

Piers bondit en selle et fila au galop vers les bois, l'épée à la main. Robert se débarrassa quant à lui de son dernier adversaire. Il prit un autre cheval et partit au galop, fou d'inquiétude. S'ils n'arrivaient pas à temps…

Piers atteignit la forêt le premier, et Robert vit le dernier soldat lever son épée juste avant que Morwenna ne le frappe en plein cœur. Son assaillant s'effondra à terre juste devant eux, et elle recula, la main couverte de son sang.

À côté d'elle, Gwendoline tenait un arc, dans lequel elle avait placé une flèche. Robert courut vers les femmes, et quand il les rejoignit, il serra très fort Morwenna dans ses bras.

— Tu n'es pas blessée ?

Elle secoua la tête, tout en se blottissant contre lui.

— Sont-ils tous morts ? demanda-t-elle.

— Oui, mais nous ne pouvons pas rester ici. D'autres pourraient arriver.

Gwendoline avait elle aussi trouvé refuge dans les bras de Piers, et Robert se tourna vers son demi-frère.

— Que s'est-il passé ? Pourquoi vous êtes-vous enfuis ?

— Mon père essaie de nous empêcher de nous marier, expliqua Lady Gwendoline. Il a envoyé des soldats pour me ramener de force et tuer Piers.

Puis elle se tourna vers Morwenna.

— Je suis vraiment désolée de ne pas avoir pu vous libérer quand vous étiez prisonnière de mon père. Il m'a enfermée dans ma chambre, et je ne savais pas qu'il vous avait fait fouetter.

Elle paraissait mortifiée.

— Je m'en veux terriblement, ajouta-t-elle.

— Vous n'auriez rien pu faire pour l'en empêcher, répondit Morwenna.

Elle regarda Robert et déclara :

— Nous ne pouvons pas rester ici à découvert. Il faut que nous nous cachions quelque part.

— L'aube ne va pas tarder à poindre, renchérit-il, mais nous ne sommes pas loin de Stansbury.

Il s'agissait de la forteresse en ruines qui leur avait servi de refuge. Même si l'endroit était loin d'être confortable, ils pourraient au moins s'y reposer quelques heures avant de reprendre la route.

— Je suis d'accord, dit Piers.

Il observa Gwendoline et la complimenta :

— Beau tir. Tu as bien fait d'avoir pris ton arc avec toi.

— Merci, répondit-elle. Je... je n'avais simplement jamais pensé que je tuerais un homme un jour.

— Tu as fait ce qu'il fallait, répliqua Piers, en passant un bras réconfortant autour de sa taille.

Et s'adressant à Morwenna, il ajouta :

— Et je suis heureux que tu saches te battre à l'épée, Morwenna. Même si tu n'as jamais aimé cela.

Il lui adressa un sourire malicieux. Apparemment il savait, tout comme Robert depuis peu, ce qui avait poussé Morwenna à s'entraîner au maniement des armes.

Ils grimpèrent en selle et Robert les guida en direction du sud-ouest, vers Stansbury, où ils avaient vécu cachés au cours des deux années écoulées. À la vue de ces murs à demi écroulés et familiers, une foule de souvenirs doux-amers refirent surface.

Alors qu'ils pénétraient dans le château en ruines, Robert fut pris d'un sentiment de regret. Neuf hommes étaient morts parce que le comte avait à tout prix voulu empêcher sa fille d'épouser l'homme de son choix. Même si Piers finissait par réussir à faire de Gwendoline sa femme, Robert pressentait que la lutte n'était pas terminée.

Son demi-frère vint cheminer à ses côtés tandis que les femmes, restées légèrement en arrière, parlaient à voix basse.

— On dirait que nous sommes quittes à présent.

— En effet, nous sommes quittes, acquiesça Robert.

Après avoir regardé brièvement dans son dos, il demanda :

— Est-ce qu'elle sait ?

Son frère secoua la tête, le regard droit devant lui. Ce mensonge par omission risquait de causer des problèmes entre eux si Gwendoline découvrait que Piers était un enfant illégitime.

— C'est une erreur de ne pas le lui dire, le prévint-il, tout en sachant que Piers ne l'écouterait pas.

Cependant, il n'avait pas l'intention de s'en mêler. Quels que soient les choix de son frère, ce dernier devrait vivre en en assumant les conséquences.

Piers se contenta de hausser les épaules.

— Je vais trouver un prêtre et épouser Gwendoline. Le plus tôt sera le mieux.

Robert n'était pas persuadé qu'épouser la fille du comte aiderait Piers à atteindre son but. Cela pourrait au contraire avoir l'effet inverse.

— Et toi et Morwenna ? s'enquit Piers. Est-ce que tu vas l'épouser toi aussi ?

Robert ne put s'empêcher d'y réfléchir. L'idée avait de quoi séduire. Se réveiller tous les jours aux côtés de Morwenna, vivre toute sa vie avec elle…

Mais il repensa aux habitants de Penrith et les revit en train de le supplier de les secourir. Il avait déjà accepté de ne pas épouser Gwendoline, mais cela signifiait qu'il ne pourrait prendre Penrith que par la conquête. Et la seule façon de réussir, c'était de s'en remettre au jugement du roi.

Il était tout à fait possible – et même probable – que le roi

Jean refuse de le soutenir dans sa tentative de reconquête de ses terres. Mais si par miracle le roi acceptait, il demanderait quelque chose en échange. Robert soupçonnait qu'il devrait épouser une héritière choisie par le roi lui-même, surtout si cela permettait à Jean de se procurer l'or dont il avait besoin pour mener ses guerres en France.

— Nous serons les témoins de votre mariage, promit-il à son frère. En ce qui me concerne, il est trop tôt pour que je me marie.

— Tu n'as toujours pas renoncé à Penrith, n'est-ce pas ? l'interrogea Piers à voix basse.

Robert secoua la tête. Son frère le dévisagea en silence, et il fut clair qu'ils auraient, un jour prochain, à s'affronter pour ces terres où ils avaient tous les deux grandi.

Ils avaient chevauché pendant presque deux heures. Quand ils arrivèrent à Stansbury, l'aube était levée et Morwenna était épuisée. Gwendoline était pensive, car Piers était déjà parti à la recherche d'un prêtre. Elle se mit à tresser ses cheveux et à les arranger comme elle le pouvait.

— Voulez-vous que je vous aide ? demanda Morwenna.

— Je veux bien, merci, répondit Gwendoline en esquissant un sourire. Ce n'est pas tout à fait ainsi que j'avais imaginé mon mariage.

— Qu'aviez-vous imaginé ? s'enquit Morwenna, tout en fixant les cheveux de Gwendoline à l'aide d'un peigne.

— Quand j'étais petite, je pensais que ma mère m'aiderait à choisir ma robe, qu'elle me prêterait ses bijoux et qu'elle piquerait elle-même des fleurs dans mes cheveux.

Un voile de tristesse passa sur le visage de la jeune lady.

— Elle est morte il y a quelques années. Elle me manque terriblement.

Ses yeux s'emplirent de larmes et elle se tourna vers Morwenna.

— Suis-je en train de faire le bon choix ? Dois-je épouser Piers ?

Morwenna prit le temps de l'observer avant de répondre.

— Cela ne fait pas longtemps que vous le connaissez. Il est normal que vous doutiez. Vous pouvez très bien le prier de reporter vos noces à plus tard.

— Je ne connais même pas sa famille, déclara Gwendoline. Il m'a dit que son père était mort il y a deux ans.

Morwenna acquiesça. Elle ignorait ce que Gwendoline savait exactement, mais elle était partagée entre l'envie de mettre en garde la lady et la crainte de trahir Piers. Contrairement à ce que pensait Robert, elle croyait vraiment que Piers tenait à Gwendoline. Elle l'avait surpris en train de la regarder avec une espèce de déférence, comme s'il ne pouvait croire qu'une femme aussi belle puisse être sienne.

Même si Gwendoline méritait de connaître la vérité, Morwenna ne voulait pas être à l'origine d'une brouille entre eux. La jeune femme faisait beaucoup de bien à Piers. Elle avait déjà apaisé sa colère et l'amenait à donner le meilleur de lui-même.

Mais était-il juste de contracter un mariage basé sur un mensonge ? Même si la question semblait légitime, Morwenna n'était pas certaine d'avoir le droit d'intervenir. Pour elle, devoir composer entre vérité et mensonge était très inconfortable, et la seule solution qui s'offrait à elle, c'était de révéler à Gwendoline les vérités qu'elle avait envie d'entendre et de passer tout le reste sous silence.

— Vous seule pouvez décider si vous devez épouser Piers ou non, finit-elle par répondre. N'écoutez pas ce que les autres disent, ni même ce que lui vous dit. Écoutez votre cœur et demandez-vous ce que vous ressentez en présence de Piers.

Entendant cela, Gwendoline sourit.

— Dans ce cas, je sais ce que je dois faire. Ce ne sera

pas facile, et nous nous sommes faits un ennemi en la personne de mon père. Mais je veux vraiment épouser Piers. Il a besoin de moi.

Elle se tourna pour faire face à Morwenna.

— Mais vous, allez-vous épouser Robert ?

La question prit Morwenna de court, même si elle connaissait déjà la réponse.

— Robert tient à moi, mais il ne peut pas épouser une fille de meunier, Lady Gwendoline. C'est lui l'héritier légitime de Penrith.

— C'est donc pour cela qu'il voulait me faire la cour, dit Gwendoline à voix basse. Comme tous les autres, il ne voulait que Penrith.

Avec un doux sourire, elle ajouta :

— Mais j'avais bien vu qu'il n'avait d'yeux que pour vous.

Morwenna laissa échapper un soupir en se remémorant le regard de Robert quand il l'avait touchée. Encore maintenant, une bouffée de chaleur l'envahit au souvenir de la bouche du jeune homme sur sa peau.

— Peu importe, insista-t-elle. Malgré ce que nous pouvons ressentir l'un pour l'autre, je sais où se trouve ma place. Je n'ai que ce moment avec lui. Une fois que nous aurons trouvé le roi...

Elle secoua la tête. Une fois qu'ils auraient trouvé le roi, tout serait terminé.

— Vous le pensez vraiment ? demanda Gwendoline avec douceur, tout en tendant la main vers le collier en or qui pendait au cou de Morwenna. Alors que vous portez un bijou qui a appartenu à la reine ?

— Comment savez-vous pour le collier ?

— J'ai entendu mon père en parler.

Gwendoline l'examina un moment, avant de poursuivre :

— Vous n'avez pas envie d'en apprendre davantage ?

— Je ne sais pas s'il existe des réponses, déclara-t-elle

en toute franchise. Votre père affirme qu'il a été volé. Je continue de penser qu'il s'agit d'un cadeau, même si j'ignore quelles en sont les raisons. J'espère le découvrir quand Robert s'adressera au roi.

Gwendoline se rembrunit en entendant cela.

— Il a donc l'intention de faire valoir ses droits sur Penrith et d'en chasser mon père ?

Son visage se crispa, et Morwenna regretta de lui avoir fait part de leur projet de s'en remettre au jugement du roi. Elle prit une voix plus douce et rappela :

— Ce sont les terres de Robert, depuis toujours. Votre père peut retourner dans son fief d'origine.

Une légère inquiétude passa alors sur le visage de la jeune lady, mais elle la dissimula.

— J'imagine que je vais devoir aller vivre avec Piers sur les terres appartenant à sa famille, n'est-ce pas ?

La culpabilité s'empara de Morwenna. Où Piers et Gwendoline allaient-ils pouvoir trouver refuge en attendant que Robert ait repris possession de Penrith ?

— Vous devriez parler avec Piers de ses projets.

Néanmoins, elle comprenait Piers. Elle savait ce que cela signifiait d'être né sans rien et de rêver d'une vie meilleure. Quel droit avait-elle de gâcher son bonheur ?

— Il n'a pas évoqué ses projets avec moi, répondit Gwendoline. Mais j'avais l'idée que nous finirions par rentrer à Penrith.

Elle réajusta ses manches, l'air pensif.

— J'ignore ce que me réserve l'avenir avec Piers, et c'est terriblement angoissant.

Morwenna ne savait que répondre à cela. Elle était consciente que c'était mal de ne pas dire la vérité à Gwendoline, surtout après que la jeune femme se fut montrée si bonne et généreuse vis-à-vis d'elle.

— Vous avez le choix, vraiment. Si vous préférez attendre

avant d'épouser Piers, vous le pouvez. Vous n'êtes pas obligée de vous marier aujourd'hui.

La jeune femme marqua un temps d'hésitation.

— Vous avez certainement raison. Mais après tout ce qui s'est passé, après toutes les épreuves que nous avons traversées, je ne crois pas que je pourrais ressentir pour un autre homme ce que je ressens pour Piers.

Elle prit une grande inspiration.

— Je vais l'épouser. Je pense qu'il m'aime, même s'il ne me l'a jamais dit.

Morwenna prit la main de la jeune femme, en espérant très fort qu'elle ne se trompe pas.

Il faisait déjà sombre dehors quand Piers revint avec le prêtre. Le vieil homme ne ressemblait à aucun ecclésiastique que Morwenna ait déjà vu. Il paraissait ivre. Il tenait à la main une outre qui ne devait pas contenir beaucoup d'eau, et, après être descendu de sa vieille jument, il fit quelques pas en titubant. Morwenna n'avait aucune idée de l'endroit où Piers avait pu dénicher cet homme d'église – certainement pas à l'abbaye – mais, dans l'urgence, il s'était sûrement rabattu sur le premier à accepter sa requête.

Gwendoline était magnifique, malgré sa robe froissée. Son visage irradiait de bonheur, et Piers paraissait subjugué.

Robert vint se placer aux côtés de Morwenna pendant que le prêtre buvait une rasade.

— Penses-tu qu'il arrivera à célébrer ce mariage avant de tomber ivre mort ? demanda-t-il.

— J'en doute, répondit-elle, amusée. Mais j'espère vraiment que Piers et Gwendoline seront heureux ensemble.

C'était la vérité, même si elle savait que Gwendoline serait en colère quand elle apprendrait que Piers n'était qu'un enfant illégitime.

Tu aurais dû le lui dire, lui souffla une voix intérieure.

Mais en même temps, elle voulait que son amie épouse l'homme qu'elle aimait. Dans son cœur, elle voulait croire qu'ils trouveraient un moyen de triompher des épreuves qui les attendaient encore.

Le prêtre commença la cérémonie, et même si les mots en latin lui étaient familiers, Morwenna les entendit à peine, tant le spectacle qu'offraient Piers et Gwendoline la captivait. Robert prit sa main, et son geste la bouleversa. Elle aurait tant aimé être avec Robert devant l'homme d'église à la place de Piers et Gwendoline. Elle savait que cela était impossible, et pourtant... elle voulait Robert pour époux et pour amant. Pendant deux années, elle avait été son amie, elle avait appris à se battre en même temps que lui, tout en rêvant de lui toutes les nuits. Son cœur et son corps le désiraient si fort que c'était une souffrance.

Il avait envie d'elle. De cela, Morwenna ne doutait pas un seul instant. Mais l'épouserait-il un jour ? Certainement pas, à moins qu'elle ne se découvre un titre et des terres.

Une larme coula sur sa joue, et elle essaya de la masquer avec un sourire, tentant de la faire passer pour une larme de joie.

Le prêtre butait sur les mots, mais il parvint néanmoins à célébrer le rite du mariage et donna sa bénédiction aux jeunes mariés, avant de repartir sur sa vieille jument.

Morwenna servit des petits gâteaux plats qu'elle avait confectionnés avec le blé offert par les moines. Il n'y avait pas de miel, mais au moins ils avaient de quoi célébrer ces noces.

Robert avait pêché un poisson, qu'il fit griller. Pendant qu'il cuisait, il alla chercher une bouteille de vin que Piers avait dû voler à Penrith. Robert en servit une généreuse rasade qu'il tendit à son frère. Puis Morwenna alla chercher trois gobelets en bois dans leurs affaires, et il les remplit.

— Je vous souhaite à tous les deux une santé florissante et beaucoup d'enfants, déclara Robert en levant son gobelet.

Piers et Gwendoline l'imitèrent. La mariée rougit légèrement, et après qu'ils eurent bu, Robert apporta le poisson qu'il avait préparé. Ils mangèrent tous ensemble et, au bout d'un petit moment, Gwendoline lança :

— J'ai quelque chose pour vous, Morwenna.

Elle ignorait ce dont il s'agissait, mais la lady lui tendit un petit baluchon qu'elle avait transporté depuis Penrith. Morwenna l'ouvrit et découvrit sa robe verte.

— Elle appartenait à votre mère, n'est-ce pas ? Et vous aviez été contrainte de l'abandonner au château.

Morwenna acquiesça, la gorge serrée par l'émotion. Quand elle déplia la robe, les larmes lui vinrent aux yeux.

— Merci de me l'avoir ramenée.

— Je savais que vous y teniez, répondit Gwendoline.

Morwenna étreignit son amie. Elle était si heureuse d'avoir retrouvé sa robe. Avec un petit rire, elle ajouta :

— Quel dommage que vous ne me l'ayez pas rendue plus tôt. De cette façon, je n'aurais pas été obligée de porter un habit de moine pour votre mariage.

Les yeux de Gwendoline se mirent à pétiller.

— J'aurais dû, mais j'ai été distraite par Piers.

Son époux vint s'asseoir à côté d'elle, et, très vite, ils s'excusèrent.

— J'imagine que nous allons devoir terminer ce festin seuls, dit Robert.

Il remplit de nouveau son gobelet et mangea un autre des gâteaux plats que Morwenna avait confectionnés.

— Ils sont vraiment très bons. Où as-tu trouvé les ingrédients ?

— Je les ai préparés avec une petite partie du blé que les moines nous ont donné, expliqua-t-elle.

Ils mangèrent ensemble devant le feu. Le soleil s'était

couché et Morwenna se réchauffa devant les flammes crépitantes. Robert lui adressa un petit regard en coin.

— À ton avis, que sont-ils en train de faire en ce moment ?

Morwenna rougit, jusqu'à ce qu'elle comprenne que Robert plaisantait.

— À mon avis, répondit-elle en souriant, ils sont partis faire une petite promenade.

— Je ne sais pas, renchérit Robert. Peut-être sont-ils plutôt en train de jouer aux dés. Ou bien ils dorment. Sinon, je ne vois pas...

Morwenna se mit à rire, et profitant de l'atmosphère détendue, elle plaisanta à son tour :

— Et toi, est-ce que tu veux jouer aux dés, ou bien aller te promener ?

Robert leva un sourcil, comme si elle avait sous-entendu autre chose.

— J'ai peut-être une autre idée, lança-t-il en se levant, puis en lui tendant la main.

Elle ne savait pas bien ce qu'il voulait, mais elle le suivit. Robert prit une torche et conduisit Morwenna vers l'ancienne écurie de la forteresse. Une fois qu'il eut ouvert doucement la porte, il s'arrêta un moment, avant de dire :

— Très bien. Je voulais m'assurer que Piers et Gwendoline n'étaient pas à l'intérieur.

— Où sont-ils allés ? s'interrogea-t-elle tout haut.

— Quelque part suffisamment loin d'ici, répondit il en l'invitant à entrer.

Elle se demandait s'il avait l'intention de s'occuper des chevaux, d'autant plus qu'il pénétra dans l'une des stalles. Morwenna attendit, curieuse de voir ce qu'il allait faire. Il réapparut avec un objet en bois à la main. Elle reconnut le bouclier qu'il lui avait donné et qu'elle avait laissé dans les écuries le jour où ils étaient partis pour Penrith.

— J'avais presque oublié l'existence de ce bouclier, lâcha-t-elle.

— Tu aurais pourtant pu t'en servir tout à l'heure, répliqua-t-il d'une voix taquine. Il aurait pu se révéler utile pendant la bataille, si tu l'avais emmené avec toi.

Morwenna le prit et l'examina. Avec sincérité, elle déclara :

— Robert, je sais que tu voulais bien faire, mais c'était le pire des cadeaux à faire à une femme.

— Je pensais que tu voulais devenir une guerrière. À ce moment-là, en tout cas. Tu t'entraînais tout le temps.

— C'est parce que je voulais être auprès de toi, avoua-t-elle. Ce n'était pas du tout que j'avais envie de me battre.

— Sur le moment, je n'avais pas du tout compris.

Il l'aida à tenir le bouclier correctement, et la proximité de son corps mit tous les sens de Morwenna en émoi. Il était tout proche, même si le bouclier les séparait.

— J'étais complètement aveugle, ajouta-t-il.

La main de Morwenna tremblait et elle baissa l'écu en bois.

— Je n'étais pas ce que tu voulais.

— Tu l'es à présent, reconnut-il.

Il tendit la main pour placer une mèche de cheveux derrière son oreille.

— Tu ferais mieux de garder ce bouclier entre nous.

— Sinon quoi ? s'enquit-elle à voix basse en lâchant l'écu.

En guise de réponse, Robert se pencha pour l'embrasser. Cette fois, ce fut un baiser plus lent, où chacun prit le temps de savourer l'autre. Morwenna s'ouvrit à lui et accueillit avec bonheur sa langue dans sa bouche. Sa respiration devint haletante et elle l'embrassa avec tout l'amour que contenait son cœur.

— Morwenna, murmura-t-il, en glissant les mains dans ses cheveux. Je me sens écartelé.

Elle recula, se demandant ce qu'il voulait dire. Devant son regard interrogatif, Robert précisa :

— Ce que je souhaite le plus au monde, c'est m'allonger auprès de toi et couvrir ton corps de baisers. Et ensuite, je veux me retrouver en toi.

Elle posa la main sur sa joue, et il embrassa sa paume.

— Mais tu es blessée. Et ce ne serait pas juste d'exiger une chose pareille de toi.

Morwenna comprit que c'était à la fois une raison et une excuse pour ne pas la toucher. S'ils devenaient amants, cela compliquerait beaucoup de choses.

Et pourtant, elle n'était pas prête à le laisser partir. Pas encore. Il s'agissait peut-être là de sa dernière chance d'obtenir l'homme qu'elle voulait tant. Une fois qu'ils auraient rejoint le roi, tout serait différent.

— Peux-tu nous allumer un feu ? demanda-t-elle. Il fait froid.

Dans l'obscurité, elle le distinguait à peine. Et cette nuit-là, les ombres ne lui suffiraient pas.

Il bâtit un petit foyer avec des pierres et du bois. Puis, à l'aide d'un silex, il mit le feu à quelques brindilles de paille. Il nourrit les flammes jusqu'à ce qu'elles soient belles et fortes. Pendant qu'il était occupé, Morwenna retira son habit de moine et sa chemise. Et elle se plaça, nue, devant lui.

Le regard de Robert s'embrasa, et il l'observa d'un œil avide.

— Je n'ai jamais rien vu d'aussi beau de toute ma vie.

Elle se tourna légèrement pour montrer son dos.

— Ceci, c'est un peu moins beau, en revanche.

— Ce sont des marques de courage et de bravoure, déclara-t-il. Et les plaies ont déjà bien cicatrisé.

Elle le regarda et dit d'une voix calme :

— Je veux te voir, Robert.

Il se leva lentement et ôta son habit et son capuchon de moine, jusqu'à se retrouver nu. Son corps était bien plus puissant qu'elle ne l'avait imaginé et les contours de ses muscles saillants étaient extrêmement bien dessinés. Sous sa taille, son sexe se dressait, droit et fort. Morwenna se souvint de la façon dont elle lui avait donné du plaisir en le touchant. Et elle eut aussitôt envie de passer la paume sur son membre si viril.

Elle s'approcha de lui mais, tout à coup, un accès de timidité la paralysa.

— Morwenna, tu n'es pas obligée de faire cela.

Il prit ses deux mains, et elle ressentit la chaleur des siennes avec d'autant plus de force que ses propres doigts étaient glacés.

— Nous ignorons ce qui se passera quand nous aurons retrouvé ta vraie famille. Il est possible que tu sois forcée de contracter un mariage arrangé.

Elle comprenait ce qu'il voulait dire. Elle ne pouvait lui offrir sa virginité sans réfléchir aux conséquences d'un tel acte. Cependant, aucun autre homme n'existait pour elle.

— Tu es le seul homme que j'aie jamais voulu, murmura-t-elle. Il n'y en aura jamais d'autre pour moi.

— Je ne sais pas ce que le futur nous réserve, insista-t-il.

Il s'agissait là d'une autre façon de répéter que jamais il ne pourrait l'épouser.

— Mais moi je sais que je te veux, déclara-t-elle doucement. Nous n'avons plus beaucoup de temps. C'est le bon moment, après il sera trop tard.

— Si je te touche, je ne m'arrêterai pas. Je ne me fais pas confiance en ce moment. Il se pourrait que je te fasse mal, et cela je ne pourrais le supporter.

C'était pour lui une question d'honneur, comprit Morwenna. Dans ses yeux, elle vit le reflet du désir qu'elle-même ressentait. Il essayait de préserver sa virginité aussi longtemps que possible afin de la protéger.

Elle lâcha ses mains et le regarda. Son corps était magnifique et elle mourait d'envie de sentir sa peau sous ses doigts.

— Que ferais-tu si tu pouvais me toucher ? demanda-t-elle.

Il expira de façon saccadée.

— Je m'agenouillerais devant toi et je prendrais tes seins dans mes paumes.

En le fixant droit dans les yeux, Morwenna prit ses seins entre ses mains, et elle se mit à caresser ses mamelons avec ses pouces.

— Comme ceci ?

Aussitôt, une grande chaleur envahit son entrecuisse. Un soupir lui échappa et l'intensité de ce qu'elle ressentait lui fit fermer les yeux.

— Oui, murmura-t-il. Maintenant place une main entre tes jambes.

Elle obéit et sentit une légère moiteur sous ses doigts. Une douce fièvre se propageait en elle. Même si elle ne savait pas exactement ce qui allait se passer, elle était certaine qu'elle ne voulait pas faire cela toute seule.

— Touche-toi, toi aussi, ordonna-t-elle. Imagine que c'est ma main et que je te caresse comme la nuit dernière.

Il obéit, et Morwenna eut l'impression que la raideur de son membre faisait écho à sa propre tension. Elle se remémora le contact de sa chair ferme et dense contre elle et, tout en se touchant, elle imagina que c'était lui qui la caressait.

— Glisse un doigt en toi, ordonna Robert.

Elle fut surprise par sa demande, mais elle s'exécuta. Son intimité de plus en plus humide accueillit avec délectation cette légère intrusion.

— Maintenant entre et sors, commanda-t-il.

Le plaisir commençait à croître, mais elle voulait que Robert ressente la même chose qu'elle au même moment. Elle retint un gémissement, et l'imaginer en train de se caresser en même temps qu'elle suffit à la faire basculer.

— Je veux que tu fasses pareil, dit-elle. Caresse-toi. Laisse-moi regarder.

Il obéit et elle fut fascinée quand sa large main s'enroula autour de son sexe si long et si dur. Elle se mit à bouger son doigt au même rythme que lui bougeait sa main, en imaginant qu'il était en elle. Elle était de plus en plus mouillée, et elle se cambra. Elle fut surprise quand ses doigts entrèrent en contact avec un point particulièrement sensible.

— Je t'embrasserais si je le pouvais, murmura-t-elle. Et j'enroulerais ma jambe autour de ta taille pour te prendre en moi.

Il respirait de plus en plus fort, et il la regardait pendant qu'il caressait son sexe.

— Glisse un autre doigt, ordonna-t-il. Continue d'aller et venir en toi. Je veux savoir ce qui te cause du plaisir.

Sa demande était si érotique que Morwenna continua de se toucher. Elle frotta doucement la zone sensible située juste à son entrée.

— Est-ce que c'est bon ? demanda-t-il d'une voix rauque.

— Oui, souffla-t-elle. Quand je me touche là, j'ai l'impression de perdre le contrôle.

Elle fit le tour de cet endroit si sensible avec un doigt et tout s'accéléra en elle. Elle se sentait partir de plus en plus loin, alors même que son corps était si proche...

Et alors, sans prévenir, Robert prit son mamelon dans sa bouche et remplaça sa main par la sienne. Au moment où ses doigts la touchèrent, elle fut secouée de spasmes. La main de Robert était douce, mais déterminée, et il enfila ses doigts profondément en elle. Elle frémit de plus belle sous l'effet du plaisir causé par ses va-et-vient. Elle empoigna son sexe et le caressa. Il gémit.

Comme promis, elle passa la jambe autour de son bassin, et il la surprit en la soulevant dans ses bras. Elle noua ses deux jambes autour de lui et elle sentit son sexe dressé à l'entrée de son intimité.

— Es-tu bien sûre ? demanda-t-il.

— Ne t'arrête pas.

Son corps bouillonnait de vie et brûlait d'un feu ardent lorsqu'elle l'accueillit en elle. La position n'était pas très stable, mais elle gémit lorsqu'il la relâcha juste assez pour qu'elle puisse glisser sur lui. Elle sentit la chair de Robert envahir sa chair et buter contre ce qui faisait encore d'elle une vierge.

Elle plaqua sa poitrine nue contre le torse de son amant et il l'enveloppa de ses bras puissants. Elle sentait sa présence mâle en elle et en s'agrippant à son cou, elle l'encouragea à poursuivre. Il y eut d'abord un léger pincement, puis une sensation de brûlure. Robert, lui, ne bougeait plus.

À la place, il ceignit sa taille, en faisant bien attention à son dos. Morwenna avait peur d'être trop lourde, mais il la souleva légèrement et entra de nouveau en elle. Une nouvelle bouffée de chaleur la parcourut. Il se montrait doux, et tenait ses hanches pendant qu'il la pénétrait. Elle oublia tout le reste lorsqu'il l'embrassa. Sa langue bougeait sur la sienne pendant qu'il lui faisait l'amour.

— C'est si bon de t'aimer, grogna-t-il. Je ne sais pas si je vais pouvoir tenir longtemps.

Il alla s'appuyer contre la paroi de la stalle et continua d'aller et venir en elle. Morwenna s'abandonna totalement à lui, alors que les sensations étaient de plus en plus fortes.

Il se pencha pour embrasser sa poitrine, et elle laissa échapper un petit cri.

— Je suis désolé, gémit-il tout contre sa peau. Je ne peux pas m'arrêter.

Il agrippa ses hanches et accéléra le rythme, en la soulevant pour la pénétrer davantage. Elle ressentait toujours une légère brûlure, une vague douleur, mais elle s'en moquait.

Elle referma ses jambes autour de lui et se cambra. Sous les coups de reins devenus frénétiques de Robert, elle se laissa emporter par le plaisir. Elle cria et frémit, frémit et cria. Bientôt il se mit à gémir à son tour et se répandit en elle.

Morwenna était accrochée à lui, incapable de parler ni même de former une pensée cohérente. Sans se retirer d'elle, Robert se laissa glisser le long du mur pour venir s'allonger à terre, avec Morwenna sur lui.

Elle ne voulait plus jamais bouger.

9

Après que les chemins de Gwendoline et Piers et les leurs se furent séparés, ils continuèrent en direction du sud durant presque une semaine. Même si Robert savait qu'être devenus amants représentait un gros risque, il ne pouvait repousser Morwenna. Toutes les nuits qu'il passait dans ses bras ne faisaient que consolider le lien qui les unissait. Néanmoins, malgré la façon qu'elle avait de dormir blottie contre lui, il sentait qu'elle était en train de prendre ses distances, comme pour se préparer à une inéluctable séparation.

La fortune leur sourit, car dans le lointain Robert distingua enfin ce jour-là le roi Jean et sa suite. C'était la fin de l'après-midi, et ils pouvaient tout à fait demander à se joindre pour la nuit à ceux qui suivaient le souverain dans ses déplacements. Avec un peu de chance, Robert pourrait même obtenir l'audience royale dont il espérait tant.

Morwenna, quant à elle, avait l'intention d'en apprendre davantage à propos du collier de la reine. Au fur et à mesure qu'ils s'étaient approchés du campement du roi, elle était devenue de plus en plus silencieuse, et presque triste.

— Es-tu inquiète ? s'enquit-il.

Elle hocha la tête. Ce matin-là, elle avait mis la robe de

sa mère et avait tressé et relevé ses cheveux. À son cou, elle portait le fameux collier.

Robert fit ralentir les chevaux.

— Il y a autre chose, n'est-ce pas ?

Cette fois, elle se tourna vers lui.

— J'ai peur de ne pas trouver de réponse du tout. Ou pire, qu'il ne s'agisse pas des réponses que je veux entendre. Et si ma mère était une servante ? Et si elle n'avait aucun lien avec la reine et que le collier avait tout simplement été volé ?

Robert tendit le bras pour prendre sa main, qu'il pressa doucement.

— Nous découvrirons la vérité, quelle qu'elle soit.

Elle ferma les yeux, et prit une grande inspiration.

— Plus que tout, j'ai peur de ne plus te revoir.

— Que veux-tu dire ?

Il n'avait pas l'intention de l'abandonner là.

— Je veux dire que nous ne savons pas ce qui se passera après notre rencontre avec le roi.

— Cela pourrait s'avérer dangereux, reconnut-il, mais nous n'avons rien fait de mal.

— Nous n'avons pas de présent pour lui, fit remarquer Morwenna. Et il ne sera peut-être pas d'accord pour nous écouter. Sa préoccupation première, ce sont ses guerres en France.

Elle esquissa un petit sourire.

— À moins que tu ne possèdes un fief en Normandie, à céder en hommage au roi ?

Robert secoua la tête.

— Malheureusement non.

Elle avait raison : le roi se montrerait plus conciliant s'ils avaient un cadeau à lui offrir. La requête de Robert pourrait très bien ne pas aboutir. Néanmoins, il fallait qu'il tente le tout pour le tout, car il ne pouvait décevoir les habitants de Penrith.

— Robert, murmura-t-elle. Pouvons-nous nous arrêter un moment ?

Il tira sur les rênes de son cheval.

— Bien sûr. Que se passe-t-il ?

Elle descendit de cheval et grimpa sur la colline d'où elle observa les tentes. Il sentait ses craintes et il se demanda comment la rassurer.

Il ceignit sa taille et, aussitôt, elle s'accrocha à lui en blottissant son visage contre son torse.

— Sois à moi une dernière fois, implora-t-elle, parce que tout changera dès que nous les aurons rejoints.

Robert comprit alors que ses peurs étaient plus profondes que ne pouvaient l'être de simples appréhensions concernant le roi. Ce que Morwenna craignait, c'étaient les changements qui allaient survenir entre eux.

Elle leva la tête et attira sa bouche vers la sienne. Au moment où elle l'embrassa, il eut l'impression de ne plus s'appartenir tout à fait. Il y avait entre cette femme et lui quelque chose qui allait au-delà du simple contact physique. Quand il était avec elle, le reste du monde disparaissait. Elle l'embrassa avec un désespoir qui embrasa son désir.

À travers le tissu de sa robe, il prit ses seins dans ses paumes et effleura ses mamelons. Elle se mordit la lèvre et soupira. Il la savait particulièrement réceptive à ce type de caresses. Dès qu'il eut baissé ses braies, elle enroula une main autour de son sexe et il frémit de plaisir. Avec son pouce, elle dessina un cercle autour de son extrémité et il se mit à haleter.

— Tu portes beaucoup trop de vêtements, dit-il.

Elle rit et souleva ses jupes au-dessus de ses genoux.

— Je pense que tu vas trouver un moyen de contourner le problème.

L'empressement dont elle semblait faire preuve ne fit qu'accroître le désir de Robert. Néanmoins, il voulait la caresser jusqu'à ce qu'elle enfonce ses mains dans la terre et qu'elle se cambre.

Il y avait un gros rocher à proximité, une pierre plate, semblable à un ancien autel.

— Allonge-toi, ordonna-t-il.

Elle obéit, en relevant davantage ses jupes, mais il n'avait pas envie que les choses soient trop expéditives. Il préféra s'agenouiller devant elle, en remontant sa robe jusqu'à sa taille. Puis il se pencha entre ses jambes, et approcha son visage de ses cuisses.

Même s'il n'avait encore rien fait, il vit la façon dont elle anticipait ses caresses.

— Robert, murmura-t-elle.

Lentement, elle écarta les jambes, mais il n'allait pas la pénétrer. Pas encore, en tout cas.

Il saisit ses hanches des deux mains et souleva son bassin jusqu'à sa bouche. Quand il goûta à son sexe, elle poussa un cri, et se mit à frémir. Elle semblait incapable de parler, et il la voyait trembler de plus en plus. À l'aide de sa langue, il l'explora de façon intime et la couvrit de baisers. Lorsqu'il effleurait certaines zones, particulièrement sensibles, elle tressaillait.

— Robert, c'est trop, gémit-elle.

Mais il n'en avait pas encore terminé. Il posa les mains de Morwenna sur ses seins et demanda :

— Touche-toi. Je n'arrêterai pas tant que tu ne seras pas arrivée où je veux t'emmener.

Elle obéit, et Robert intensifia ses caresses, en agrippant plus fort ses hanches. Pendant que sa langue continuait de l'explorer, il glissa son pouce en elle et entreprit une série de va-et-vient. Soudain, elle saisit son poignet.

— Prends-moi, supplia-t-elle.

Il céda et la pénétra. Elle se mit à haleter lorsqu'il commença à aller et venir en elle. Il ne pouvait plus rester doux, car il avait perdu tout contrôle. Elle noua les jambes autour de sa taille et il donna un puissant coup de reins.

Morwenna gémissait au rythme de ses pénétrations, mais il en voulait davantage. Il voulait provoquer chez elle des spasmes de plaisir, et il savait comment procéder pour obtenir ce résultat. Il ralentit l'allure et se retira. Il attendit un instant, et lorsqu'il posa son pouce sur son point le plus sensible, elle laissa échapper un petit cri. Alors il la pénétra lentement mais profondément, sans cesser de la caresser. Elle se frotta à lui, et essaya d'attirer son corps à elle, mais il continua de la tourmenter, en restant délicieusement immobile en elle. La respiration de Morwenna s'était accélérée et il l'agrippa fermement, la faisant légèrement remonter sur la pierre.

— Plus vite, supplia-t-elle. Plus vite et plus fort.

Il la sentait de plus en plus excitée et il dut faire des efforts surhumains pour retenir ses propres cris alors qu'elle allait à la rencontre de ses coups de reins avec son bassin. Elle savait aussi comment s'y prendre pour le rendre fou. Les jambes toujours nouées autour de sa taille, elle se cambra pour l'accueillir en elle, et Robert accéléra l'allure.

Il n'y avait plus aucune retenue en lui. Au contraire, ses coups de bassin étaient de plus en plus sauvages. Son sexe était si dur et gonflé qu'il cognait contre Morwenna. Il obéissait à un instinct primal et se comportait en conquérant.

Avec brutalité, il prit possession d'elle, et la cadence de plus en plus effrénée de ses pénétrations la fit se tendre, puis trembler. Elle se cambra à nouveau contre lui, et s'accrocha à ses cheveux pendant qu'elle l'accueillait au plus profond d'elle. Et cette fois, lorsqu'il entra et se retira, elle gémit :

— Je t'aime.

Ces trois mots l'emportèrent. Plus rien ne comptait, à part Morwenna. Il fallait qu'il lui montre ce qu'il ressentait, car aucune parole n'était assez forte.

Elle l'embrassa et jouit une deuxième fois. Son baiser étouffa le cri que Robert poussa lorsqu'il se répandit en elle. Les spasmes de plaisir durèrent longtemps, et il ne put s'empêcher de l'embrasser encore et encore, savourant le contact de ses lèvres gonflées.

Il resta longtemps en elle. Morwenna était allongée sur la pierre, offerte. Ses tresses s'étaient défaites et ses joues étaient rougies par le plaisir. Elle était l'être le plus magnifique qu'il ait jamais vu.

— Tout va bien se passer, promit-il. Je vais prendre soin de toi, Morwenna.

Elle se redressa et l'étreignit pendant qu'il était toujours en elle. Et pendant un moment, ils oublièrent le reste du monde et ce qui les attendait.

Ils atteignirent le sommet de la colline et commencèrent leur descente vers la vallée, où s'étaient installés le roi et sa suite. Le campement, fait de plusieurs dizaines de tentes, était gardé par des soldats placés à intervalles réguliers. Alors qu'ils approchaient, quatre cavaliers armés de lances vinrent à leur rencontre.

— D'où venez-vous et que faites-vous là ? s'enquit le capitaine des gardes.

Il était plus vieux que les autres soldats et sa barbe grisonnait çà et là.

Robert tendit les mains pour montrer que ses intentions étaient pacifiques.

— Je suis Robert de Penrith, fils de Degal de Penrith. Je suis venu solliciter une audience auprès du roi au sujet de mes terres.

Mais le regard du capitaine était fixé sur Morwenna.

— Et la lady ?

— Elle m'accompagne, lança Robert.

Puis, pour préserver l'honneur de Morwenna, il ajouta :

— Lady Morwenna est ma fiancée.

Le capitaine observa Morwenna encore un moment, avant de lever la main pour demander à ses hommes de reculer.

— Vous pouvez solliciter cette audience, mais je dois vous avertir : il se peut très bien que le roi refuse de vous l'accorder.

— Je comprends, répondit Robert en inclinant la tête.

Puis ils suivirent le capitaine qui les conduisit jusqu'à une sorte de petit enclos. Deux jeunes garçons d'écurie vinrent s'occuper des chevaux et Robert aida Morwenna à mettre pied à terre. Elle souriait bravement, mais son visage était d'une pâleur qui trahissait son angoisse.

Il lui offrit son bras et ils emboîtèrent le pas au capitaine. Quand ils passèrent devant les tentes, Robert se rendit compte que les gens fixaient Morwenna. Certains se mirent même à murmurer entre eux, mais quand Robert les regardait, ils détournaient les yeux. Il ne comprenait pas bien pourquoi la présence de Morwenna causait un tel émoi, mais il avait bien l'intention de le découvrir.

Le capitaine les mena à l'une des tentes, mais il était clair qu'il ne s'agissait pas de celle du roi.

— Lady Morwenna, vous pouvez vous joindre à la suite de la reine. Penrith, venez avec moi.

Robert ne s'attendait pas à ce qu'ils soient séparés, mais c'était sans doute mieux ainsi.

— Nous nous reverrons très bientôt, promit-il en posant sa joue contre la sienne.

Elle agrippa sa main et sembla vouloir dire quelque chose, avant de se raviser.

— À très bientôt, alors, acquiesça-t-elle.

Robert suivit le capitaine entre deux rangées de tentes, jusqu'à un espace découvert, près d'un feu, où se trouvaient plusieurs membres de l'entourage du roi. Tous arboraient de bien plus beaux habits que les siens, ornés de soieries, de broderies et d'or. Il vit plusieurs hommes portant des pièces et des objets en or et argent, contenus dans des coffrets en bois précieux.

Robert eut honte de son apparence fruste, et se demanda si sa décision de se présenter devant le roi sans présent n'était pas une grossière erreur. Il n'avait rien du tout à offrir, mis à part sa loyauté. Et il n'était plus certain du tout que cela suffirait.

Alors qu'il observait tous les sujets du roi, il aperçut un homme qui se tenait à l'autre extrémité de la place. Lord Alfred de Penrith ! Aussitôt, Robert se détourna, en espérant ne pas avoir été repéré. En lui bouillonnait une rage féroce, car il voulait la mort du comte après ce qu'il avait fait subir à Morwenna. Robert essaya de maîtriser ces émotions violentes. Il n'avait pas imaginé un seul instant qu'Alfred se trouverait là. Le comte était une menace claire et directe contre tout ce qui comptait pour Robert : Penrith, mais aussi Morwenna. Et s'il pouvait en juger par la cassette qu'il tenait contre lui, Alfred devait avoir de l'or à offrir au roi. Si le comte réfutait les accusations de Robert, ce serait lui que le roi croirait.

Et pire encore, si Alfred découvrait la présence de Morwenna, il se pourrait qu'il réitère ses menaces à son encontre.

Jamais de sa vie Morwenna ne s'était sentie si peu à sa place. Les ladies étaient nombreuses à la dévisager. Même si elle avait murmuré un salut, peu lui avaient répondu. S'il avait été possible pour elle de s'enfuir, elle l'aurait fait.

Une femme finit par l'approcher.

— Je suis Sarah de Holyrede.

Il s'agissait d'une femme d'âge mûr, avec des mèches grises parmi ses cheveux noirs.

— Je m'appelle Morwenna.

Lady Holyrede hocha la tête.

— Et d'où venez-vous ?

— Mon père s'est installé à Penrith il y a deux ans, avec mon frère et moi-même. Nous avons beaucoup voyagé tout au long de notre vie, donc j'ai vécu dans de nombreux endroits.

La femme l'observa un moment. Puis son regard se fixa sur le cou de Morwenna.

— D'où tenez-vous ce collier ?

Le cœur de Morwenna se mit à cogner, car elle avait le sentiment que son interlocutrice connaissait déjà la réponse. Elle décida de ne rien dissimuler, dans l'espoir que Lady Holyrede lui révèle la vérité.

— Il appartenait à ma mère. Mon père me l'a donné après sa mort.

La lady prit un air grave.

— Vous a-t-il vraiment dit cela, Lady Morwenna ?

Elle secoua la tête.

— Votre mère n'est pas morte. Mais prenez garde. Elle a beaucoup d'ennemis à la cour du roi.

— Vous l'avez connue ? demanda Morwenna, abasourdie. Comment est-ce possible ? Je ne vous ai même pas dit son nom.

Lady Holyrede soupira.

— Vous êtes le portrait même de Rochelle. Le roi, s'il décide de vous accorder une audience, saura aussitôt qui vous êtes.

C'était donc pour cela que tous ces gens ne cessaient de la dévisager depuis son arrivée. Et alors même qu'elle avait tant voulu découvrir les secrets de son passé, Morwenna commençait à se sentir mal à l'aise. Pourquoi sa mère s'était-elle fait des ennemis ? Y avait-il un rapport, quel qu'il soit, avec la reine ?

— J'ai entendu dire que c'était la reine qui avait donné

ce collier à ma mère, hasarda-t-elle, dans l'espoir d'obtenir des réponses supplémentaires.

En entendant cela, Lady Holyrede ricana.

— Pas la reine actuelle, je suppose. Elle est à peine sortie de l'enfance.

En secouant la tête, elle ajouta :

— Ce pendentif a jadis appartenu à la reine Aliénor. Elle aurait peut-être aimé que son fils le roi Jean l'offre à son épouse, mais bien entendu, il l'a donné à sa maîtresse. Cela a fait grand bruit.

Une terreur soudaine s'empara de Morwenna quand elle comprit ce que la lady était en train de dire.

— Donc ma mère...

— Était la maîtresse du roi, oui. Vous n'avez pas été la première bâtarde royale et vous ne serez pas la dernière.

Morwenna eut tout à coup l'impression de suffoquer. Elle s'effondra sur une chaise basse, prise d'un accès de faiblesse.

— Je ne comprends pas.

Si elle était une enfant illégitime du roi Jean, pourquoi avait-elle été élevée comme une fille de meunier ? Le roi connaissait-il au moins son existence ? Elle aurait eu tendance à penser que non.

Eldreth l'avait-elle volée à sa famille comme le pensait la sage-femme ? Ou bien, est-ce que sa vraie mère l'avait abandonnée ?

Et qu'en était-il de Brian ? Était-il vraiment son frère ? Durant toutes ces années, ils s'étaient soutenus et protégés l'un l'autre. Étaient-ils frère et sœur, au moins ? Une foule de questions se bousculaient dans l'esprit de Morwenna, et tout à coup, son avenir lui apparut encore plus fou et incertain qu'auparavant.

Elle tenta de calmer ce déchaînement d'émotions et de se recentrer sur sa quête de vérité.

— Savez-vous où ma mère se trouve désormais ?

La femme marqua un court instant de silence.

— J'imagine qu'elle se trouve toujours à Banmouth, pas très loin d'ici, en direction du sud. Cela ne fait que quelques années que son mari est mort.

L'idée de rencontrer sa vraie mère terrifiait Morwenna autant qu'elle l'emplissait d'espoir. Enfin, elle allait obtenir les réponses qu'elle cherchait depuis si longtemps. Car si tout cela était vrai, cela signifiait qu'elle aurait peut-être une chance d'épouser Robert.

Elle ne put retenir un sourire.

— Pensez-vous que le roi accepterait de m'accorder une audience ?

— C'est difficile à dire. Le roi Jean est quelqu'un d'assez lunatique et personne ne peut jamais augurer de ce qu'il va décider.

La lady l'observa avec attention.

— Si j'étais vous, je me méfierais aussi des femmes qui séjournent dans le campement, et en particulier de la nouvelle reine.

Sur ce, Lady Holyrede inclina la tête et quitta la tente.

Morwenna ne se souciait plus de ce que les autres femmes pensaient d'elle. Plus rien de tout cela ne comptait. Pour la première fois de sa vie, elle commençait à croire qu'elle n'était pas une moins-que-rien. Elle redressa les épaules et sentit un grand calme la gagner. Il était étrange de constater qu'une simple conversation pût avoir un tel effet sur elle.

Elle se leva et quitta la tente à son tour. Elle voulait tout de suite raconter à Robert ce qu'elle avait appris. Elle ignorait où le trouver, mais elle pourrait demander aux gardes, se dit-elle.

Dehors, il faisait de plus en plus sombre. Elle longea les rangées de tentes et alors qu'elle passait devant plusieurs groupes d'hommes, Morwenna commença à se rendre compte qu'il était dangereux de partir seule à la recherche de Robert. Il aurait été plus sage de rester avec les femmes. Elle faillit faire demi-tour, mais alors elle aperçut un soldat qui marchait vers elle.

— Pouvez-vous m'indiquer où je peux trouver...

Elle s'interrompit quand elle vit qu'il continuait son chemin sans s'arrêter.

— Qui cherches-tu ? fit une voix d'homme.

Morwenna se retourna pour se retrouver face à Lord Alfred de Penrith. En un instant, la peur la figea tout entière et la chair de son dos redevint douloureuse. L'air suffisant du comte trahissait la satisfaction qu'il éprouvait à la voir si mal à l'aise. Que faisait-il ici ?

Le réflexe premier de Morwenna fut de vouloir partir en courant, mais si elle faisait cela, d'autres pourraient croire qu'elle avait une raison de s'enfuir. À la place, elle tenta de rassembler tout son courage.

— Je cherche Robert.

— Il a donc survécu.

Elle devinait les mots que le comte avait tus.

J'espérais le contraire.

Mais elle répondit :

— Oui, il a survécu. À présent, si vous voulez bien m'excuser.

Elle reprit son chemin en faisant fi de son ennemi. Quand il essaya de la retenir par le bras, elle dégaina son couteau et le brandit devant elle.

— Ne vous avisez pas de me toucher.

— Rentre tes griffes, mon petit chat, dit-il. Si tu acceptes de coopérer, il se peut que je t'absolve de tes crimes. Tu sais où se cache Gwendoline, n'est-ce pas ?

C'était donc cela. Le père de Gwendoline la pourchassait toujours après qu'elle se fut enfuie avec Piers.

Morwenna secoua la tête.

— J'ignore où elle se trouve en ce moment.

Et si elle l'avait su, elle n'en aurait rien dit.

— Mais elle a quitté Penrith de son plein gré, poursuivit-elle. Il me semble que vous l'aviez enfermée dans sa chambre.

Elle appuya bien sur chaque mot, en laissant entendre que la fuite de Gwendoline était un acte de rébellion contre son père. Morwenna voulait croire que son amie avait trouvé le bonheur auprès de Piers, maintenant qu'ils étaient mariés. Mais elle n'avait aucune idée de l'endroit où ils avaient pu aller.

Lord Penrith semblait irrité, et il la regardait comme s'il réfléchissait à la tactique qu'il allait employer.

— Sais-tu pourquoi je suis ici ?

— Je suppose que vous essayez de retrouver votre fille.

Il prit un air sournois.

— Non, j'ai apporté à Son Excellence les impôts, les dîmes et les rentes que je lui dois. Il en sera très heureux.

— Vous l'achetez.

— Je ne fais que m'assurer ses faveurs. Mais tu ferais bien de garder à l'esprit qu'il m'écoute. Après les moissons, il y a encore plus d'or. Le roi Jean le sait.

Morwenna ne baissa pas la lame et il la regarda dans les yeux.

— Je lui dirai peut-être que tu as volé le collier de la reine. À ton avis, que te fera-t-il ?

Elle ne réagit pas à la menace.

— Amenez-moi jusqu'à lui et nous verrons bien.

Sous ses airs calmes, elle était terrifiée. Le roi la reconnaîtrait-il, au moins ? Et si Lady Holyrede se trompait au sujet de sa mère ? Tant de choses pouvaient mal se passer, et avoir de graves conséquences. Le risque encouru était énorme.

Son cœur cognait très fort dans sa poitrine quand Penrith la regarda dans les yeux en esquissant un demi-sourire.

— Oh ! sois rassurée, je parlerai de ce... problème... au roi. Mais il ne te recevra pas. Pourquoi le roi voudrait-il parler avec quelqu'un comme toi ?

Il la scruta de bas en haut avec condescendance.

— Tu peux porter toutes les plus belles robes et tous les plus beaux bijoux du monde, Morwenna. Cela ne changera rien à ce que tu es vraiment. Le roi Jean n'a que faire d'une pauvre vilaine comme toi.

Sur ce, il lui tourna le dos et s'éloigna. Morwenna resta un moment immobile, avant que, quelques instants plus tard, une main ne se tende et couvre sa bouche. Dans l'obscurité, elle essaya de crier, mais le son de sa voix se perdit lorsque l'homme l'entraîna vers une tente.

— Ne dis rien.

Elle faillit s'évanouir de soulagement quand elle se rendit compte qu'il s'agissait de Robert. Il ôta sa main et la prit dans ses bras.

— Tu ne peux pas te déplacer dans le campement seule, Morwenna. C'est trop risqué.

— Je suis désolée. J'étais partie à ta recherche et... tout à coup Penrith est apparu.

Elle s'abandonna à l'étreinte sécurisante de Robert en fermant les yeux et en posant la tête contre son torse.

— As-tu entendu ce qu'il a dit ?

— Non, je l'ai seulement vu partir.

Sa voix devint tranchante.

— Je veux qu'il meure pour expier ce qu'il t'a fait.

Elle se blottit davantage contre lui.

— Cette fois, il m'a menacée, mais il ne m'a pas touchée.

— Si j'avais su qu'il serait ici, je ne t'aurais jamais emmenée.

Même si c'était parce qu'il était inquiet pour sa sécurité qu'il disait cela, Morwenna eut un petit pincement au cœur.

— À ton avis, demanda-t-elle, va-t-il aller trouver le roi ?

— En tout cas, tu ne resteras pas suffisamment longtemps ici pour le savoir.

Robert recula et lui prit le visage entre ses mains.

— Je vais tout arranger dès ce soir.

Elle se libéra de son étreinte et le regarda.

— Tu as dans l'idée de me faire partir d'ici ?

Il acquiesça.

— C'est mieux ainsi.

— Et où as-tu l'intention de m'envoyer ?

Morwenna se posta face à lui, courroucée. Pourquoi, tout à coup, essayait-il de prendre des décisions à sa place ? Et pourquoi serait-ce à lui de décider de son destin à elle ? Il n'était pas son époux. C'était sa vie à elle, pas celle de Robert.

— Les religieuses pourront t'accueillir parmi elles, déclara-t-il. Je peux faire prévenir mon oncle afin qu'il te fasse accompagner par quelqu'un jusqu'au couvent.

Ah non ! Il n'allait pas recommencer. Elle posa la main sur la bouche de Robert pour le faire taire.

— Écoute-moi, Robert. Je n'ai pas envie du tout d'aller me cacher dans un couvent.

Il fallait qu'elle lui explique ce qu'elle avait appris au sujet de sa mère. Et de son père...

— Je viens d'apprendre de la bouche de Lady Holyrede que ma mère est toujours vivante. Si je vais quelque part, ce sera chez Lady Rochelle de Banmouth, asséna-t-elle. Il faut que je sache ce qui s'est passé. Pourquoi elle nous a donnés à Eldreth... s'il s'agit bien de la vérité.

Une partie d'elle-même souhaitait croire que Brian et elle avaient été volés. Ou, peut-être, que quelqu'un avait tenté de les retrouver.

— Et il faut que je découvre quelle est vraiment ma famille.

Robert semblait dubitatif.

— Et si Lady Holyrede ne te disait pas la vérité au sujet

de ta mère ? Par ailleurs, que feras-tu si tu n'aimes pas les réponses que tu trouveras ?

Morwenna leva le menton.

— Tout le monde me dévisageait tout à l'heure, Robert. Parce que je ressemble à Lady Rochelle. J'ai besoin de comprendre d'où je viens.

Elle prit sa main dans la sienne.

— J'ai envie de croire qu'elle est ma vraie mère. Et que le roi est mon père.

Il suivit les contours de son visage du bout des doigts, mais ne dit rien. Morwenna tendit le bras pour couvrir sa main. Elle sentait une grande tristesse au fond de son cœur. Robert ne comprenait-il pas ce que cette quête signifiait pour elle ?

— Imagine que tout cela soit vrai, Robert. Imagine ce que cela pourrait signifier pour nous.

Son plus grand espoir était de découvrir qu'elle était digne d'épouser Robert. Son cœur lui appartenait, et quand il avait menti aux soldats en la présentant comme sa fiancée, elle avait prié de toutes ses forces pour que cela devienne réalité.

— Pour l'instant, il est impossible de connaître la vérité, admit Robert, mais que tu sois la fille du roi ou pas, tu n'es pas en sécurité ici. Pas avec Lord Penrith qui rôde.

Elle le savait. Cependant, si elle possédait ne serait-ce qu'une goutte de sang royal, cela lui donnerait l'avantage dont elle avait besoin.

— Je veux voir le roi Jean, insista-t-elle. Il n'était pas encore marié quand il a fait la connaissance de ma mère. Je veux voir s'il me reconnaît comme j'ai été reconnue par sa suite tout à l'heure.

— Je ne suis même pas sûr qu'il acceptera de recevoir l'un de nous deux, avoua Robert. Obtenir une audience est plus compliqué que je ne l'avais pensé. Il a refusé de voir quiconque aujourd'hui, même ses vassaux aux bras chargés de présents.

— Accorde-moi un jour supplémentaire, le pria Morwenna. Si je ne peux pas obtenir d'audience, alors j'irai directement trouver ma mère.

L'émotion l'envahit et elle ferma les yeux pour tenter de se ressaisir.

— Veux-tu vraiment remuer le passé ? demanda-t-il d'une voix douce. Et si cette femme n'était pas... qui tu veux qu'elle soit ?

Morwenna avait peur d'exprimer ce qu'elle ressentait vraiment, car elle ne voulait pas mettre son cœur à nu devant Robert ni se montrer vulnérable. Mais si elle ne prenait pas ce risque, il ne la comprendrait pas.

Elle s'arma de courage et déclara :

— Si je veux à tout prix remuer le passé, c'est parce que si j'ai du sang noble, cela nous offre une chance de rester ensemble.

Ces mots faits de crainte et d'espoir restèrent un moment comme suspendus dans les airs. Dans les yeux de Robert, Morwenna vit passer une étincelle de désir, bientôt soufflée par ce qui ressemblait à de la résignation.

— Je ne veux pas que tu espères en vain, Morwenna.

Elle ressentit une cuisante déception.

— Que veux-tu dire ?

— Je ne récupérerai peut-être jamais mes terres, reconnut-il. Et si c'était le cas, je n'aurais rien à t'offrir.

— Je n'ai pas besoin d'argent, de biens ni de terres, asséna-t-elle. La seule chose que j'ai toujours voulue, c'est toi.

Mais sur le visage de Robert, elle vit la peur de l'échec.

— Pour moi, ce n'est pas suffisant. Je ne veux pas abandonner Penrith ni mes gens. Je ne peux pas renoncer à ce qui m'appartenait et vivre en changeant sans cesse d'endroit. Ce n'est pas une vie.

— C'est la seule que j'aie jamais connue, répondit Morwenna.

Pendant un long moment, elle le regarda en se demandant quel type de futur il se représentait. Vivaient-ils à ce point dans deux mondes différents ? S'il ne récupérait pas Penrith, Robert serait-il incapable de vivre en simple paysan ? Et que se passerait-il si elle découvrait que Lady Holyrede lui avait menti et qu'elle n'avait pas une goutte de sang royal – ni même de sang noble – dans les veines ? Elle fut prise d'un sentiment de panique, comme si le sol était en train de s'ouvrir sous ses pieds.

— Tenteras-tu de nouveau ta chance auprès du roi demain ? finit-elle par demander.

Robert hocha la tête.

— Mais je ne sais pas s'il acceptera de me voir. Certains disent qu'en s'armant de patience, on peut être récompensé. Mais je ne suis pas certain d'avoir suffisamment fait pour paraître digne d'intérêt, d'autant plus que je n'ai rien à offrir.

Il marqua une courte pause, avant de reprendre.

— Au début, je pensais pouvoir plaider ma cause et simplement solliciter son aide. Mais tu avais raison. Sans or, rien ne compte aux yeux du roi Jean. Et moi, je me retrouve le bec dans l'eau.

Morwenna le sentait près de se laisser décourager. L'angoisse la saisit, car elle pressentait que si elle partait rencontrer sa famille, elle ne reverrait plus Robert. S'il ne pouvait remettre la main sur ses terres, il partirait sans doute combattre en Terre sainte comme Brian. Et alors, elle les aurait perdus tous les deux.

— Tu m'as, moi, dit-elle d'une voix grave.

— Mais je ne pourrai peut-être même pas te faire vivre, répondit-il en caressant ses cheveux. Je ne veux pas d'une vie d'errance, où nous serions contraints de lutter pour survivre.

— Ce n'est pas si terrible, répliqua-t-elle en le regardant dans les yeux. Nous ne serions responsables de personne sauf de nous-mêmes. Nous pourrions aller où bon nous semblerait.

Mais vu l'expression qu'arborait Robert, Morwenna comprit que ce n'était pas suffisant pour lui. Et cette découverte lui brisa le cœur.

10

C'était injuste de briser l'espoir qui se lisait dans les yeux de Morwenna. Mais la fierté l'empêchait de lui faire des promesses. Même si elle découvrait la vérité au sujet de sa famille, Robert ne pouvait concevoir de demander sa main s'ils n'avaient nulle part où vivre.

— Je vais te ramener parmi les autres ladies, proposa-t-il.

Le regard désespéré qu'elle lui adressa était une torture.

— Pas tout de suite.

Ses yeux verts plongèrent dans les siens et il vit la peine infinie qu'il lui avait causée.

— Dois-je comprendre que, à moins que Penrith ne te revienne, nous ne vivrons jamais ensemble ?

Il ne voulait pas confirmer, pourtant il ne pouvait rien dire d'autre. Il ne méritait ni épouse ni famille s'il n'avait rien à offrir en échange.

Pour éviter de répondre, il posa la main sur sa nuque et attira sa bouche vers la sienne. Il l'embrassa avec passion, tandis que les larmes de Morwenna se mêlaient à leur salive. Quand leurs langues s'enchevêtrèrent, il eut instantanément très envie d'elle. Il tenait vraiment à Morwenna et si Penrith était de nouveau à lui, alors il la voudrait à ses côtés.

— J'ignore ce qui va se passer, Morwenna, mais ce que je sais c'est que je serais prêt à mourir pour toi.

Elle noua les mains autour de son cou, et l'embrassa à son tour. Tout contre sa bouche, elle implora :

— Je ne veux pas que ce soit la fin de notre histoire, Robert. S'il te plaît.

— Je trouverai un moyen de m'attirer les bonnes grâces du roi, promit-il.

— Je pourrais venir avec toi, suggéra-t-elle. Le roi Jean accepterait peut-être de nous recevoir tous les deux ensemble.

Il comprit qu'elle pensait fermement que le roi était son père. Mais le roi Jean avait engendré un nombre important d'enfants illégitimes dont il ne semblait guère se soucier, pas davantage qu'il ne se souciait de leurs mères.

— J'ai peur que Lord Penrith ne tente de s'en mêler, avoua-t-il. Il a déjà apporté une cassette remplie d'or, en plus du produit des rentes et de la dîme. Et je ne veux plus qu'il t'approche.

Il était déjà suffisamment préoccupant que le comte ait menacé Morwenna une seconde fois.

La jeune femme plaqua une mèche de cheveux derrière son oreille.

— Il faudra bien que je voie le roi un jour, Robert, s'il est bien mon père.

Il allait lui dire non, avant de se raviser. Elle avait eu raison de le lui faire remarquer : il ne pouvait décider pour elle de ses actes. Elle méritait de choisir elle-même. Néanmoins, il ne ferait rien qui puisse compromettre sa sécurité.

— J'essaierai de trouver quelqu'un pour t'accompagner jusqu'aux terres de ta mère, si c'est ce que tu veux, proposa-t-il. Je te demande seulement de ne pas rester ici tant que Lord Penrith y est également.

Elle eut l'air d'hésiter.

— J'imagine que je devrais commencer par parler avec

ma mère. Mais si le roi Jean est vraiment mon père, alors je réclamerai une audience.

Robert inclina la tête. Il serra Morwenna dans ses bras et posa la bouche contre sa joue.

Mais, tout à coup, elle recula.

— Robert... pour l'instant je vais me rendre sur les terres de ma mère. Mais promets-moi une chose : si tu ne récupères pas ton fief de Penrith, je veux que tu viennes m'y rejoindre.

À l'entendre, on aurait pu croire qu'elle n'avait aucune confiance en ce qui allait se passer et qu'elle avait déjà baissé les bras. Pourtant, il ne pourrait jamais faire ce qu'elle lui demandait. Il avait déjà trahi les habitants de Penrith une fois et il ne les abandonnerait pas une deuxième fois à leur triste sort.

Il caressa sa joue, préférant ne pas répondre.

— Ne pense pas à cela pour le moment.

— Tu ne viendras pas, n'est-ce pas ? murmura-t-elle. Tu vas me laisser là-bas, seule.

Il y avait une grande souffrance dans sa voix, alors que Robert aurait tant voulu la rendre heureuse. Mais elle méritait aussi de pouvoir mener une existence de lady, dans un endroit qui soit digne d'elle. Dans ce cas, mieux valait pour elle qu'elle reste avec sa mère.

Il la regarda dans les yeux, en regrettant de ne pas avoir d'autre réponse à lui donner. Mais il ne put qu'acquiescer.

— Si je ne parviens pas à reprendre les terres qui me reviennent de droit, alors je ne pourrai rien t'offrir.

Une larme coula sur la joue de la jeune femme.

— Tu te trompes. Tu pourrais m'offrir ton amour, et ce serait suffisant.

— Ce n'est pas avec notre seul amour que nous pourrons nous loger et nous nourrir décemment, argua-t-il. Nous avons vécu dans des conditions misérables pendant deux années, quand nous nous cachions, et c'était horrible.

— Pour moi, c'était merveilleux, rétorqua-t-elle d'une voix douce. J'étais avec toi tous les jours.

Il détestait lui faire du mal, mais elle l'avait prié d'être honnête avec elle et il avait obéi.

— Je ne veux plus être un moins-que-rien, Morwenna. Si je n'ai ni fief ni titre, quel droit aurai-je de prendre épouse et de fonder une famille ? Surtout si je ne peux subvenir à ses besoins.

— Tu as déjà abandonné, n'est-ce pas ?

— Pas encore. J'ai toujours l'intention de faire appel au jugement du roi Jean. Tout n'est pas terminé.

Morwenna essuya ses larmes, mais il vit bien qu'elle ne le croyait pas.

— Je partirai pour Banmouth demain dans la matinée. En attendant, ramène-moi à la tente des ladies.

Robert sentit entre eux une imperceptible distance qu'il ne savait comment abolir. Mais il refusait de mentir à Morwenna, ou de lui donner de faux espoirs. Tout ce qu'il pouvait faire, c'était trouver un moyen de reconquérir ce qu'il avait perdu.

Morwenna avait à peine dormi cette nuit-là. Puis elle avait appris dans la matinée que Lady Sarah de Holyrede devait prendre la route en direction du sud en fin d'après-midi, une fois que son époux aurait terminé ce qu'il avait à faire avec le roi. La lady avait accepté que Morwenna soit du voyage, étant donné que les époux avaient déjà prévu de faire étape à Banmouth avant de rentrer chez eux.

Morwenna était inquiète et agitée, car elle pressentait que le roi n'accorderait pas d'audience à Robert. L'attente la tuait à petit feu, d'autant plus qu'elle n'avait pas vu Robert de la journée ni n'avait pu obtenir de nouvelles de lui.

Pourtant, un soldat se présenta à leur tente et l'interpella.

— Lady Morwenna, le roi souhaite vous voir.

La crainte et l'espoir se mêlèrent en elle, et elle se tourna vers Lady Holyrede.

— Je dois obéir. Lady Holyrede, quelqu'un pourrait-il m'escorter jusqu'à la tente du roi ? Et... acceptez-vous d'attendre mon retour pour partir ?

La lady hocha la tête.

— L'un de mes gardes va vous accompagner. Cependant, nous avons l'intention de partir bientôt. Hâtez-vous si vous le pouvez.

— Je n'en aurai pas pour longtemps, promit Morwenna.

Le garde de Lady Holyrede l'amena jusqu'à la tente du roi. Morwenna espérait trouver Robert à proximité, car elle voulait au moins l'apercevoir avant son départ. Son cœur saignait à l'idée de ne plus jamais le revoir.

Alors qu'ils s'en approchaient, elle vit plusieurs hommes rassemblés devant la tente royale. Peut-être attendaient-ils tous le roi Jean, se dit Morwenna, mais quand ils la virent, ils s'écartèrent pour la laisser passer.

— Que font ces hommes ici ? Y a-t-il un problème ? murmura-t-elle au garde qui l'escortait.

— Je l'ignore, my lady.

Il se rapprocha néanmoins d'elle. Il régnait, dans l'air, une tension palpable.

— Attendez ici, lança le garde royal qu'ils avaient suivi depuis la tente des femmes.

Morwenna obéit, et le soldat pénétra dans la tente. Elle ne pouvait s'empêcher de se demander ce que faisaient ces hommes, tous regroupés. Ils lui bouchaient la vue, mais elle eut tout à coup l'impression d'entendre le bruit d'une épée que l'on dégainait. Son cœur se mit à cogner dans sa poitrine, et ce fut à ce moment qu'elle vit le roi sortir de la tente. Il alla s'asseoir sous un dais, mais Morwenna ne parvint pas à distinguer qui était son heureux interlocuteur. Avec curiosité, elle dévisagea le roi, en cherchant si cet homme pouvait être son père. La couleur de ses yeux n'était pas reconnaissable d'où elle se trouvait, mais ses cheveux étaient blond foncé. Il ne regardait pas du tout dans sa direction, cependant.

— Venez avec moi, dit le soldat.

Il fendit le groupe pour la conduire au premier rang, devant tout le monde.

Morwenna couvrit sa bouche pour étouffer un cri lorsqu'elle vit Robert face à Lord Penrith. Ils tournaient l'un autour de l'autre, leurs épées dégainées.

— Que se passe-t-il ? demanda-t-elle à l'un des hommes présents. Pourquoi se battent-ils ?

— Lord Penrith a accusé cet homme d'avoir organisé le rapt de sa fille. Le roi a accepté de les laisser se battre.

Le cœur de Morwenna se serra et elle eut envie de se précipiter en avant pour s'interposer. La question n'était pas du tout Gwendoline, elle le savait. Si les deux hommes s'affrontaient, c'était pour la possession de Penrith. Si Robert mourait, seul Piers pourrait faire valoir ses droits sur les terres, et le roi ne lui donnerait pas raison étant donné que Piers était un enfant illégitime. Si Lord Penrith mourait, Robert pourrait récupérer son fief avec la permission du roi.

Il s'agissait du combat qui mettrait fin à la querelle, et cela devait être ce que voulait Robert. Mais cela n'empêcha pas Morwenna de frémir de peur, car Lord Penrith n'allait certainement pas se battre de façon loyale. Il était plus âgé, et il n'aurait jamais accepté cet affrontement s'il n'avait pas été persuadé de l'emporter.

Robert ne lui avait pas parlé de ce duel. La veille au soir, quand ils s'étaient vus, savait-il déjà qu'il aurait lieu ?

Elle s'approcha le plus possible des deux adversaires, en

ignorant le garde mis à sa disposition par Lady Holyrede qui, de toute façon, était resté en arrière à cause de la foule qui s'était rassemblée. Le soldat du roi qui était venu la chercher et un deuxième soldat se postèrent chacun d'un côté, afin de la protéger des autres hommes qui essayaient de pousser pour avancer. Depuis l'endroit où elle se trouvait, Morwenna put apercevoir le roi, alors que lui ne pouvait toujours pas la voir. Peu importait, car elle était tout entière absorbée par l'affrontement entre Robert et Alfred. Le comte leva son épée et frappa fort. Robert para le coup avec son bouclier, et elle put voir la concentration intense qui habitait son regard. Il observait Alfred pour repérer ses faiblesses.

Le comte lui adressa un demi-sourire.

— Quand tu seras mort, chien, je ramènerai ta femme à Penrith et je l'offrirai à mes hommes. Ils méritent bien cette petite distraction.

Le visage de Robert se contracta sous l'effet de la rage. Morwenna savait que les mots pouvaient être une arme redoutable. Mais loin de se laisser aveugler par la colère, Robert sembla réussir à se maîtriser, et il abattit son épée juste devant le visage du comte. L'homme évita le coup, et renouvela son attaque.

— Jamais vous ne la toucherez, dit Robert en décrivant un cercle autour de son ennemi. Et quand vous serez mort, je libérerai les habitants de Penrith de votre joug.

Entendant cela, Alfred pointa son épée avec une force brutale. Lorsqu'il encaissa le coup à l'aide de son bouclier, Robert recula en chancelant. Mais il ne perdit pas l'équilibre et frappa à son tour.

— Tu te trompes, jeune présomptueux. Elle est venue assister à notre duel, et mes hommes sont avec elle en ce moment même.

Alfred se déplaça sur le côté et lança :

— Emmenez-la !

Aussitôt, les gardes situés de part et d'autre de Morwenna la saisirent chacun par un bras. Ce ne fut qu'alors qu'elle comprit que le soldat du roi lui avait menti depuis le début. Le souverain n'avait jamais demandé à la voir. Ces hommes avaient été soudoyés par Lord Penrith qui, sans l'ombre d'un doute, entendait se venger d'elle.

— Vous n'auriez pas dû venir assister à un duel, Lady Morwenna, dit un soldat. Ce n'est pas un endroit pour une dame.

— Lâchez-moi ! cria-t-elle.

Le garde de Lady Holyrede essaya d'intervenir, mais les deux hommes s'emparèrent d'elle et l'emmenèrent de force. Morwenna se débattit, mais elle ne pouvait rien face à leur puissance, d'autant plus qu'un troisième soldat les rejoignit afin de la maîtriser davantage. Elle hurla, espérant que quelqu'un interviendrait, mais personne ne le fit.

— Mes hommes vont s'occuper d'elle dès maintenant, déclara Lord Penrith. Après tout, elle n'est qu'une fille de serf déguisée en noble dame. Elle a besoin d'apprendre où est sa place.

— Laissez-la tranquille, rétorqua Robert.

Morwenna cria de nouveau, mais tout le monde continuait de l'ignorer tandis qu'elle était traînée vers une tente. Oh ! Seigneur, il n'y avait plus personne pour la sauver, à présent. Elle était seule contre trois hommes, et même si, par miracle, Robert parvenait à remporter le duel, il serait trop tard pour qu'il se porte à son secours.

Si elle voulait être épargnée, elle ne devait compter que sur elle-même.

Personne n'esquissa le moindre mouvement pour arrêter les hommes de Penrith. La fureur s'empara de Robert alors qu'il affrontait son adversaire. Il s'abandonna à la rage, sans plus se soucier de ce qui se passait. Tout ce qui importait, c'était remporter ce combat.

Il attaqua avec toute la colère, toute la souffrance, toutes les émotions qui se déchaînaient en lui. Il multiplia sa vitesse par deux, n'ignorant pas que sa mobilité et son agilité étaient ses points forts, surtout contre un adversaire plus âgé que lui. Le comte était puissant et solidement campé sur ses jambes, mais Robert était plus rapide que lui.

— Quel effet est-ce que cela fait de savoir que tu ne peux pas la sauver ? le nargua le comte. Mais en même temps, quelle importance ? Combien d'hommes a-t-elle déjà connus ?

Ces insultes le mirent hors de lui, mais il savait que le comte le provoquait à dessein, dans l'espoir de tromper sa vigilance. Robert se précipita en avant en brandissant sa lame, mais avant le coup, il amortit la parade du comte avec son bouclier et en profita pour le toucher aux jambes, d'un beau mouvement fouetté parfaitement maîtrisé.

Pendant un moment, ce fut comme si son esprit et son corps ne faisaient qu'un. Il cessa de réfléchir à la façon de combattre ou à l'endroit où frapper. Pour une fois, il s'en remettait entièrement à son instinct. Son arme bougeait en accord avec ses pensées. Il n'y eut aucune hésitation de sa part, seulement sa volonté de conquête et sa rage de triompher.

Alfred chancela et Robert fit de nouveau fouetter son épée. Il avait pris le contrôle de l'affrontement, mais il lui restait encore à prendre le dessus sur son adversaire. Alors qu'il assénait un nouveau coup, lui vint une idée. Il fallait qu'il attise la propre colère du comte, afin de le déstabiliser.

— Je n'ai rien à voir avec la disparition de Lady Gwendoline, assura-t-il. Mais je connais le responsable.

Le comte poussa un rugissement alors qu'il abattait son épée sur lui.

— Où se trouve ma fille ?

— Elle s'est enfuie avec mon demi-frère, Piers, répondit Robert. Donc, si vous aviez espoir de faire alliance avec une autre famille en la mariant, oubliez tout. Morwenna et moi-même avons été les témoins du mariage entre Piers et Lady Gwendoline, célébré devant Dieu.

Le visage du comte devint cramoisi, et il souleva son arme en utilisant toute sa force. La pointe de son épée vint se ficher dans le bouclier de Robert qui, grâce à une puissante torsion, parvint à désarmer le comte. Il fit glisser l'épée de Penrith au sol, le plus loin possible, et se prépara à affronter son adversaire à mains nues.

Le comte décocha un coup que Robert reçut entre la mâchoire et l'oreille. Bien qu'étourdi, il parvint à répliquer, et son propre coup fit chuter le comte. Pendant un bref moment, Robert eut l'impression de se trouver hors de son propre corps. Il repensa aux coups de fouet reçus par Morwenna et à toute la souffrance qu'elle avait endurée.

Il saisit le bras du comte et le tordit dans son dos, pendant qu'il libérait contre lui toute la colère qu'il avait accumulée. Il le frappa au visage et aux côtes. Il se battait contre le lâche qu'il avait été dans son enfance, contre l'impuissance qu'il ressentait alors qu'il était incapable de protéger Morwenna.

Et une fois qu'Alfred eut perdu connaissance, Robert dégaina sa dague et la pointa sur la gorge du comte. Il leva les yeux vers le roi, attendant la permission royale.

Tout en lui lui hurlait de tuer le comte et d'aller secourir Morwenna. Le temps qui s'écoulait ne jouait pas pour elle. Mais il ne pouvait pas se permettre d'insulter le roi, pas alors que le monarque détenait le pouvoir de lui accorder Penrith ou de le lui refuser.

Le roi secoua lentement la tête pour ordonner à Robert d'épargner le comte. Robert rengaina son arme et se leva, délaissant le corps inanimé de Penrith. Puis il s'inclina devant Jean et recula jusqu'à ce qu'il puisse se lancer à la poursuite de Morwenna. Il savait qu'il prenait un terrible risque en prenant congé du roi sans en avoir obtenu la permission, mais il n'allait pas la laisser aux mains des soldats.

L'un des spectateurs du duel lui désigna l'endroit vers lequel les hommes l'avaient emmenée et il s'y précipita. Quand il arriva à la tente, il trouva le garde qui avait escorté Morwenna ensanglanté devant l'entrée. Robert se rua à l'intérieur et vit la jeune femme acculée dans un coin par un homme. Elle tenait une épée devant elle et un autre homme gisait mort à ses pieds. Robert repoussa violemment l'assaillant de Morwenna, avant de lui trancher la gorge d'un coup de dague. Ce ne fut que lorsqu'il fut sûr qu'elle ne craignait plus rien qu'il put respirer.

— Tu n'as rien ? demanda-t-il.

Morwenna courut vers lui, et ils lâchèrent tous les deux leur arme. Ses mains étaient couvertes de sang, sans que Robert sache s'il s'agissait du sien ou de celui des soldats. Elle se jeta à son cou, et il la serra fort, en inspirant l'odeur de ses cheveux.

— Non, souffla-t-elle.

— Où sont les autres ? s'enquit-il.

Morwenna secoua la tête.

— Le garde de Lady Holyrede m'a protégée, mais il a été blessé. Nous devrions lui venir en aide.

Robert acquiesça. Mais quand il sortit de la tente, il vit deux hommes qui aidaient le garde à se relever. Après qu'ils lui eurent promis d'emmener le malheureux voir un soigneur sur-le-champ, Robert put retourner vers Morwenna.

— Lord Penrith est-il mort ? l'interrogea-t-elle. Que s'est-il passé ?

— Je l'ai battu, mais le roi lui a accordé sa grâce, répondit Robert. Ce n'est pas encore terminé.

Robert aurait évidemment souhaité la mort de Penrith, mais il ne voulait surtout pas risquer de contrarier le monarque.

Le visage de Morwenna s'assombrit.

— Lady Holyrede m'attend. Elle m'a promis de m'emmener sur les terres de ma mère, puisque le domaine se trouve sur leur chemin.

Il fut soulagé d'entendre cela, car elle ne pouvait en aucun cas rester ici. Pas alors que Penrith était toujours en vie. Et même si Robert avait sollicité une audience, il n'était pas certain que le roi accède à sa requête. Ce dernier avait semblé irrité par sa victoire.

En réalité, rester dans cet endroit était aussi dangereux pour l'un que pour l'autre.

— Je suis d'accord, tu devrais partir avec eux, Morwenna. Je ne veux pas risquer de te perdre une nouvelle fois. J'ai eu trop peur.

Il prit son visage entre ses mains et la regarda longuement, afin de mémoriser ses traits.

Elle l'étreignit avec force et il caressa ses cheveux.

— Que va-t-il advenir de nous, Robert ?

— Je l'ignore, mais une fois que j'aurai récupéré Penrith...

— Penrith peut bien brûler une deuxième fois, si tu veux mon avis, répliqua Morwenna en s'arrachant à lui.

Même si ses yeux étaient embués de larmes, il était clair que c'était la colère qui l'emportait chez elle.

— Tu as failli mourir aujourd'hui, Robert. Tu penses que ce qui m'importe, ce sont tes terres et tes richesses ?

Alors qu'il ne savait que dire, les larmes de Morwenna se mirent à couler.

— J'en ai assez de me battre pour les terres de ton père. J'en ai assez que des hommes me répètent que je ne suis qu'une fille de serf indigne de toi.

Elle prit ses mains dans les siennes et poursuivit :

— Soit tu m'aimes comme je t'aime et nous trouvons un moyen de vivre ensemble, soit nos chemins se séparent maintenant. Je t'en prie, supplia-t-elle, viens avec moi à Banmouth. Oublie Penrith.

— Morwenna...

Mais alors qu'elle attendait la suite de sa réponse, Robert ne sut plus quoi dire. Il ne parvenait pas à exprimer avec des mots ce qu'il éprouvait. Il se sentait déchiré entre ses devoirs et ses désirs. Et après ce qu'il avait fait par le passé, lorsqu'il avait abandonné ses terres et ses gens, il lui semblait égoïste de céder à ses envies. Quel type d'homme serait-il s'il tournait le dos à ceux qui comptaient sur lui pour rester avec Morwenna ?

L'idée de vivre seul, de mener un combat qu'il pourrait ne jamais remporter pesait lourdement sur lui. Mais il était clair que Morwenna avait perdu toute confiance en lui. Elle ne pensait pas qu'il pourrait reconquérir Penrith, et comment aurait-il pu lui en vouloir ? Il avait échoué sur toute la ligne.

— Tu me demandes de les abandonner. C'est un choix que je ne peux pas faire, finit-il par articuler.

— Dans ce cas, ton choix est déjà fait. Et ce n'est pas moi que tu as choisi.

Elle ferma les yeux et se dégagea. La regarder s'éloigner lui brisa le cœur. Il avait envie de la rattraper, de lui dire l'exact opposé de ce qu'il venait de déclarer. Mais comment pourrait-il faire passer ses propres besoins avant ceux de ses gens ? Lord Penrith était vivant sur ordre du roi. Même s'il avait remporté cet affrontement, c'était un nouvel échec pour Robert.

Le pire, c'était qu'il ne savait que faire à présent, songea-t-il sombrement.

Trois jours plus tard

Morwenna sentit un désagréable nœud se former dans son estomac alors qu'ils approchaient de Banmouth. Elle essaya de surmonter sa nervosité, mais ils n'avaient pas eu le temps de prévenir sa mère de leur arrivée. Peut-être Rochelle ne serait-elle même pas là...

Elle chevauchait aux côtés de Lady Holyrede, tout en fixant l'horizon. Elle avait l'impression qu'un cataclysme s'était produit en elle. Jusqu'au bout, elle avait espéré que Robert l'accompagnerait. Mais l'existence de son amant était intimement liée à Penrith, et il poursuivrait son rêve jusqu'au jour de sa mort. Ses terres étaient plus importantes qu'elle à ses yeux.

Le fait de l'avoir perdu l'empêchait de penser à quoi que ce soit d'autre. Tout ce qu'elle avait envie de faire, c'était s'allonger dans un coin et pleurer. Mais à quoi auraient servi ces larmes d'auto-apitoiement ? À rien du tout. Cela faisait deux années que toute sa vie tournait autour de celle de Robert et qu'elle avait fait tous ses choix en fonction de ce que voulait le jeune homme. À la fin, cela n'avait pas suffi.

Morwenna prit une grande inspiration et contracta les épaules. Elle n'avait d'autre solution que de construire son propre avenir, sans Robert. Et tant pis si cela lui brisait le cœur.

Lady Holyrede parlementa avec les gardes qui les laissèrent entrer. Morwenna tremblait légèrement, partagée entre l'inquiétude et l'impatience de faire enfin la connaissance de sa mère... si Rochelle était bien sa mère.

Morwenna regarda le petit donjon en pierre, en s'interrogeant sur les gens qui y vivaient. Le logis était plus petit que ce qu'elle s'était imaginée, mais il semblait bien entretenu. Des enfants couraient un peu partout dans la cour, en se poursuivant avec insouciance. On ne percevait pas du tout la tension qui régnait à Penrith sous la domination du comte Alfred.

Quand elle aperçut une femme en haut des escaliers, son cœur se mit à battre plus vite. Lady Rochelle avait la même couleur de cheveux qu'elle et les mêmes yeux. Morwenna avait l'impression de se voir avec vingt ans de plus et elle comprenait sans difficulté pourquoi les femmes présentes à la cour du roi Jean l'avaient reconnue.

En son for intérieur, elle se sentait incapable de bouger ou de parler. Tout ce qu'elle parvenait à faire, c'était observer sa mère, en se demandant ce qui s'était passé au cours des vingt années écoulées. Elle se souvenait que Lord Banmouth était mort peu de temps auparavant, mais elle ignorait si Lady Banmouth s'était remariée ou non.

Lady Sarah de Holyrede s'avança pour saluer la maîtresse des lieux. Même si Lady Banmouth observa les règles de courtoisie, son regard s'attarda longuement sur Morwenna. Son visage se crispa brièvement, mais elle se reprit aussitôt et retrouva son sourire.

Lady Holyrede fit signe à Morwenna de descendre de cheval et de s'approcher. Elle obéit, et un jeune garçon prit les rênes de sa monture. Elle gravit l'escalier et s'arrêta quelques marches en dessous de Lady Holyrede.

— Mon époux et moi-même faisons route vers le sud, et nous vous remercions de bien vouloir nous accueillir pour la nuit, déclara Lady Holyrede. J'aimerais vous présenter Morwenna, qui voyage en notre compagnie.

Lady Banmouth pâlit mais hocha la tête.

— Entrez et venez partager une collation avec moi. Je pense que nous avons beaucoup à nous dire.

Morwenna les suivit, en se demandant si la femme allait la reconnaître comme sa fille ou non. La lady les conduisit à l'intérieur et ordonna aux serviteurs d'apporter à boire et à manger. Morwenna, Lord et Lady Holyrede prirent place à table aux côtés de leur hôtesse, et sans tarder, on leur servit du pain frais, du fromage, du gibier, ainsi que du vin. Ils mangèrent ensemble et, bientôt, Lady Banmouth se tourna vers Morwenna et proposa :

— Pouvons-nous parler seul à seul ?

Elle acquiesça et Lady Banmouth s'excusa auprès de ses convives avant d'emmener Morwenna vers un coin de la pièce. Elle lui désigna une chaise pendant qu'elle-même s'asseyait.

— Je suppose que vous savez qui je suis, n'est-ce pas ? Ce n'est pas le destin qui vous a conduite jusqu'à moi.

— J'espérais trouver certaines réponses à des questions que je me pose depuis trop longtemps, reconnut Morwenna. Vous êtes ma mère, c'est bien cela ?

Lady Banmouth inclina la tête.

— Je crois que c'est évident pour tout le monde. Que voulez-vous savoir ?

Tout, avait-elle envie de dire. Mais elle était légèrement déstabilisée car sa mère ne semblait pas transportée de joie. Elles étaient des étrangères l'une pour l'autre et le bonheur était absent de ces retrouvailles.

— Pourquoi ai-je été élevée par le meunier et sa femme ? commença Morwenna.

Sa mère se tut un moment, avant d'expliquer :

— Mon mari m'a forcée à vous abandonner.

Ses joues se colorèrent légèrement, mais elle continua.

— Je n'ai pas eu le choix.

Elle héla une servante qui apportait d'autre vin. Morwenna en prit un verre, mais ne fit qu'y tremper ses lèvres.

— Et mon frère, Brian ? demanda-t-elle. Est-il vraiment mon frère ?

Un voile de tristesse passa dans les yeux de Rochelle.

— Oui.

Mais, de nouveau, elle ne dit ni n'exprima rien de plus. Morwenna, se rendant compte qu'elle rouvrait d'anciennes blessures, décida de ne pas insister.

— Si je suis là, ce n'est pas pour quémander quoi que ce soit, déclara-t-elle. En réalité, on m'a reconnue alors que je me trouvais au camp du roi. On m'a dit que vous étiez toujours vivante, et j'ai eu envie de vous voir.

Rochelle but son vin, en l'observant avec attention.

— Je suppose qu'on vous a raconté que j'étais la maîtresse du roi. Que je l'ai séduit et que j'ai enfanté deux de ses bâtards.

À son ton, Morwenna comprit que ce n'était pas du tout la vérité.

— Que s'est-il vraiment passé ? s'enquit-elle.

Le visage de Rochelle se crispa.

— Jean n'était pas encore roi. C'était un prince jeune et impétueux qui obtenait toujours ce qu'il voulait. Et le fait que je sois mariée n'avait aucune importance à ses yeux. Il a envoyé mon époux Edmond au combat, et il a exigé que je partage son lit. Je n'ai pas eu le choix.

— Je suis désolée, murmura Morwenna.

— Edmond était furieux à l'idée que je puisse porter l'enfant du roi. Ni lui ni moi n'arrivions à déterminer si vous étiez une bâtarde ou bien une enfant légitime.

La honte se lisait sur le visage de sa mère. Morwenna, ne sachant que dire, préféra se taire.

— Edmond m'a autorisée à vous garder quelques années, pour attendre de voir si nous pouvions découvrir la vérité. Mais alors le roi m'a réclamée auprès de lui une seconde fois, poursuivit Rochelle. Brian est le fils bâtard de Jean, c'est une certitude. Vous, je ne sais toujours pas...

Elle ferma les yeux, comme si elle cherchait à rassembler son courage.

— Après la naissance de Brian, mon époux a refusé que vous continuiez de vivre ici tous les deux.

Elle vida son vin et prit une grande inspiration.

— J'ai un autre fils, plus jeune, qui est l'héritier de Banmouth, mais jamais je n'aurais imaginé vous revoir un jour. Qu'est-il arrivé à Brian ?

— Il est en route pour aller combattre en Terre sainte, répondit Morwenna.

Même si Robert avait demandé aux moines de le faire prévenir, son frère n'était pas revenu. Elle tremblait de peur à l'idée de ne jamais le revoir.

Rochelle regarda la robe de Morwenna.

— Je suis heureuse que vous ayez reçu la robe. Je ne savais pas si le meunier la vendrait ou vous la donnerait.

— Il me l'a donnée il y a quelques années. Mais alors Brian et moi avons été faits prisonniers, et je ne l'ai pas revue pendant deux ans.

Sous le coup de la surprise, Rochelle pâlit.

— Seigneur Dieu !

Morwenna ne comprenait pas bien pourquoi sa mère semblait à ce point horrifiée.

— Heureusement, nous avons réussi à nous enfuir.

Elle raconta à sa mère l'attaque et leur cachette à Stansbury.

Mais les traits de Rochelle semblaient comme pétrifiés.

— Mon mari a dû découvrir où vous vous trouviez.

Sa bouche se crispa et elle poursuivit :

— J'ai reçu une lettre de Geoffrey, me disant qu'il voulait de l'argent pour vous élever, vous et Brian. J'ai envoyé de l'argent, ainsi que la robe et le collier. Peu de temps après, Edmond m'a informée que lui et ses hommes rejoignaient le roi, qui avait besoin d'eux pour une bataille. Mais, à mon avis, il avait l'intention de vous enlever tous les deux.

Ses yeux s'embuèrent et elle lutta pour rester maîtresse d'elle-même.

— Je ne sais pas s'il voulait vous supprimer ou vous ramener ici.

— Les soldats du roi étaient présents lors de l'attaque, répondit Morwenna. Donc votre mari vous a dit la vérité. Nous avons été quatre à être capturés, mais Robert nous a aidés à nous échapper.

Morwenna, incapable de masquer ses sentiments, rougit en parlant de lui. Mais ce qui la bouleversait, c'était d'apprendre que Brian avait vu juste. Cette nuit-là, quelqu'un en avait après eux. Cependant, cela n'avait plus aucune importance que les soldats aient voulu les tuer ou se servir d'eux pour obtenir une rançon. À cause de ce qui s'était passé lors de ce raid, sa vie avait changé.

— Dites-moi ce que vous savez au sujet de ce collier, demanda Morwenna en portant la main au pendentif.

Mais Rochelle secoua la tête.

— Je n'ai aucune envie de revoir ce bijou. J'étais heureuse de m'en débarrasser. Si je vous l'ai fait parvenir, c'est parce que j'ai pensé qu'un jour il vous serait peut-être utile.

— Il a appartenu à la mère du roi Jean ?

— En effet. Le roi me l'a donné après votre naissance.

Morwenna rentra le pendentif dans son corsage. Elle ignorait si elle allait en avoir besoin un jour, mais c'était sans doute intéressant d'avoir ce lien avec le roi qui était peut-être son père. Elle ne savait que penser de ce lignage, mais elle était en tout cas certaine désormais d'avoir du sang noble dans les veines. Cette certitude lui donna de l'assurance. Elle méritait de manière incontestable d'épouser un aristocrate comme Robert.

— J'espérais rester un moment ici afin que nous fassions connaissance, avança-t-elle, mais si ma présence vous importune, je peux partir.

Où ? Elle n'en avait aucune idée. Néanmoins, elle ne voulait surtout pas être un mauvais souvenir pour sa mère.

Rochelle l'observa et répondit :

— Vous pouvez peut-être séjourner ici. Du moment que le roi… ne s'en mêle pas.

Morwenna comprenait à présent les hésitations de Rochelle : sa mère avait déjà été utilisée comme un pion, et elle ne souhaitait pas revoir le roi.

Morwenna la rassura.

— Il ne sait pas qui je suis ni où je me trouve.

Entendant cela, Lady Banmouth se détendit. Elle se leva et invita Morwenna à rejoindre les autres pour continuer le repas. Pendant qu'elle prenait place, Morwenna fut saisie par une immense impression d'isolement. Lady Holyrede et son mari allaient poursuivre leur voyage, pendant qu'elle demeurerait seule ici.

Cela dit, elle avait passé les dernières années à vivre pour quelqu'un d'autre. Peut-être était-il temps qu'elle découvre ce qu'elle voulait pour elle-même.

Après avoir sollicité en vain une audience privée avec le roi durant deux jours supplémentaires, Robert commençait à se dire qu'il n'obtiendrait jamais gain de cause. Morwenna avait vu juste. Sans argent à donner ni soldats à prêter, Robert n'intéressait pas le roi Jean.

Il se sentait frustré et en colère. Il avait commis tant d'erreurs en croyant pouvoir aider ses gens. À présent, il était pris au piège de ses propres échecs. Morwenna avait eu raison de partir… car quelle vie aurait-il pu lui offrir ?

Le ciel nocturne était particulièrement noir et nuageux, et Robert était assis devant un feu, à réfléchir à ce qu'il devait faire maintenant. Tous les jours, le roi avait progressé vers le nord, pour se rapprocher de l'Écosse, sa destination finale. Robert avait pensé retourner à Penrith pour essayer de fomenter une révolte dont il aurait pris la tête. Mais les habitants de Penrith ne mangeaient pas suffisamment pour faire de bons combattants, et beaucoup perdraient la vie. Oui, il avait fait une promesse solennelle à ses gens, mais pour autant il ne pouvait pas leur demander de se battre.

Non, il y avait d'autres façons de les aider. Il pouvait leur envoyer de la nourriture en secret. Peut-être soudoyer les gardes afin qu'ils cessent leurs mauvais traitements. Il y avait des moyens de garantir leur survie en attendant qu'il trouve les hommes et l'argent dont il avait besoin.

Robert but une chope de bière et marcha au milieu des tentes. C'était étrange de ne plus être avec Morwenna. Il s'était habitué à sa présence à ses côtés, habitué à écouter ses conseils. Sans elle, il se sentait perdu et à la dérive. Ce n'était pas seulement son absence qui le taraudait… c'était aussi l'envie de veiller sur elle, de s'occuper d'elle et de la voir sourire.

Elle l'avait accusé d'avoir choisi Penrith plutôt qu'elle, et il commençait à se rendre compte qu'il avait pris la mauvaise décision.

Il s'était laissé aller à penser que sans terres, il ne valait rien du tout. Que s'il ne pouvait pas lui offrir Penrith, alors il ne méritait pas une femme comme elle. Mais il avait pris le problème dans le mauvais sens. Si Morwenna n'était pas avec lui, rien d'autre n'avait d'importance.

Elle avait fait route vers le sud, en direction de Banmouth, pour rencontrer la femme censée être sa mère. Même si Banmouth n'était pas un très grand fief, Robert avait entendu dire que Lady Rochelle était veuve et qu'elle possédait des attaches familiales en Normandie.

Son esprit commença à échafauder des plans, et il se dit qu'il était temps pour lui d'arrêter de tourner en rond sans rien faire. Il fallait qu'il revoie ses projets et qu'il trouve un moyen d'atteindre son but. Il avait trop attendu du roi Jean, alors que c'était à lui d'agir en premier lieu.

C'était ce qu'il allait faire.

Il était tombé dans le piège de l'honneur, en s'imaginant que les rois et les aristocrates obéissaient toujours à ce qui était juste et bon. Cette façon de penser s'était révélée aussi naïve que dangereuse. À la place, il fallait qu'il modifie son approche et qu'il manœuvre jusqu'à obtenir exactement ce qu'il voulait. Ce serait alors et seulement alors qu'il pourrait faire revenir Morwenna.

Pour elle, il pourrait être impitoyable.

En passant devant une tente, il entendit des voix mécontentes. Il savait que beaucoup de nobles étaient exaspérés par les impôts exigés par le roi Jean.

Un homme était en train de se plaindre :

— Il nous saigne à blanc.

— Il faut que cela cesse, répondit un autre.

Ils baissèrent la voix et Robert ne parvint pas à capter le reste de la conversation. Néanmoins, cela lui fit prendre conscience de la raison pour laquelle Lord Penrith était devenu quelqu'un d'aussi puissant et indispensable aux yeux du monarque. Alfred avait cédé au roi Jean une large part de ses rentes, tandis que les autres avaient du mal à payer leurs impôts.

Morwenna avait raison depuis le début. Il fallait qu'il s'enrichisse et qu'il se serve de cet or pour s'attirer les faveurs du roi. S'il se débrouillait bien, il réussirait à gagner l'argent dont il avait besoin.

Mais pour l'instant, il était temps pour lui de se battre pour ce qu'il voulait vraiment.

Et ce qu'il voulait plus que tout, c'était Morwenna.

11

— Je suis ici pour m'entretenir avec Son Excellence, déclara Robert une fois qu'il fut arrivé devant la tente royale.

— Le roi n'accorde plus d'audience aujourd'hui, répondit un garde. Il ne vous recevra pas.

Robert éleva délibérément la voix.

— Pardonnez-moi. Je pensais que Son Excellence avait besoin d'hommes pour se battre en Normandie et en France. Mais peut-être me trompé-je ?

Les deux soldats qui gardaient l'entrée échangèrent un regard.

— Attendez ici, dit l'un d'entre eux, avant de disparaître à l'intérieur de la tente.

Robert obéit et, comme il l'avait prédit, au bout de quelque temps, les soldats s'écartèrent pour le laisser passer. La tente du roi était vaste et aménagée avec raffinement. Elle comprenait un grand lit, un siège, et une table sur laquelle étaient posés des gobelets sertis de pierres précieuses. Deux femmes vêtues de leur seule chemise se tenaient debout devant la paroi postérieure de la tente. Sur le sol était étendu un luxueux tapis d'Orient.

Le roi Jean était assis sur un autre siège, l'air courroucé. Robert salua le monarque.

— Votre Majesté, je vous remercie de m'accorder cette audience. Je n'abuserai pas de votre temps.

— Vous avez des soldats que nous pouvons envoyer en France ? demanda le roi. Nous qui croyions que vous étiez un Anglais dépossédé de vos terres à cause de la félonie de votre père...

De toute évidence, le roi n'avait pas l'intention de perdre son temps en politesses et autres amabilités. Ses doutes étaient plus qu'évidents.

— Il me semble que vous connaissez Lady Rochelle de Banmouth, commença Robert. Sa fille Morwenna est la femme que j'ai l'intention d'épouser, et la famille de sa mère est originaire de Normandie.

En entendant le nom de Lady Banmouth, le roi durcit ses traits.

— Et vous pensez que Rochelle va vous « prêter » les hommes dont nous avons besoin ?

— Je ne puis parler en son nom. Mais je suis certain que Lady Morwenna aura à cœur de vous rendre service. D'autant plus que vous êtes peut-être son père.

Le roi lui adressa un regard méfiant.

— C'est ce qu'elle vous a dit ?

Robert regarda le roi dans les yeux.

— Je veux épouser Lady Morwenna, avec votre permission. Je vous promets d'être votre fidèle vassal et de vous aider de toutes les façons qu'il me sera possible de le faire.

— Et en retour, que voulez-vous ?

Il percevait l'agacement du roi, donc il choisit ses mots avec prudence.

— Mon père a perdu Penrith qu'il a défendu jusqu'à son dernier souffle. Je ne sais pas ce qui s'est passé au juste, mais s'il me faut veiller sur Lady Morwenna, comme un époux doit le faire, je demande un fief. J'ai affronté Lord Penrith dans l'espoir de récupérer ce dont j'ai été dépossédé. J'espère toujours que vous m'accorderez ce privilège.

Il s'interrompit un moment et observa le roi. Celui-ci affichait toujours un visage agacé, et Robert sentait qu'il avançait sur un terrain glissant.

— Mais s'il ne vous est pas possible de me rendre Penrith, continua-t-il, je me contenterai de n'importe quelle terre que vous pourrez me céder. Et en échange je vous enverrai tous les hommes que je peux rassembler afin qu'ils combattent dans vos rangs en France.

Il s'interrompit de nouveau, et ajouta :

— Moi-même je pourrai aller me battre, s'il le faut.

Le roi garda le silence un long moment, puis il regarda Robert.

— Allez à Banmouth, ramenez votre fiancée et les soldats dont nous avons besoin. Si vous faites cela, nous réfléchirons à votre requête.

Trois jours plus tard

— Vous avez de la visite, dit Rochelle à Morwenna. Robert de Penrith est ici et demande à vous voir.

Le rose lui monta aux joues, en même temps qu'une bouffée d'émotions. Même si elle voulait désespérément croire qu'il était venu pour elle, Morwenna s'interrogeait sur les raisons de la présence de Robert en ces lieux.

— Je vais le recevoir, répondit-elle en hochant la tête.

Sa mère la conduisit vers l'escalier en pierre, et Morwenna attendit que Robert approche. En toute honnêteté, elle ne s'était pas fait d'illusions et s'était plutôt faite à l'idée qu'il ne la rejoindrait pas.

Il portait une cotte de mailles et descendit de cheval avant de se diriger vers elle. Même si elle mourait d'envie de courir vers lui, Morwenna s'obligea à rester immobile. Il gravit l'escalier et s'arrêta à quelques marches d'elle.

— Bonjour, Robert.

Elle tendit la main, qu'il porta à ses lèvres. Un frisson brûlant lui parcourut l'échine lorsqu'elle repensa à leurs deux bouches soudées. Et son cœur déloyal se mit à battre bien plus fort alors qu'il ne lâchait pas sa main.

— Tu es splendide, Morwenna.

Elle le remercia, mais le compliment la gêna. Même si sa mère lui avait donné de nouvelles robes, elle avait toujours l'impression de jouer à être quelqu'un d'autre.

— Y a-t-il des nouvelles ? s'enquit-elle en pensant aussitôt à son frère. Brian aurait-il donné signe de vie ?

— Non, malheureusement, j'ignore toujours où il se trouve. Mais j'avais des choses à te dire.

Morwenna prit peur, même si son cœur était ravi de la présence de Robert.

— Nous pouvons parler tout en marchant dans la grand-cour, si tu le souhaites.

Elle le conduisit vers l'aire d'entraînement et il la suivit, en lui offrant son bras. Quand ils furent seuls, il lança :

— Je te dois des excuses, Morwenna.

Elle ne demanda pas pourquoi, même si elle avait envie de poser des questions supplémentaires. Au lieu de cela, elle se força à garder le silence.

— Tu avais raison de m'en vouloir au sujet de Penrith.

Il s'immobilisa et la regarda dans les yeux.

— J'ai pris conscience que je comptais sur les autres pour qu'ils résolvent mes problèmes à ma place – le roi, Lady Gwendoline – et ce n'est pas la bonne façon de procéder.

Ses émotions menaçaient d'éclater au grand jour, mais Morwenna s'obligea à les contenir.

— Qu'as-tu l'intention de faire ? se contenta-t-elle de demander.

— J'ai quelques idées, mais j'aurai besoin de ton aide.

Les mots de Robert la surprirent, elle ne s'attendait pas du tout à cela.

— Je t'écoute.

— Je veux que tu reviennes avec moi au camp du roi, commença-t-il.

Suite à cette déclaration, Morwenna espérait qu'il parle de ce qu'il ressentait pour elle. Mais quand il commença à exposer son projet d'envoyer des soldats au roi sans jamais évoquer leur avenir à tous les deux, ses espoirs s'évanouirent.

— Je ne vois pas pourquoi je retournerais là-bas avec toi, Robert. Tu as suffisamment de projets qui ne me concernent pas.

Il se rembrunit et la regarda longuement.

— Je m'y suis très mal pris, une fois de plus, n'est-ce pas ?

En effet, mais elle n'était pas d'humeur à lui expliquer ce qui n'allait pas dans son attitude.

— Si tu passes par les cuisines, on te donnera à manger. Maintenant, si tu veux bien m'excuser...

Morwenna prit congé sans attendre. La déception était cruelle, mais en même temps, qu'avait-elle cru ? Qu'il était là parce qu'elle lui manquait ou parce qu'il avait envie d'être avec elle ? Il n'avait rien dit de la sorte.

Elle rentra au donjon, en adressant un signe de tête à sa mère au passage. Puis elle gravit l'étroit escalier qui menait à sa chambre. Elle se sentait lasse, très lasse, et elle ferma les yeux un moment. Ces derniers jours, elle était fatiguée comme jamais et elle ne comprenait pas pourquoi.

Tout à coup, elle entendit frapper à la porte.

— Entrez.

À sa grande surprise, il ne s'agissait pas d'une servante, mais de Robert. Quand il la vit allongée, il posa son sac en cuir à terre et demanda :

— Est-ce que tu te sens bien, Morwenna ?

— Je suis fatiguée, c'est tout.

Elle se força à s'asseoir.

— Pourquoi es-tu venu jusqu'à ma chambre ?

— Parce que j'ai oublié de te dire l'essentiel. Penrith ne signifie rien sans toi à mes côtés.

Même si c'était ce qu'elle voulait entendre, Morwenna tenta de se protéger.

— Et maintenant tu espères que je vais rentrer au camp avec toi et te suivre partout où tu iras ?

Son cœur protestait déjà, car elle aimait cet homme. Cependant, elle ne pouvait se résoudre à redevenir une ombre, en l'accompagnant partout sans avoir d'existence propre.

— Je ne veux pas te laisser là, Morwenna.

Il vint s'asseoir à côté d'elle sur le lit.

— Notre histoire n'est pas terminée.

— Vraiment ? demanda-t-elle. Pourtant, c'est Penrith que tu as choisi.

— Si c'était vrai, j'y serais déjà.

Il tendit le bras pour caresser sa joue. Elle sentit sa peau devenir brûlante à mesure que ses défenses tombaient.

— Je t'ai apporté quelque chose, et ce n'est pas un bouclier cette fois.

Il se leva et sortit quelque chose de son sac, puis il lui amena un chaton qui se contorsionnait. Le félin noir et blanc, à peine plus grand que la paume de sa main, émit un minuscule miaulement en la regardant. Avec un seul présent, Robert l'avait totalement désarmée.

— Oh ! Robert.

Morwenna ne put s'empêcher de prendre l'animal dans ses bras et de le poser contre son cou. Même si le chaton était un merveilleux cadeau, celui qu'elle avait toujours attendu, cela ne signifiait pas que Robert avait compris ce dont elle avait besoin. Plus que tout, elle voulait savoir ce qu'il ressentait pour elle.

— Je ne suis pas très doué pour faire la cour aux femmes, reconnut-il. J'ai commis d'innombrables erreurs. Mais j'espère que ceci est un bon début.

Il s'agenouilla à côté du lit et tendit le bras pour toucher sa joue.

— Je voulais tout te donner, Morwenna. C'est toujours le cas.

— Et si tu ne peux pas reprendre tes terres ? s'enquit-elle, tout en câlinant le chaton.

— Il se peut que je n'y parvienne pas, admit-il. J'ai proposé un marché au roi, mais il a demandé à te voir. Il veut aussi que je lui fournisse des hommes pour venir gonfler les rangs de ses armées en Normandie.

— Et où vas-tu trouver ces hommes ?

— J'ai l'intention de payer les soldats de ta mère, déclara Robert. S'ils sont d'accord pour nous accompagner, bien entendu.

Morwenna plissa les yeux, méfiante. Avec quel argent allait-il les payer ?

— Comment t'es-tu procuré de l'argent ?

Il esquissa une grimace.

— J'ai... j'ai vendu les affaires de mon père. Tout ce que je possédais, sauf mon armure, expliqua-t-il. Et ensuite j'ai parié avec des soldats du roi, afin de gagner plus d'argent.

Elle n'aurait jamais pensé qu'il se résoudrait un jour à abandonner le peu que lui avait laissé son père. C'était un premier pas, mais cela ne suffisait pas.

— Et si ces hommes ne veulent pas partir se battre ? Et si ma mère refuse de les laisser quitter Banmouth ?

— C'est un risque, répondit Robert. Mais cela vaut la peine d'essayer.

Il lui prit la main.

— Et le roi veut te voir.

— Il a refusé de me voir la dernière fois. Et je ne sais même pas s'il est vraiment mon père, ou si je suis la fille de Lord Banmouth.

Morwenna n'avait pas envie de le suivre jusqu'au camp du roi en espérant une très hypothétique démonstration d'affection de la part du souverain.

— Il vaut sans doute mieux que je reste ici. Tu n'as pas besoin de moi.

Elle continuait de cajoler le chaton pour éviter de repenser aux doutes qui l'assaillaient.

— Tu te trompes, protesta Robert en prenant son autre main. Même si je parviens à reprendre Penrith, cela n'a aucune valeur sans toi à mes côtés, Morwenna.

Il se pencha jusqu'à ce qu'elle sente la chaleur de son souffle contre sa bouche.

— Les jours sans toi ont un goût amer, Morwenna. Je ne m'en suis rendu compte qu'après ton départ.

Ses mots finirent d'abattre les murs qu'elle avait érigés autour de son cœur pour le protéger.

— Que veux-tu de moi, Robert ?

— Je veux t'épouser, dit-il tout contre ses lèvres. Je veux te donner des enfants et un logis où je me réveillerai chaque jour à tes côtés.

Morwenna céda à son baiser, même si les larmes baignaient son visage. Il l'enlaça et elle s'abandonna à son étreinte. Mais bien que son corps réclamât ses caresses, elle recula.

— Je t'aime de tout mon cœur, Robert, répondit-elle. Mais je ne veux pas que ma vie tourne uniquement autour de Penrith.

Il la serra dans ses bras.

— Tu comptes bien plus pour moi que n'importe quelles terres, Morwenna.

Elle voulait tant le croire, mais il y avait toujours un risque pour que ce beau rêve ne s'effondre.

— Et si je te demandais de renoncer à Penrith, que ferais-tu ?

Il recula et la regarda dans les yeux.

— Alors je renoncerais.

Il prit ses mains dans les siennes.

— Je ne peux pas te promettre que je ne ferais pas parvenir en secret de la nourriture ou diverses denrées à ses habitants, mais j'ai déjà fait le mauvais choix auparavant. Je ne recommencerai pas.

Il se pencha pour poser son front contre le sien.

— Tu ne m'as toujours pas répondu. Veux-tu bien m'épouser ?

Elle mourait d'envie de dire oui, mais la peur la retint.

— Je vais y réfléchir.

Il lui vola un baiser.

— Dans ce cas, je vais devoir te convaincre.

En entendant son ton enjôleur, Morwenna comprit tout de suite ce qu'il avait en tête.

Elle recula à nouveau et posa les deux mains à plat sur son torse.

— Je ne partagerai plus ton lit tant que nous ne serons pas mariés.

C'était le moyen le plus sûr de protéger son cœur.

— Cela signifie au moins que tu songes à m'épouser, remarqua Robert.

Il lui vola un autre baiser, et avoua :

— Tu me tortures, Morwenna, mais j'obéirai.

Il se redressa et le chaton se mit à escalader les jupes de Morwenna.

— Il se peut que le roi veuille être témoin à notre mariage, ajouta-t-il. Acceptes-tu de revenir au camp avec moi ?

— J'accepte, mais avant toute chose, il faut que tu

parlementes avec ma mère pour lui demander la permission d'enrôler certains de ses hommes.

Elle n'était pas entièrement convaincue que Rochelle accéderait à cette requête, malheureusement. Et si Robert n'obtenait pas les soldats attendus par le roi, que se passerait-il ? Changerait-il d'avis et renoncerait-il à l'épouser ?

Elle voulait croire qu'il l'aimait, bien qu'il ne le lui ait jamais dit. Mais en ce moment précis, elle avait l'impression de se trouver au sommet d'une montagne escarpée. Le moindre souffle de vent contraire pourrait la précipiter dans le vide.

— Nous allons réussir, Morwenna, assura-t-il. Je n'en doute pas un seul instant.

Comme elle aurait aimé pouvoir en être aussi sûre que lui.

Il leur avait fallu presque une semaine avant de pouvoir regagner le camp du roi. Lady Rochelle de Banmouth n'avait pas accepté de se séparer de beaucoup de ses hommes, mais, en les payant, Robert avait tout de même réussi à en attirer une douzaine avec eux. Il avait bien conscience que le roi ne se satisferait pas de si peu de soldats, mais il avait vendu tout ce qu'il possédait pour les enrôler.

De toute façon, tout cela n'était qu'illusion. Il prenait le risque que le roi accepte une promesse qui n'était pas basée sur la réalité ni la vérité. Les soldats étaient bien là, oui, mais pour combien de temps ?

Il se rendait compte que Morwenna percevait la tension qui l'habitait en même temps que la gravité de la situation. Il s'inquiétait pour elle. Il la trouvait pâle et elle était toujours fatiguée. Elle touchait à peine à la nourriture qu'il lui proposait.

— Sa Majesté va vous recevoir maintenant, l'informa un garde royal. Présentez-vous à sa tente accompagné de Lady Morwenna et de vos hommes.

Morwenna portait une robe en soie bleu foncé dont les longues manches retombaient jusqu'à terre. Autour de son cou était accroché le collier de la reine Aliénor, et ses cheveux noirs étaient tressés et remontés sous un voile.

— Es-tu prête ? demanda Robert.

Elle esquissa un frêle sourire.

— J'imagine que je n'ai pas le choix.

Il prit sa main et la posa sur son bras alors qu'ils s'avançaient vers la tente du roi. Ils rattrapèrent un groupe d'aristocrates et Robert entendit qu'ils exprimaient de nouveau leur mécontentement. Cette fois, il ne s'agissait pas seulement des impôts. Il y avait autre chose, et la tension était si palpable qu'il mit une main sur la poignée de son épée. Mais après qu'ils les eurent dépassés, la discussion cessa. Robert continua de marcher aux côtés de Morwenna pendant que ses hommes les suivaient.

Morwenna et lui furent invités à entrer dans la tente, mais les soldats durent rester à l'extérieur. Robert tenait la main de Morwenna, dont les doigts étaient glacés.

— Votre Majesté, murmura-t-elle, avant d'effectuer une révérence, pendant que Robert s'inclinait.

— Donc, vous êtes la fille de Rochelle, dit le roi, songeur. La ressemblance ne nous échappe pas.

— Oui, je suis sa fille, affirma Morwenna, en gardant la tête baissée en signe de respect.

— Et pensez-vous être notre fille ?

La question avait des allures de piège, et Robert serra la main de Morwenna en guise d'avertissement.

— J'ignore si j'ai cet honneur, répondit-elle, mais... j'espère que c'est la vérité, Votre Majesté.

Sa réponse sembla plaire au roi, qui lui adressa un léger sourire. Ce fut néanmoins sa seule réaction. Robert jeta un coup d'œil à Morwenna et vit sa déception. Au fond d'elle-même, elle avait sans doute envie que le roi lui témoigne de l'affection, ou tout du moins une certaine considération. Au lieu de cela, il la traitait comme une enfant illégitime parmi tant d'autres.

Puis le roi changea de sujet.

— Nous avons cru comprendre que vous étiez sur le point de vous marier.

Elle tressaillit imperceptiblement, avant de déclarer :

— Robert a demandé ma main, oui.

Le ton du roi se fit plus autoritaire.

— Et si nous ne vous donnions pas la permission de l'épouser ? Et si nous exigions plutôt que vous épousiez un aristocrate choisi par nos soins ?

Morwenna marqua un temps d'hésitation. Le regard du roi était perçant, et Robert faillit intervenir, mais elle répliqua :

— Il vous faudrait chercher longtemps avant de trouver quelqu'un qui vous soit aussi loyal que Robert de Penrith, mon seigneur.

— Son père ne nous a pas été loyal. Il a refusé de nous verser les impôts qu'il nous devait. Et il a pris part à une révolte visant à nous renverser, annonça le roi d'une voix glaciale.

— Un fils ne peut être tenu responsable des erreurs de son père, dit Morwenna d'une voix calme. Robert vous a amené quelques-uns des soldats qu'il vous avait promis.

— Nous voulons tous les soldats qui nous ont été promis.

Robert rit doucement.

— Si j'étais arrivé ici accompagné d'une armée, j'aurais eu l'air de vous menacer. Non, Votre Excellence, il serait préférable que je vous les envoie plus tard, une fois que Morwenna et moi-même serons mariés.

L'argument sembla apaiser légèrement le roi.

— Alors donnez-nous deux cents soldats. Et en échange,

nous vous trouverons un bout de terre sur laquelle vous pourrez régner.

Morwenna échangea un regard avec Robert et il savait déjà ce qu'elle était en train de penser. Deux cents soldats ? En réunir un si grand nombre était impossible. Il avait déjà eu suffisamment de mal à en recruter une douzaine... Mais pour l'instant, il ferait tout son possible pour contenter le souverain.

— Je vous en serai éternellement reconnaissant, Votre Majesté.

Il n'avait d'autre choix que d'accepter le fief qui lui serait alloué, même si ce n'était pas Penrith. C'était le seul moyen de reconstituer les richesses de son père et d'aider secrètement ses gens.

— Vous n'aurez cette terre qu'après m'avoir fourni les hommes, fit remarquer le roi.

Robert inclina la tête, ce qui lui permit de dissimuler sa frustration.

— Envoyez-les à Portsmouth quand vous les aurez. Nous sommes en train d'y faire construire des navires pour appareiller vers la France.

Le roi Jean les congédia alors d'un geste de la main.

— Vous pouvez partir.

Robert s'inclina de nouveau, et Morwenna fit la révérence. Ils reculèrent jusqu'à la sortie, et quand ils furent à l'extérieur, elle murmura :

— Où allons-nous trouver deux cents hommes, Robert ? Nous en avons douze.

Il lui prit la main.

— Je me demande si nous ne pourrions pas recruter des volontaires à Penrith.

Même s'il avait dit cela sur le ton de la plaisanterie, c'était une éventualité qu'il n'écartait pas.

Morwenna ralentit l'allure.

— Je suis sérieuse, Robert. Si nous ne parvenons pas à réunir ces hommes, comment récupéreras-tu tes terres ?

Elle serra sa main.

— Et quelle était cette allusion à d'autres terres ? Je pensais que tu ne voulais que Penrith.

Il s'arrêta pour la regarder. L'inquiétude se lisait sur son visage, et Robert comprenait quel en était l'objet. Elle avait peur qu'il ne puisse pas la faire vivre.

Il se pencha pour l'embrasser, sans se soucier des gens qui les entouraient.

— Je te promets de dénicher un endroit où nous pourrons vivre, Morwenna. Et en même temps, je ferai tout mon possible pour aider mes gens. Cela prendra peut-être du temps de bâtir une armée pour le roi, mais j'y parviendrai.

Le visage de Morwenna s'assombrit et elle eut l'air de vouloir ajouter quelque chose. Il s'attendait à ce qu'elle dise qu'elle resterait toujours à ses côtés, comme elle l'avait fait par le passé. Mais elle semblait plongée dans des abîmes de perplexité et Robert ignorait pourquoi.

— Tu ne m'as jamais répondu, dit-il doucement. Tu ne veux plus m'épouser ?

— Je ne sais pas ce qui va se passer à présent, Robert.

Elle avait pâli et elle s'arrêta. Elle ferma les yeux un instant, comme si elle cherchait à retrouver l'équilibre après un étourdissement.

— Les choses ont changé, ajouta-t-elle.

Robert s'interrogea alors : sa mère avait-elle joué un rôle dans ce revirement ? Morwenna avait appris qu'elle était peut-être fille de roi. Elle n'était plus obligée de vivre comme la fille d'un meunier. Elle pouvait épouser l'homme de son choix.

Il attendit qu'elle en dise davantage, mais elle garda le silence. Il ignorait ce qui s'était passé, mais elle lui cachait des choses, c'était certain. Il l'enlaça, en se demandant si elle allait le repousser.

Au contraire, elle s'agrippa à lui, comme si c'était la dernière fois qu'elle le serrait dans ses bras. Et cela le rendit encore plus nerveux.

Soudain, elle recula et regarda autour d'elle.

— Robert, où sont tes hommes ? Ils se trouvaient devant la tente du roi il y a quelques instants. Je ne les vois nulle part.

Il se sentit pris de court. Était-ce pour faire distraction que Morwenna posait la question ?

— Je ne sais pas, répondit-il.

À bien y réfléchir, néanmoins, cette désertion générale était étrange, en effet, d'autant plus que ces hommes étaient censés obéir à ses ordres.

— Tu ferais sans doute mieux de partir à leur recherche.

Même s'il avait envie de rester auprès d'elle et de l'inciter à lui parler, elle avait raison. La dernière chose dont Robert avait besoin, c'était perdre les seuls hommes qu'il avait.

— Je vais te ramener à la tente des femmes.

Il marcha à ses côtés, tout en se demandant ce qu'il était advenu de ses soldats. Mais une fois qu'ils furent arrivés à la tente, Morwenna se hissa sur la pointe des pieds pour l'étreindre encore.

— Sois prudent, dit-elle.

— C'est promis.

Il l'embrassa rapidement et revint sur ses pas, en direction de la tente royale. Il chercha des yeux ses gardes, sans en trouver aucun. Un homme qu'il interrogea pensait qu'ils étaient partis jouer aux dés avec d'autres soldats, mais sans en être certain.

Ce fut alors qu'il aperçut un groupe d'aristocrates qui se dirigeaient vers la tente du roi. Ils semblaient furieux et déterminés. Robert arriva à leur hauteur et, en les dépassant, il fut pris d'un sentiment de méfiance. Il pressentait l'imminence d'une confrontation potentiellement violente. Même si le roi possédait sa garde personnelle, cela risquait de ne pas être suffisant.

Robert se mit à chercher parmi les tentes, pressé de mettre la main sur les hommes qu'il avait engagés. Il finit par en apercevoir un, en train de boire de la bière.

— Trouve les autres, ordonna-t-il, et rejoignez-moi devant la tente du roi Jean. Tout de suite !

Le soldat parut contrarié, mais il soupira et posa sa chope. Devant sa réticence, Robert le saisit par la tunique et dit à voix basse :

— Le roi est en danger de mort. Et nous allons le protéger.

L'homme changea radicalement d'attitude, et il se contenta de répondre :

— Je vais chercher les autres.

— Armez-vous et encerclez la tente de Sa Majesté, ordonna Robert. Si tu peux, fais aussi en sorte que des gardes royaux se joignent à vous. Ce n'est peut-être rien, mais mieux vaut être paré à toute éventualité.

Le soldat se précipita dehors, et Robert se dirigea à grandes enjambées vers l'arrière de la tente du roi. Deux gardes s'y trouvaient déjà, et il les rejoignit. Il prit un bouclier et se plaça à leurs côtés. Depuis l'intérieur de la tente s'élevaient des voix furieuses.

— Je pense que vous devriez aller protéger Sa Majesté, conseilla Robert. Mes hommes arrivent. Nous pourrons défendre le périmètre.

Un soldat écarta le rabat de la toile de tente et jeta un œil à l'intérieur.

— Il a raison. Nous ferions mieux d'entrer.

L'autre soldat le suivit, et Robert resta en place. Il entendit les bruits d'une altercation et il allait entrer à son tour quand il vit un deuxième groupe d'aristocrates se diriger d'un pas rapide vers la tente. Il ne faisait aucun doute qu'ils avaient l'intention d'y pénétrer et d'encercler le roi.

Robert leva son bouclier, tout en sachant qu'il ne parviendrait jamais à repousser à lui tout seul autant d'hommes. Tout ce qu'il pouvait faire, c'était défendre l'entrée de la tente le plus longtemps possible.

Il appela les gardes qui étaient à l'intérieur, bien qu'il soit à peu près sûr que personne ne viendrait. En effet quand il croisa le regard du soldat avec lequel il venait de parler, il vit qu'il avait déjà parfaitement compris quel danger les guettait. Si Robert avait de la chance, ses soldats n'allaient pas tarder à arriver.

Il n'avait plus qu'à espérer survivre à cet affrontement.

12

Personne ne lui adressa la parole dans la tente réservée aux femmes et pour l'instant, cela arrangeait plutôt Morwenna. Sa vie avait été bouleversée au cours des dernières semaines, et à présent une question la torturait : était-elle vraiment la fille illégitime du roi ? Elle aurait voulu le savoir, mais la vérité semblait insaisissable.

Pendant leur entretien avec le souverain, elle avait ressenti de la déception devant l'indifférence manifeste de Jean. Mais à quoi s'attendait-elle ? Elle n'était qu'une fille oubliée de plus.

Geoffrey avait été le seul père qu'elle ait jamais eu, et il n'était plus là. Il avait commis d'innombrables erreurs, mais il avait fait de son mieux pour s'occuper d'elle. Il avait même mis de côté la robe et le collier pour elle, comme Rochelle le lui avait demandé.

Morwenna commençait à réaliser qu'il importait peu que son père soit le roi ou un aristocrate. L'essentiel pour elle était que depuis qu'elle connaissait sa vraie mère, elle sentait qu'elle était en droit de désirer davantage qu'une fille de serf ne pourrait jamais oser le faire.

Elle avait hésité à accepter la demande en mariage de Robert, non pas parce qu'elle ne voulait pas l'épouser, mais parce qu'elle avait peur. Ils n'avaient aucune terre, aucun endroit où vivre.

Elle resta assise dans un coin un moment, à s'interroger sur ce qu'elle devait faire. Elle n'avait pas fait part à Robert de ses doutes, mais elle n'avait pas eu ses règles dernièrement. Certaines odeurs l'incommodaient et elle avait failli vomir en passant devant quelqu'un qui faisait rôtir du poisson. Ce n'étaient pas les nausées matinales dont beaucoup de femmes se plaignaient. Non, ce puissant mal au cœur ne la quittait pas de la journée, depuis le moment où elle se réveillait jusqu'à celui où elle s'endormait. Les seuls aliments qu'elle pouvait avaler étaient le pain et le fromage, mais uniquement en petites quantités.

Quand une femme se mit à servir à boire, Morwenna se leva. Elle se sentait suffisamment mal comme cela : elle n'avait pas envie de subir les effluves du repas des ladies. Elle avait besoin d'air frais et d'un moment pour respirer.

Elle avait failli en parler à Robert, mais la peur l'en avait dissuadée. Et si elle se trompait et qu'elle n'attendait pas son enfant ?

Il avait promis de leur trouver un logis quelque part. À un moment, elle l'aurait suivi n'importe où et aurait été prête à changer sans cesse d'endroit, du moment qu'ils étaient ensemble. Mais les choses avaient changé à présent et, à moins de réunir suffisamment d'hommes prêts à se battre pour le roi, ils n'auraient nulle part où vivre, nulle part où élever un enfant. L'endroit le plus sûr pour elle, le plus sûr pour passer sa grossesse, ce serait chez sa mère... au moins jusqu'à ce que Robert leur trouve une terre.

Les émotions, l'inquiétude la tourmentaient. Elle n'était même pas certaine que Robert ait envie d'avoir un enfant avec elle. Et s'il décidait de devenir mercenaire pour gagner sa vie ? Et s'il la quittait ?

Elle fit quelques pas à l'extérieur de la tente et prit de

grandes inspirations pour tenter de se calmer. Se laisser submerger par l'angoisse ne servait à rien.

Soudain elle entendit, à proximité, des cliquetis d'épées. Puis des hommes passèrent en courant en longeant les tentes. Des dizaines de soldats se joignirent à eux, ainsi que des nobles.

— Que se passe-t-il ? essaya-t-elle de demander.

Mais personne ne s'arrêta pour lui répondre.

Il lui vint alors une sombre prémonition, car tous se dirigeaient vers la tente du roi… où elle avait laissé Robert.

Sous l'effet de la peur, Morwenna sentit sa gorge se serrer. Elle lutta de toutes ses forces contre cette terreur stérile. Après avoir réussi à la refouler, elle fendit la foule pour tenter d'apercevoir Robert, mais il y avait tant de monde qu'il était impossible d'y distinguer quiconque.

Ce fut alors qu'elle entrevit une chevelure blonde qui lui était familière. Lady Gwendoline marchait à côté de son père, qui affichait une mine sinistre. Le désespoir de son amie semblait évident, et même si Morwenna avait très envie de lui parler, elle n'était pas certaine de pouvoir l'aider.

Si Gwendoline était seule, songea-t-elle, alors Piers était en danger ou déjà mort.

Elle pressa le pas jusqu'à se trouver derrière la jeune lady. Tout autour couraient plusieurs nobles et Morwenna saisit sa chance. Elle fit exprès de heurter ces hommes, qui, emportés par leur élan, bousculèrent Lord Penrith et le firent tomber. Le comte, à quatre pattes, se mit à vitupérer, ce qui laissa à Morwenna un petit laps de temps précieux pour parler à Gwendoline.

Alors que Lord Penrith ne s'était pas encore relevé, Morwenna prit la main de Gwendoline.

— Où est Piers ? s'enquit-elle.

— Il est retenu prisonnier, répondit Gwendoline, les

yeux embués de larmes. S'il vous plaît, demandez à Robert de le secourir.

Morwenna sentit son sang se glacer, mais elle ne pouvait rien faire.

— Je pense que le roi est en danger. Robert doit être en train d'essayer de le défendre.

Puis elle entraîna son amie vers la foule composée de soldats et d'hommes.

— Robert ne peut pas venir en aide à Piers maintenant… mais vous, oui. Si vous savez où il se trouve.

Elles coururent le plus loin possible de Lord Penrith, et Morwenna tendit son couteau à Gwendoline.

— Prenez ceci. Et si vous parvenez à le libérer, demandez-lui de venir défendre le roi.

Sur ce, Gwendoline disparut entre les tentes. Morwenna se fit happer par la foule, et dut lutter pour rester debout, risquant à tout moment de perdre l'équilibre. À grand-peine, elle parvint à s'extirper du chaos pour s'approcher de la tente du roi.

De loin, elle aperçut Robert. Il se battait âprement, si elle pouvait en juger par le cliquetis assourdissant et incessant des épées. Pour mieux voir, elle grimpa sur un tonneau qui se trouvait là. En mettant les mains en visière au-dessus de ses yeux pour se protéger du soleil, elle constata que les douze hommes qu'il avait enrôlés combattaient à ses côtés. Les soldats du roi avaient également formé des lignes de part et d'autre de la tente, tandis que Robert continuait à en défendre l'entrée avec acharnement.

Il se mouvait avec la fluidité de l'eau, passant d'un adversaire à l'autre. La peur tenaillait Morwenna, mais elle ne parvint pas à détacher son regard de lui. En lui, elle voyait l'homme qu'elle aimait, en train de se battre pour leur avenir. Il ne possédait pas les soldats exigés par le roi, mais il était en train de prouver sa loyauté. La foule les encerclait, mais à aucun moment il ne flancha.

Puis, enfin, le roi Jean sortit de sa tente et s'avança.

— Il suffit !

À ses côtés se tenaient d'autres soldats, ainsi que des archers qui pointèrent leurs armes dans toutes les directions. Robert porta son dernier coup, avant de baisser son épée en signe d'obéissance.

Le temps parut alors se suspendre. Tous les regards étaient fixés sur le roi qui se préparait à prendre la parole.

Mais alors Morwenna perçut un mouvement rapide en même temps que l'éclair d'une lame. Quelqu'un venait de brandir une épée. Il n'y avait aucun moyen de savoir qui était à l'initiative de cette attaque, mais Robert se jeta devant le roi.

Ce fut l'instinct qui lui fit lever son bouclier. L'épée avait été projetée en avant avec tant de force qu'elle était plantée dans le bois. L'instant d'après, un homme tomba à terre, abattu par un archer.

— Quelqu'un d'autre a-t-il envie de mourir ? demanda le roi, rouge de rage. Retournez à vos tentes. Et à moins que vous ne fassiez partie de l'entourage royal, nous souhaitons votre départ.

Robert rengaina son épée et commença à s'en aller.

— Pas vous, lança le roi. Robert de Penrith, nous désirons vous parler.

Il s'inclina et suivit le roi dans sa tente. Il aurait bien voulu voir Morwenna, mais il y avait beaucoup trop de monde pour cela.

— Mon seigneur, dit-il en posant un genou à terre.

— Levez-vous, commanda le roi. Vous vous êtes bien battu aujourd'hui pour nous protéger. Et il ne nous a pas échappé que vos hommes avaient rejoint les nôtres afin de mater cette rébellion.

Un léger pli barrait le front du monarque, comme s'il savait que la bataille n'était pas encore gagnée.

— Sans votre bouclier, nous ne serions plus roi.

— Mon épée est à vous, Votre Majesté.

Cette réponse sembla plaire au roi Jean, qui le regardait fixement. Robert ne détourna jamais le regard, tout en espérant en avoir suffisamment fait pour s'attirer les bonnes grâces du souverain.

— Vous voulez Penrith, c'est cela ?

Les yeux perçants du roi le scrutaient comme s'ils voulaient lire en lui.

Jean avait enfin prononcé les mots qu'il avait attendus pendant si longtemps. Cela faisait deux années qu'il en rêvait. Même s'il avait envie de dire oui, Robert hésitait. Il s'était entraîné pour reconquérir ses terres, et maintenant que l'opportunité de redevenir maître de Penrith se présentait, cela lui semblait presque irréel.

— Oui, je veux ces terres, déclara-t-il tout de même. Je veux que mes gens vivent sans peur. Je veux réparer les erreurs de mon père et devenir le comte dont ils ont besoin.

Le roi l'observa un long moment.

— Vous méritez d'être rétribué pour avoir sauvé votre roi. Mais Alfred de Penrith nous a aussi prouvé sa loyauté. Nous ne pouvons pas récompenser son dévouement en le dépouillant de ses terres.

Il marqua une courte pause, avant d'ajouter :

— Mais si vous épousez sa fille...

— Elle est déjà mariée, répondit Robert, à mon demi-frère, Piers. Ils se sont mariés en secret.

— Elle sera bientôt veuve, dit le roi. Alfred a réclamé l'exécution de votre frère illégitime pour le punir d'avoir enlevé sa fille et de l'avoir forcée à l'épouser. Il est notre prisonnier en ce moment même.

Un frisson glacé parcourut l'échine de Robert. Il avait beau vouloir Penrith de toutes ses forces, la vie de son frère comptait davantage à ses yeux.

Sans Piers, il serait mort à l'heure qu'il était. Et l'idée de rejeter Morwenna pour épouser Gwendoline n'était pas concevable. La belle et farouche Morwenna lui appartenait et lui appartiendrait toujours. Jamais il ne pourrait en épouser une autre.

D'autre part, le destin de Penrith et celui de son demi-frère étaient intimement mêlés. Piers avait été brimé toute sa vie et il n'avait jamais rien reçu en compensation. Il avait toujours convoité l'héritage de Robert. Mais, plus encore, il comprenait les habitants de Penrith comme jamais ne le pourrait Robert. Piers avait grandi parmi eux, et travaillé aux champs avec les paysans durant son enfance et son adolescence.

À présent qu'il avait osé épouser Lady Gwendoline, sa vie était menacée. Il mourrait si Robert n'intervenait pas.

— Votre proposition m'honore, Votre Majesté. Mais je ne veux pas que mon frère meure. Il m'a sauvé la vie. Et sans lui, je n'aurais pas pu vous protéger, mon roi.

Le roi semblait méfiant, et Robert choisit ses mots avec prudence, afin de ne pas l'offenser.

— J'ai changé d'avis. Si vous m'accordiez Penrith, cela risquerait d'entraîner des complications pour vous. Je préférerais aussi épouser Morwenna plutôt que Lady Gwendoline.

Avant que le roi ne puisse discuter, Robert poursuivit :

— Si vous aviez une autre terre, même petite, où vous avez besoin d'installer un loyal sujet, alors je l'accepterais avec gratitude.

Le roi eut l'air de réfléchir à sa requête. Puis il hocha la tête.

— Le seigneur qui a osé porter cette attaque contre nous est mort. Et il n'a pas de fils.

Après une courte pause, il ajouta :

— Nous vous cédons ses terres, s'il vous sied de vivre loin d'ici.

Robert aurait voulu en savoir plus, mais il se força à garder le silence. Le roi répondit toutefois à ses interrogations silencieuses.

— Les terres sont situées en Irlande. Vous pouvez dès maintenant vous rendre à Dunbough pour en prendre possession. Et une fois que vous serez installé, nous attendons toujours de vous que vous nous envoyiez autant de soldats que vous le pourrez pour soutenir notre cause.

Il fit signe à l'un de ses hommes, et ordonna :

— Faites en sorte que Robert ici présent devienne le nouveau comte de Dunbough, et nous apposerons notre sceau sur les décrets officiels plus tard.

Robert s'inclina profondément.

— Je vous en serai éternellement reconnaissant, Votre Majesté.

Il y eut du mouvement à l'extrémité de la tente et deux soldats entrèrent avec Morwenna. Robert tendit le bras et elle le rejoignit, avant de l'étreindre. Il respira son odeur, soulagé qu'il ne lui soit rien arrivé.

— Tu es vivant, murmura-t-elle. J'ai eu si peur de te perdre.

— Souhaitez-vous toujours épouser cet homme ? demanda le roi. Sinon, je pourrais arranger une union avec un autre seigneur.

Robert passa un bras autour de sa taille, en espérant qu'elle allait acquiescer. Ils avaient traversé tant d'épreuves – la captivité, la pauvreté, les combats – pour pouvoir être ensemble. Il n'existait nulle autre femme avec laquelle il pouvait imaginer de partager sa vie, mais Morwenna n'avait toujours pas dit oui.

Elle s'écarta et exécuta une profonde révérence.

— Votre Majesté, Robert est le seul homme que j'aie envie d'épouser.

Ses mots l'emplirent d'un mélange de soulagement et de joie. Bien qu'il eût très envie de la serrer dans ses bras, il se retint devant le roi.

Le souverain fit signe à Morwenna de se relever.

— Nous vous accordons notre bénédiction, alors. Après votre mariage, vous partirez avec votre époux sur ses terres.

Elle adressa un doux sourire au roi.

— Merci.

Robert ne parvint plus à se contenir. Il étreignit Morwenna et lui vola un baiser. Dans son dos, il entendit le petit rire du roi, mais il s'en moquait éperdument. Elle avait accepté de l'épouser et c'était tout ce qui comptait.

Robert lui prit la main, mais avant qu'ils ne soient dehors, il entendit quelqu'un crier.

— Je veux voir le roi !

Robert dégaina son épée, prêt à défendre le roi Jean si nécessaire, mais l'homme qui pénétrait dans la tente n'était autre que Lord Penrith, dont le visage était rouge de rage.

— Mon prisonnier s'est enfui et ma fille est avec lui, lança Penrith. Je soupçonne cet homme de l'avoir libéré.

Robert conserva son épée en garde, car il ignorait les intentions exactes du comte. Il ne faisait absolument pas confiance à Penrith.

— Lord Robert était avec nous tout ce temps, fit remarquer le roi. Il nous a défendu quand vous ne vous êtes pas donné ce mal, dit-il sur un ton glacial qui sonnait comme un avertissement. Allez faire votre raffut ailleurs, vos problèmes ne nous concernent pas. Et si vous n'êtes pas capable de surveiller votre propre prisonnier, ce n'est pas de notre responsabilité.

— Je demande justice, insista Penrith.

— De quel droit osez-vous exiger quoi que ce soit de nous ? demanda le roi d'une voix tranchante comme le fil d'une épée.

Il fit signe à ses soldats d'emmener le comte.

— Escortez-le jusque dehors et veillez à ce qu'il rentre à Penrith. Nous n'avons plus besoin de lui.

Le comte eut l'air de vouloir protester, mais alors que les soldats l'encerclaient, le roi ajouta :

— Si vous proférez une autre menace, ce sera aussi votre dernière.

Alfred pâlit et tourna les talons. Ce ne fut qu'après son départ que Robert rengaina son arme.

Le roi tourna vers lui un visage approbateur.

— Vous étiez prêt à nous défendre de nouveau, n'est-ce pas ?

— En effet, Votre Majesté.

— Emmenez Lady Morwenna et épousez-la, commanda le roi. Ensuite partez pour Trim Castle, en Irlande. Nous allons transmettre nos ordres à Lord William de Lacy. Nous allons faire en sorte que plusieurs de ses hommes vous escortent jusqu'à Dunbough.

— Merci, Votre Majesté.

Robert marqua une pause, puis reprit :

— J'aurais une autre requête à formuler, si je puis me permettre.

Le roi attendit, et Robert continua.

— Ne lancez pas vos hommes aux trousses de Piers, mon seigneur. Mon frère n'est pas une menace pour vous, et il n'a rien fait de mal, mis à part épouser Lady Gwendoline sans permission. Si vous lui en laissez l'opportunité, il vous prouvera sa loyauté à son tour.

Le roi Jean ne paraissait pas convaincu, mais il haussa les épaules.

— Ces querelles entre votre frère et Lord Penrith ne nous regardent pas, après tout.

— Merci, Votre Excellence.

Robert s'inclina de nouveau, et Morwenna exécuta une autre révérence. Le roi les congédia d'un geste de la main et ils quittèrent la tente.

Dès qu'ils furent dehors, Robert la saisit par la taille et la fit tournoyer lentement.

— Que fais-tu ? demanda-t-elle en riant.

— Tu as dit oui.

Il la reposa doucement, et quand il l'embrassa, il vit son regard heureux.

— Tu as accepté de m'épouser.

— Oui, répondit-elle en prenant son visage entre ses mains. Et j'ai hâte d'être ta femme.

La lumière commençait à décliner, et Robert conduisit Morwenna vers les tentes situées dans la partie la plus périphérique du camp. Il en ouvrit une et parla à deux soldats qui s'y trouvaient, en leur offrant des pièces d'argent.

— Cherchez un autre endroit pour dormir cette nuit.

Ils s'en allèrent et Morwenna se tourna vers lui.

— J'étais si inquiète pour toi, Robert.

Il l'attira à lui et l'embrassa avec toute la passion qui l'habitait. Son cœur se mit à cogner quand la langue de Morwenna se mêla à la sienne et que le désir s'empara de lui. Il fallait absolument qu'ils passent la nuit ensemble, afin qu'il lui montre à quel point il l'aimait.

— Je souhaiterais pouvoir t'épouser là, tout de suite, dit-il. As-tu toujours l'intention de me faire languir ?

Elle rit et l'embrassa encore.

— Robert, il y a une chose qui me fait encore plus envie qu'être ta femme.

Il mordilla tendrement ses lèvres.

— Et qu'est-ce donc ?

— Sentir ta peau nue tout contre la mienne.

Elle tira sur les liens qui fermaient sa robe.

— J'ai encore failli te perdre aujourd'hui, et je ne veux pas attendre.

Elle laissa sa robe tomber à terre. Quand elle retira sa chemise et se retrouva nue devant lui, Robert oublia tous les mots qu'il voulait prononcer.

— Je m'accorde cette nuit, murmura-t-elle.

Elle était magnifique dans les dernières lueurs du soir qui doraient sa peau et accentuaient l'arrondi de ses seins aux pointes durcies par l'air fraîchissant. Son corps était mince et musclé, et Robert était époustouflé par tant de beauté.

Elle posa les mains sur son torse et le regarda.

— À moins que tu ne veuilles que je m'arrête ?

Jamais de la vie. En guise de réponse, il ôta sa tunique et l'attira à lui jusqu'à ce qu'ils soient peau à peau.

— Je vais te donner tout ce que tu veux, Morwenna. Maintenant, et tous les autres jours.

Robert s'abandonna au désir qui le submergeait. Il s'empara de la bouche de Morwenna et la dévora pendant que ses mains parcouraient fiévreusement les courbes de la jeune femme. Elle haleta lorsqu'il toucha un endroit sensible, et il se força à ralentir, à calmer l'ardeur de son étreinte.

Il lui prit la main et la conduisit jusqu'à une couche de fortune faite de peaux superposées. Puis il acheva de se déshabiller et la fit s'allonger à ses côtés.

— Je t'aime, Morwenna. Et si Dieu le veut, j'ai l'intention de passer le reste de mes jours en ta compagnie.

Il ne pouvait pas concevoir d'être de nouveau séparé d'elle. Il ignorait quelle serait leur vie en Irlande et à quels défis ils seraient confrontés, mais tout cela n'avait aucune importance du moment qu'ils étaient ensemble.

— Je t'aime moi aussi, dit-elle en laissant couler ses larmes.

Mais il s'agissait de larmes de joie et non de chagrin, Robert le savait bien. Et à ce moment précis, il la désirait avec une férocité qui allait bien au-delà de toute raison. Il avait besoin de lui donner du plaisir et de la regarder en jouir. Le souvenir de cette première nuit où il avait pris son innocence le hantait toujours.

Morwenna lui prit les mains pour les poser sur ses seins. Sa peau était fraîche et quand les paumes de Robert entrèrent en contact avec ses mamelons, elle s'agrippa à ses épaules en fermant les yeux.

— C'est si bon, soupira-t-elle.

Alors, lentement, il se mit à la caresser. À chaque effleurement, son propre désir grandissait et devenait de plus en plus difficile à contrôler. Morwenna gémit quand il fit doucement rouler ses mamelons entre ses doigts. Il se pencha pour embrasser un sein, et elle étouffa un petit halètement de plaisir et de surprise mêlés. Du bout de la langue, Robert continua son exploration, tandis qu'il caressait son autre sein.

Elle était si sensible qu'elle cria. Elle s'agrippa cette fois à ses cheveux et ajusta sa position afin de se retrouver assise, les jambes écartées. Il suffisait à Robert de soulever ses hanches pour la pénétrer, mais il voulait faire durer son plaisir.

— Montre-moi, demanda-t-il en prenant sa main. Dis-moi où tu veux être touchée.

Son beau visage était empourpré et, tout en mordillant ses lèvres, elle guida sa main plus bas, entre ses jambes. Il effleura son duvet et sentit la chaleur qui irradiait d'elle. Il la revit en train de se toucher et, aussitôt, son sexe se durcit. Le souffle court, il caressa son intimité humide et brûlante.

Morwenna tendit le bras vers lui et ses doigts s'enroulèrent autour de son sexe. Elle le pressa doucement, et un plaisir intense envahit Robert. Il lui montra comment bouger la main et pendant qu'elle faisait des merveilles en s'appliquant, il glissa deux doigts en elle. Il entra et sortit lentement à plusieurs reprises et elle cala ses mouvements de poignet sur le même rythme. Robert sentait l'extase naître et croître en lui, jusqu'à ce qu'il se rende compte qu'il était en train de se laisser emporter comme un adolescent fougueux.

Il posa alors la main sur le poignet de Morwenna pour la forcer à lâcher son sexe.

— Attends, Morwenna. Allonge-toi.

Elle parvenait à peine à respirer. Pourtant elle obéit et s'allongea sur les fourrures, les genoux levés. Elle avait l'impression que son corps renaissait à la vie, avec des envies et des besoins nouveaux.

Dans l'intimité de son cœur, elle avait déjà prononcé des vœux silencieux devant le prêtre, le jour où Piers avait épousé Gwendoline. Et maintenant, elle avait l'intention de s'accorder ce moment de plaisir.

Le regard vorace de Robert la parcourut telle une caresse invisible. De nouveau, il embrassa ses seins, et la chaleur de sa bouche provoqua une douleur lancinante entre les jambes de Morwenna. Elle ne comprit pas tout de suite ce qu'il voulait, mais il posa sa main au-dessus de la sienne.

— Je veux que tu me montres quoi faire. Montre-moi ce qui te donne du plaisir.

Elle ressentit une brève gêne, avant de se laisser griser par le contact de la peau de Robert contre la sienne. Il voulait qu'elle se donne du plaisir en se servant de sa main à lui. L'idée aurait pu la choquer, mais Morwenna ne s'arrêta pas à cela. Elle approcha les doigts de Robert de son sexe et, en particulier, de ce petit point si sensible. Doucement, elle lui apprit à doser la pression de ses doigts afin que ce contact soit le plus intense possible. Curieusement, cette « leçon » rendait la chose plus excitante encore que si c'était elle qui s'était touchée. Son amant reprit rapidement le contrôle de la situation et, très vite, Morwenna fut hors d'haleine.

Tout en continuant ses caresses, Robert glissa un doigt en elle. Elle agrippa la fourrure et se tortilla contre lui quand, tout à coup, l'extase l'emporta avec la violence d'une tempête. Au fur et à mesure que le plaisir montait en elle, Morwenna se sentait de plus en plus vivante.

Puis elle repoussa doucement le torse de Robert afin qu'il s'allonge sur le dos. Elle s'installa à califourchon sur lui et positionna son sexe gonflé à l'entrée du sien. Elle se redressa et lentement, se laissa glisser sur lui. Il était si large et si dur qu'elle eut un peu de mal. Mais Robert tendit les bras pour caresser ses seins et cela l'aida à l'accueillir plus profondément en elle.

Il était tendre, et la laissait prendre son temps, mais c'était si bon qu'elle en voulut rapidement davantage. Elle se mit à bouger contre lui, et Robert laissa échapper un gémissement sourd.

— Je suis désolée, s'excusa-t-elle. Je t'ai fait mal ?

— Non. Recommence.

Il ferma les yeux, sans cesser de caresser ses mamelons, pendant qu'elle continuait de bouger. Il saisit ses hanches et lui montra le rythme à adopter. Pas à pas, le plaisir faisait de nouveau son chemin en elle.

Elle aimait cet homme, autant qu'elle aimait qu'ils puissent partager ce moment. Robert respirait fort et vite, ce qui n'empêcha pas ses mains d'attraper les fesses de Morwenna. Elle suspendit un instant ses mouvements, et attendit. Il poussa en elle et elle se contracta afin de le caresser du mieux qu'elle put.

— Je ne vais pas tenir longtemps, si tu continues comme cela, souffla-t-il.

— Tu aimes ? murmura-t-elle en recommençant.

— J'adore, autant que je t'adore toi.

Ces mots emplirent Morwenna d'une joie presque trop immense pour qu'elle puisse la supporter.

— Je t'adore moi aussi.

Robert leva légèrement les hanches de Morwenna et les abaissa sur lui. Elle sentit le désir la gagner avec plus d'ardeur encore, mais elle voulait que ce soit lui qui mène la manœuvre désormais. Elle se retira et s'allongea sur le dos, les genoux levés. Il comprit ce qu'elle voulait et, tout en empoignant ses fesses, il la pénétra d'un grand coup de reins. Ce changement de position lui offrait la possibilité de prendre ce qu'il voulait, et Morwenna s'abandonna à lui en frémissant sous ses va-et-vient.

Elle ne put s'empêcher d'aller à la rencontre de ses pénétrations, de plus en plus vigoureuses et rapides. Quand il reprit son mamelon dans sa bouche, elle eut l'impression d'exploser en mille morceaux entre ses bras. Elle gémit, et il accéléra encore la cadence. Il poussa et poussa encore, jusqu'à ce qu'il émette un cri guttural et se répande en elle.

Morwenna noua les jambes autour de sa taille, le corps parcouru de spasmes. Il se relâcha et elle fut submergée par un sentiment de gratitude. Quel bonheur et quelle chance de pouvoir faire sien l'homme qu'elle aimait.

— Est-ce que tu veux te marier à Banmouth ? demanda-t-il en l'embrassant.

Elle réfléchit un moment, avant de secouer la tête.

— Je pense que nous devrions demander à ton oncle Oswald de recueillir nos vœux. Et, bien sûr, je t'épouserais n'importe où, mais nous pourrions nous marier à Stansbury où nous avons vécu et où nous nous sommes entraînés. C'est là que je suis tombée amoureuse de toi.

Il colla son nez contre le sien.

— Je vais tout arranger afin qu'il en soit fait selon tes désirs.

Prise d'un soudain accès de timidité, Morwenna ajouta :

— Nous devrions nous marier rapidement, Robert. Je ne veux pas attendre trop longtemps.

Elle posa la main de Robert sur son ventre et le regarda dans les yeux.

— Je n'ai pas eu mes règles.

Le visage de Robert exprima une joie sincère.

— Un enfant ?

— Il est trop tôt pour l'affirmer, mais je crois que oui.

Il laissa la main sur son ventre et le caressa, comme pour témoigner son amour à leur bébé. Morwenna l'embrassa de nouveau, bénissant cet homme et les années qu'ils allaient vivre ensemble.

Robert se tenait debout au milieu des ruines de Stansbury. Il attendait, aux côtés de son oncle. L'air matinal était frais, mais le soleil brillait d'un éclat radieux. Il était pressé d'épouser Morwenna et son impatience croissait à chaque instant qui passait. Il avait achevé tous les préparatifs pour leur voyage en Irlande, et il avait hâte de s'installer sur leurs terres. Quelques soldats de Banmouth avaient décidé de les accompagner à Dunbough, et ils étaient en ce moment même postés à intervalles réguliers dans la cour.

Son demi-frère Piers vint le rejoindre.

— Je suis ravi pour toi et pour Morwenna, dit-il. J'espère que vous serez heureux ensemble.

Robert lui administra une petite tape dans le dos.

— Et moi je suis ravi que tu aies pu te joindre à nous pour la cérémonie.

D'une voix plus sérieuse, il demanda :

— Est-ce que tout va bien se passer pour Gwendoline et toi ?

Même si le roi avait accepté de ne pas envoyer ses hommes à leurs trousses, Robert sentait que le danger rôdait toujours.

Piers hocha la tête.

— Notre combat n'est pas encore terminé, mais nous avons désormais compris que le père de Gwendoline ne changerait jamais.

— Si jamais vous avez besoin de vous réfugier quelque part, vous serez toujours les bienvenus en Irlande, proposa Robert en toute sincérité.

— Nous ne partirons pas tant que les habitants de Penrith ne vivront pas en paix, répondit Piers. Je t'ai fait une promesse et j'ai l'intention de la tenir.

Son frère devint plus grave et ajouta :

— J'ai envers toi une dette que je ne pourrai jamais te rembourser.

— Si tu leur rends leur liberté, cela suffira.

Leur conversation prit fin quand Morwenna apparut à l'entrée des arcades en pierre. Gwendoline et Rochelle se tenaient de part et d'autre d'elle. Sa fiancée portait la robe pourpre que Lady Gwendoline lui avait donnée et sa beauté lui coupa le souffle. Elle avança vers lui lentement, ses cheveux flottant librement dans son dos. Elle les laissait pousser et ils retombaient en délicates boucles sur ses épaules. Elle portait une couronne de fleurs sauvages roses, et son sourire exprimait tout l'amour que lui-même ressentait dans son cœur.

Robert prit ses mains dans les siennes et alors que son oncle commençait la cérémonie nuptiale, il ne cessait de se répéter à quel point il avait de la chance. Il pouvait refaire sa vie avec Morwenna en Irlande.

Leur enfant était peut-être déjà en train de grandir en elle. Il n'avait jamais imaginé posséder un jour une femme ou une famille à lui, et en prononçant ses vœux, il se fit la promesse de toujours les protéger.

Ensuite, ils se donnèrent le baiser de la paix. Le visage de Morwenna irradiait de bonheur, et il ressentait la même chose. Au milieu de la forteresse en ruines, Robert se remémora ses entraînements avec Piers, sous les yeux de Morwenna. Parfois, Brian et elle se joignaient à eux. Il pouvait presque entendre le cliquetis de leurs épées et leurs rires en fin de journée.

Il se pencha et murmura à Morwenna :

— J'aurais aimé que ton frère soit là. J'ai essayé de le retrouver, mais je n'y suis pas parvenu.

Son beau regard se voila de tristesse.

— Je sais. Je prie pour qu'il revienne un jour.

— Il reviendra. Sois-en certaine.

À la fin de la messe, il prit la main de Morwenna dans la sienne sous les acclamations des invités. Émue, la mère de Morwenna se tamponna les yeux avec son mouchoir. Même si elle était encore en train de faire connaissance avec sa fille, Rochelle avait tenu à être présente. Elle avait aussi amené le chaton avec elle dans un petit panier, et Morwenna avait été enchantée de le retrouver.

— Je viendrai vous rendre visite en Irlande, promit Rochelle en serrant sa fille dans ses bras. Au printemps.

Elle lui adressa un sourire entendu, et Robert supposa que Morwenna avait dû lui parler du bébé.

Ce fut ensuite à Gwendoline de s'avancer. Elle les étreignit tous les deux.

— Je vous souhaite tout le bonheur du monde.

Puis, en se tournant vers Morwenna, elle ajouta :

— Je suis heureuse que Piers et Robert soient demi-frères. Maintenant, nous sommes vraiment sœurs.

— Si un jour vous avez besoin d'aide à Penrith, nous sommes là, promit Morwenna.

Piers passa le bras autour de la taille de sa femme.

— Merci.

Les moines se joignirent à eux pour le repas, qui fut frugal et simplement composé de pain, de fromage, de mouton et de poisson. En dessert, ils se régalèrent tous de délicieuses mûres cueillies non loin de là.

Après plusieurs heures faites de bavardages, de chants et de danses au son d'un luth, la nuit tomba doucement. Plusieurs feux furent allumés dans la cour afin de réchauffer l'atmosphère, et puis les jeunes époux firent leurs adieux à l'assemblée. Gwendoline offrit un petit présent à Morwenna, qui la remercia avec chaleur.

Robert la conduisit jusqu'à un petit promontoire rocheux à proximité des ruines. Morwenna posa ses affaires et vint se poster à côté de lui. Tout autour d'eux, des centaines d'étoiles luisaient dans le ciel.

— C'est magnifique, dit-elle en levant la tête.

— Absolument magnifique, acquiesça-t-il, mais en la regardant elle.

Il l'embrassa et elle passa les bras autour de lui. Puis, au bout d'un moment, elle recula.

— J'ai un cadeau de mariage pour toi, Robert.

— Tu m'as déjà offert un cadeau de mariage, répondit-il en posant les mains sur son ventre. Même si, pour le découvrir, je vais devoir attendre un moment...

— Non, je ne parle pas de cela, répliqua-t-elle en souriant et en prenant ses mains dans les siennes. J'ai demandé à Gwendoline de fouiller un peu parmi tes affaires restées au château.

Morwenna ramassa le petit baluchon qu'elle avait posé à terre et le lui tendit.

— Elle a trouvé ceci, qu'elle vient juste de me donner.

Robert ouvrit le baluchon et découvrit un poisson en bois que son père avait fabriqué pour lui. Il y avait aussi un petit livre de prières qui avait dû appartenir à sa mère. Et le dernier objet était le tissu même qui formait le baluchon. Il s'agissait d'une étoffe délicatement tissée et brodée, et Morwenna s'émerveilla devant sa finesse.

— Je crois que c'est ma grand-mère qui l'a tissé, fit remarquer Robert. Ce sera pour le bébé.

— Je voulais que tu aies en ta possession quelques objets appartenant à ton passé, murmura-t-elle, puisque nous allons commencer une nouvelle vie et que pour cela tu es obligé de laisser beaucoup de choses derrière toi.

— Cela n'a plus d'importance. Et peu importe aussi ce qui nous attend, puisque nous sommes ensemble et là l'un pour l'autre.

Il mit les cadeaux à l'abri et attira Morwenna dans ses bras.

— Avant, mon idée fixe, c'était de reprendre le commandement de Penrith. C'était la seule chose qui comptait dans ma vie.

Il prit son doux visage entre ses mains.

— Mais j'étais aveugle et je ne voyais pas que tout ce dont j'avais besoin était là, juste devant moi.

— Je t'aime, Robert, dit-elle, avant de se pencher pour l'embrasser. Et quoi qu'il se passe en Irlande, nous ferons de ces terres le berceau de notre famille.

C'était tout ce qu'il demandait.

Épilogue

Avec ses mains, Morwenna protégea ses yeux du soleil ardent de l'après-midi. Nicolas, son fils âgé de trois ans, était en train de jouer avec une petite épée en bois qu'il faisait tournoyer dans les airs en essayant d'imiter les moulinets d'un soldat.

Elle vit qu'un cavalier solitaire approchait, et elle se demanda de qui il pouvait s'agir. Sa fille avait son poing dans sa bouche, et Robert vint les rejoindre. Il déposa un baiser sur la joue d'Aliénor, puis se pencha pour prendre Nicolas dans ses bras et le faire tournoyer autour de lui. Leur fils éclata de rire et Robert le hissa le plus haut qu'il put, avant de le caler contre sa cotte de mailles.

— Qui est ce cavalier ? s'enquit Morwenna.

— Mes hommes viennent de l'apercevoir et sont allés à sa rencontre. Viens accueillir notre invité comme il se doit.

Elle n'attendait personne, mais elle suivit Robert. Au cours des deux années écoulées, il avait transformé Dunbough en une forteresse imprenable. Le château, situé sur une falaise surplombant la mer, avait été protégé des invasions par de hauts murs en pierre. Robert avait également pris le temps d'aller à la rencontre de tous ceux qui vivaient sur ses terres. Au début, il n'avait pas été très bien accueilli, malgré le décret royal, mais Robert avait peu à peu réussi à se faire accepter, puis respecter. Les terres étaient plus difficiles à cultiver qu'à Penrith, mais il y avait du bétail – des moutons et des vaches – ainsi que le poisson pêché en mer. Tout le monde mangeait à sa faim à présent, et Morwenna aimait par-dessus tout se poster sur les remparts et regarder, tout en bas, les vagues se fracasser sur la muraille en pierre.

Mais qui était ce cavalier ? L'homme approchait, et quand Morwenna crut le reconnaître, son cœur se mit à cogner dans sa poitrine. Puis elle se mit à courir, sa fille dans les bras.

— Brian ! s'écria-t-elle, les joues baignées de larmes de joie. Mon frère !

Il était devenu si grand qu'elle dut lever la tête très haut pour le regarder. Sa peau était hâlée et tannée par le soleil. Il était évident qu'il était allé jusqu'à Jérusalem. Il descendit de cheval et, en pleurant, Morwenna alla à sa rencontre. Robert prit le bébé dans ses bras afin qu'elle puisse étreindre son frère.

Brian la serra fort contre lui, en caressant ses cheveux.

— Je suis retourné à l'abbaye et le père Oswald m'a dit où vous étiez.

Il regarda Robert.

— J'ai cru que tu étais mort la nuit où nous avons essayé de libérer Morwenna. Mort par ma faute.

— Premièrement, comme tu peux le constater, je ne suis pas mort cette nuit-là, et deuxièmement tu as bien fait de choisir d'agir et d'attaquer. J'aurais dû le faire moi-même bien plus tôt, reconnut Robert. Il est simplement dommage que tu ne sois pas resté un peu plus longtemps à l'abbaye.

Mais Morwenna savait qu'à cette époque son frère s'était retrouvé face à ses démons. Se joindre aux Croisés lui avait donné un but.

— Je n'aurais jamais pensé que tu renoncerais un jour à tes terres de Penrith, dit Brian à Robert.

— J'ai trouvé quelque chose ayant beaucoup plus de valeur, répondit-il.

Alors que Morwenna souriait, sa fille se mit à pleurer. Robert plaça Aliénor contre son épaule pour la cajoler et tapoter doucement son dos. À la façon qu'avait sa fille de sucer son poing, Morwenna comprit qu'elle avait faim.

Son fils parut tout à coup inquiet, comme s'il pensait que c'était cet inconnu qui avait fait pleurer sa sœur. Mais Brian sourit et s'agenouilla devant Nicolas.

— Je suis ton oncle Brian, jeune homme. Comment t'appelles-tu ?

— Nicolas, répondit l'enfant.

Il semblait hésitant, et Morwenna lui caressa la tête pour le rassurer.

— C'est mon frère, trésor, tout comme tu es le frère d'Aliénor.

Cette explication sembla lui suffire. Son fils tira sur ses jupes et déclara :

— J'ai envie de jouer.

— Alors, vas-y, dit Brian en tapotant l'épaule de Nicolas.

Puis il se tourna vers Morwenna :

— Tu as l'air heureuse, ma chère sœur.

— Je le suis. Et plus encore maintenant que je sais que tu es sain et sauf.

Elle s'était tant inquiétée pour lui, jusqu'à se demander si elle le reverrait un jour. Les années l'avaient transformé. C'était un homme à présent. Il respirait une force tranquille, même s'il avait inévitablement été témoin des horreurs de la guerre.

Robert posa la main dans le dos de Morwenna, et interrogea son beau-frère :

— Es-tu venu vivre avec nous, Brian ? Nous serions heureux que tu demeures parmi nous.

Brian sourit.

— Je vais rester quelque temps, mais ensuite je repartirai. J'ai moi-même une dette à payer.

— Quelle sorte de dette ? s'enquit Morwenna. As-tu besoin de notre aide ?

Brian secoua la tête.

— Il n'est pas question d'argent. Quelqu'un m'a sauvé la vie, telle est ma dette.

— En tout cas, si nous pouvons t'aider en quoi que ce soit, n'hésite pas à nous solliciter, proposa Robert. En attendant, viens partager notre repas.

Ils se dirigèrent ensemble vers le donjon, et alors qu'ils marchaient parmi leurs gens, Morwenna vit Dunbough à travers les yeux de son frère. Ils avaient hérité d'un domaine en pleine dégradation et en avaient fait un lieu de prospérité. Elle avait quant à elle trouvé sa place de châtelaine et même si, parfois, elle n'était pas sûre de ses décisions, Robert était toujours là pour la soutenir.

— Il faut que je nourrisse la petite, dit-elle une fois qu'ils furent proches de l'entrée. Je vous rejoins plus tard.

Robert l'embrassa tendrement.

— Nous t'attendrons.

Le bébé dans les bras, Morwenna se dirigea vers l'escalier en pierre. Avant de le gravir, elle se retourna un instant. Elle avait été, jadis, une jeune femme terrorisée, obligée de se battre pour survivre. Et à présent, elle vivait entourée de ceux qu'elle aimait. Main dans la main, Robert et elle avaient construit leur vie. Elle serra sa fille contre elle, émerveillée qu'un acte d'amour apporte encore plus d'amour dans le monde.

Son mari croisa son regard, et elle vit qu'il l'avait comprise. Elle aimait cet homme de toute son âme. Elle serait prête à tout pour lui, et elle savait qu'il donnerait sa vie pour sa famille.

Son bonheur était total.

Et ce n'était encore que le début.

Vous avez aimé ce livre ? Découvrez très bientôt la série « La passion contre l'épée » de Michelle Willingham, dans votre collection Les Historiques